Claus Stephani

Blumenkind

Claus Stephani

Blumenkind

Roman

SchirmerGraf Verlag
München

ISBN 978-3-86555-067-5
2. Auflage 2009

Umschlag unter Verwendung des Gemäldes
Bildnis Mäda Primavesi (1912, Ausschnitt) von Gustav Klimt
Gesetzt aus der Berthold Caslon
Satz: Uwe Steffen, München
Druck und Bindung: CPI – Ebner & Spiegel, Ulm
Printed in Germany

www.schirmer-graf.de

Den Wohnort gewechselt – das Schicksal gewechselt.

Talmud

Vorbemerkung

Ein Blumenkind ist ein Liebeskind.

Und ein Liebeskind ist ein Kind, das aus einer Liebesbeziehung geboren wird.

Die Rumänen nennen ein solches Kind »copil din flori«, eben Blumenkind. Diese poetische Bezeichnung rührt wohl daher, heißt es, dass solche Kinder oft im Sommer auf einer Wiese mit Blumen gezeugt werden. Ob das nun richtig ist, darüber gehen die Meinungen selbstverständlich auseinander. Denn das Ambiente der Blumenwiese allein tut es noch nicht. Und auch nicht die Jahreszeit und das warmherzige Wetter.

Gefühle und Leidenschaften sind plötzlich einfach da, ungerufen und verwirrend, und fliegen eines Tages wieder fort. Und sie sind wie die Vögel, die in der Luft keine Spur hinterlassen. (Es sei denn, es kommt ein Blumenkind zur Welt.) Bei den Zipsern – einer kleinen Ethnie am Rande der rumänischen Waldkarpaten – nennt man das »tie wildi Lieb«. Diese »wilde Liebe« aber ließe sich vielleicht am ehesten mit dem Begriff »freie Liebe« in unsere zeitgenössische Sprache übertragen. Die »wildi Lieb« aber entzieht sich jedem Zugriff dieser Art, sie treibt ihr Spielchen nach eigenen Regeln.

Diese ungewöhnliche Liebesgeschichte beruht auf wahren Begebenheiten. Sie führen uns in ferne Landschaften – in die Moldau, die Bukowina und nach

Marmatien. Und die Begegnungen und Beziehungen zwischen verschiedenen Menschen, die ihr Judentum verleugnen mussten und doch nicht aufgeben wollten, haben sich tatsächlich so zugetragen. Sie sind ein Teil des Zeitgeschehens, wenn auch nur am Rande der großen Ereignisse, auf die hier gelegentlich hingewiesen wird. Verändert wurden manchmal einige Namen von Menschen und zwei Namen von Orten, um die Lebenden zu schützen und um das Andenken jener, die diese Welt verlassen mussten, nicht zu schädigen.

Denn hier wird berichtet von der Begegnung zweier Menschen, die sich zuerst fremd waren, weil das Schicksal es so wollte, und die sich dann liebten, weil es ebenfalls jenes unfassbare Schicksal so eingerichtet hatte. Doch wer bestimmt eigentlich den Lauf der Dinge? Und warum laufen diese manchmal in so seltsame Richtungen? Fragen, die wir nicht beantworten können. Und auch Beila, eine der beiden Frauen, die hier erscheinen, hat darauf keine Antwort gefunden. Und Maria, ihr Blumenkind, hat darüber erst gar nicht nachgedacht. Und Ambros hat nie erfahren, dass er eigentlich auch ein Blumenkind ist*. Und seine Liebe war nicht »wild«, sondern nur ungewöhnlich, einmalig und schicksalhaft, könnte man sagen.

* Rumäniendeutsche Lehnübersetzung, »calc lingvistic« < rum. copil din flori; dt. auch Liebespfand; sieb.-sächs. (urban, selten) Blamenkängd; jidd. mamser, מאמזער < hebr. meam sar »von einem fremden Volk«; ung. szerelemgyerek »Liebeskind«; ruth./russ. sa'ugolysch, заугольш »der um die Ecke gezeugt wurde«.

I

Als Beila am frühen Morgen vor ihrem Haus den Neuschnee kehrte, sah sie die vielen Wolfsspuren. Es war ein dichter Kreis von breiten Tapfen, der um das kleine Gehöft führte. Seltsame Fährten, verschlungen, festgefroren und vieldeutig. Doch die Pfoten hatten sich noch in der Nacht wieder entfernt. Zurückgeblieben war nur die stumme Drohung, und die kannte man schon. Denn sie kam immer wieder am späten Abend auf leisen Füßen aus dem nahen Wald, der nun im ersten grauen Licht langsam sichtbar wurde und herüberblickte. Regungslos und gleichgültig, als wäre nichts geschehen.

Im Sommer war der Wald ein Freund, vertraut und doch geheimnisvoll. Ein Freund, den man oft und gern besuchte. Hier, in den alten Bäumen, hieß es, wohnen die vielen Märchen, die man sich im Volk erzählte. Und man konnte da manchmal auch seltsamen Wesen begegnen, Feen und Zwergen, und sogar dem Höllenhund oder einem Prikulitsch. So sagten jedenfalls die Frauen, die oft unterwegs waren beim Beerensammeln.

Im Winter aber hauste hier ein graues Heer von Wölfen, das sich sonst, in den warmen Monaten, irgendwo oben im Gebirge verborgen hielt. Sie kamen in Rudeln und rotteten sich dann auf einer Wiese zusammen, die man im Volk *Plaiul Scruntar* nennt. Ein fernes Heulen wie aus vielen heiseren Kehlen hatte Beila auch diesmal durch einen unruhigen Traum begleitet. Das geschah häufig im Winter – die Stimmen der Wölfe begleiteten einen nachts im Traum.

Doch jene, die um das Anwesen schlichen, waren leise. Die konnte man nicht hören. Bei Mondlicht sah man durch die Ritzen der Fensterläden ihre Schatten. Es waren große, lautlose Schatten, die den sicheren Tod brachten, wenn man ihnen draußen begegnete. Da meist alles fest verschlossen war, mussten sie schließlich wieder abziehen. Aber in der nächsten unruhigen Nacht strichen sie von Neuem um das Haus, hinterließen ihre Spuren und die stille Furcht.

Es gab Menschen im Dorf, die meinten, diese Schatten wären die wiederkehrenden Toten. Jene Toten, die keine Ruhe finden im Jenseits und die man deshalb Untote nennt, die Prikulitschen. Sie kehren manchmal nachts zurück auf diese Welt als ein Prikulitsch, ein Werwolf. Doch vor ihnen konnte man sich schützen mit dem Zeichen des Kreuzes. Das wusste eigentlich schon jedes Kind, wenn es zum ersten Mal allein in den Wald ging und einem herrenlosen Hund begegnete. Zeigte man dem Prikulitsch das Kreuz, konnte er einem nichts anhaben. Man musste vorher den Finger in den Mund stecken und mit Speichel anfeuchten, bevor man in der Luft ein Kreuz machte.

Jacob ist einmal einem Prikulitsch begegnet. Doch als er mit dem Zeigefinger seiner rechten Hand das Kreuz in der Luft zeichnete, dreimal, wie es die Christen tun, geschah nichts. Der Prikulitsch kam langsam knurrend näher, zeigte die Zähne. Die waren lang und braun, wie die vom alten Nenea Mitru, der ständig Pfeife raucht. Dann aber erinnerte sich Jacob, dass die Juden in diesem Fall das Kreuz mit dem kleinen Finger der linken Hand machen müssen. Und das wirkte sofort, der Prikulitsch lief heulend davon. »Merk dir, Beila«, hatte er damals gesagt, »bei uns ist es nicht wie bei den Gojim.«

Vor zwei Jahren hatte sich etwas ereignet, was damals die ganze Gegend in Aufruhr versetzte. Und darüber spricht man manchmal auch heute noch. Damals war eine Bäuerin mit ihrem Mann auf dem Feld gewesen. Als es Abend wurde, sollten sie heimgehen. Da sagte der Mann, er müsse noch rasch seine Notdurft verrichten, und verschwand in den nahen Wald. Die Frau setzte sich und wartete. Plötzlich erschien ein Prikulitsch und wollte sie beißen. Sie versuchte, sich mit dem Handrechen zu wehren. Der Hund schnappte nach ihrem Bein und riss dabei ein Stück aus ihrer Katrintza, einem Doppelrock, wie ihn die Rumäninnen tragen. Die Frau schlug rasch zu und traf ihn am Kopf. Nun lief er heulend davon.

Nach einigen Minuten kam der Bauer aus dem Wald. Er hatte am Kopf eine kleine Wunde und blutete leicht. Er sagte, er wäre über eine Wurzel gestolpert und hätte sich so verletzt. Als er sprach, fiel ein Stoffrest aus seinem Mund. Die arme Frau aber wusste nun, dass ihr Mann ein Prikulitsch ist. Sie ging zum Popen und klagte ihm ihr Leid. Der riet ihr, sie solle nachts ihrem Mann ein Kreuz unter das Kopfkissen legen. Das machte sie auch, doch es schien nicht zu helfen. Denn der Mann verschwand weiterhin immer wieder abends für etwa eine halbe Stunde, und wenn er dann zurück war, klebte Blut an seinem Mund.

Das sprach sich bald im Dorf herum, denn auch einige Einwohner hatten die seltsamen Blutspuren im Gesicht des Bauern bemerkt. Eines Abends kam er nicht mehr zurück. Die Frau wartete und betete die ganze Nacht hindurch, denn sie hoffte auf ein Wunder. Doch am Morgen fand man den Mann auf einem Feldweg. Er lag gefesselt am staubigen Boden, und in seinem offenen Mund steckte ein großer runder Stein, sodass er nicht mehr zubeißen konnte. Man hatte ihm einen dicken Holzkeil ins Herz getrieben, und auf seiner Stirn war ihm ein Kreuz eingebrannt worden. Die Kohlen vom Feuer, in dem man das Eisen glühend gemacht hatte, konnte man noch sehen. Sie lagen da im taufrischen Gras, verstreut und ausgetreten.

Doch niemand wusste, wer das getan hatte. Und auch die beiden Polizisten, die aus Focşani herkamen, um die Einwohner zu verhören, konnten nichts erfahren. Selbst Staatsanwalt Ilie Voiculescu, der in einem Auto und in Begleitung von zwei Herren aus Bukarest angefahren kam, musste erfolglos wieder zurückkehren in die Hauptstadt. Jener Bauer aber wurde nicht am christlichen Friedhof beerdigt, sondern außerhalb an einer niedrigen Steinmauer, die am »Gottesacker« vorbeiführt. Auch gab es nach dem Begräbnis keine *pomana* und keinen *prasnic*, das heißt keine Almosen für die Bettler und Armen und keinen Leichenschmaus zum Gedenken an den Toten, und daher später auch keinen *parastas*, wie die Seelenandacht bei den frommen Rumänen heißt.

Das Grab hatte ein jüdischer Einwohner ausgehoben, gegen Bezahlung, versteht sich. Denn die Christen fürchteten sich und dachten, dass bei dieser Gelegenheit vielleicht noch ein anderer Prikulitsch kommen könnte, um von diesem Abschied zu nehmen. Der alte Fuhrmann Herschel aber, genannt Herşcu Cărăuşu, hatte da keine Bedenken. Er meinte, ihm können die »trejfene Chajes«, die anrüchigen Tiere, wie er die Prikulitschen nannte, nichts anhaben. Außerdem kaute er ständig Knoblauchzehen und hatte griffbereit eine vom Popen geweihte Mistgabel. Und das war wie immer eine gefährliche Waffe. Es gab aber auch einige Christen im Dorf, die meinten, der alte Jude habe vielleicht insgeheim einen Pakt mit dem Teufel geschlossen, und deshalb fürchte er sich nicht vor den Prikulitschen. Das Gerede aber interessierte Herschel wenig. Er war ein kräftig gebauter Mann und wusste, dass niemand sich mit ihm anlegen würde.

Und während Beila, die weiter in Gedanken Schnee kehrte, jetzt auch vor dem Stall hinter dem Haus stand, erinnerte sie sich, dass schon im November die ersten Wolfsrudel unterwegs gewesen waren. Damals kam Jacob eines Abends mit dem Schlitten heim von oben aus den Bergen. Er hatte in Poduri bei einem Hirten Schafpelze gekauft, und als er den Bach Chilimelea überquerte, gleich nach der Holzbrücke, erschienen plötzlich aus dem nahen Wald die Wölfe. Es waren wenigstens sieben oder acht, meinte er nachher. Sie liefen hinter ihm her, sie verfolgten ihn hartnäckig und näherten sich langsam seinem Schlitten. Jacob wusste nun, dass ihn bald einer von hinten anspringen würde, und andere würden von der Seite her das Pferd angreifen. Das wäre das Ende.

Auf dem Schlitten lag ein Ballen weißes Leinen. Er griff mit der rechten Hand nach hinten und rollte ihn rasch auf. In der Linken hielt er die Zügel, die durfte er nicht loslassen. Und da war noch der *bronfen* in der *damigean,* der Korbflasche, ein starker doppeltgebrannter Schnaps. Den schüttete er auf das Leinen und knipste das Feuerzeug an, das er immer bei sich trug, bis die kleine Flamme zündelte und den mit *bronfen* getränkten Stoff entfachte. Dann stieß er das brennende Leinen vom Schlitten, hielt das Ende fest …

Eine lange lodernde Fahne fegte nun hinter ihm her. Die Wölfe zögerten, verunsichert und ängstlich, und sie kamen nicht näher, der Schlitten aber jagte weiter. Jacob und sein Pferd waren diesmal gerettet. Auch heute noch erinnert sich Beila, wie Jacob an jenem Abend mit starrem Gesicht am warmen *pripetschik* saß, dem offenen Herd, wie seine Hände zitterten, als er in wenigen Worten erzählte, wie es ihm ergangen war. Neben ihm hockte unsichtbar die stumme Angst, dass so etwas sich wiederholen könnte, sollte er nochmals den Wölfen abends begegnen.

In diesem Winter meinten die Leute im Dorf, dass es unter den Wölfen welche gäbe, die hätten einen Menschenkopf. Und einige Bauern sagten, solche Wölfe mit Gesichtern wie Menschen wären auch zu ihrem Haus gekommen. Und die hätten versucht, die Türen zu öffnen, zum Haus, zum Stall, und das mit den Pfoten, so, wie es die Menschen mit der Hand tun. Man erzählte sich seltsame Geschichten an diesen langen Winterabenden. Und manchmal hieß es auch, das wären alles nur *bobemaises*, Ammenmärchen, Geschwätz der alten Frauen. Doch dann schwor wieder jemand, er habe die Wolfsgesichter selbst gesehen.

Der Pope aber sagte, solche Wesen gibt es nicht. Ein frommer Christenmensch wird niemals zum Wolf, es sei denn, er hat schwer gesündigt und nachher nichts bereut. Dann erreicht ihn vielleicht eines Tages eine Strafe des Himmels. Oder vielleicht auch ein Lob der Hölle. Denn wenn dich der Himmel nicht will, nimmt dich die Hölle. So einfach ist das im Leben danach. Und was der Pope sagte, das glaubten die Christen, denn er war ein kluger Mann. Zu ihm kamen auch die Mütter, deren Söhne beim Wehrdienst waren, und weil im Dorf nur er lesen und schreiben konnte, verfasste er dann die Briefe, die hinausgingen zu den fernen Kasernen. Und was er schrieb, war so ergreifend und schön, dass manchmal die eine oder andere Bäuerin ein wenig weinen musste, bevor sie den Brief zur Post trug.

Rabbi Mendel Baumstark aus der Stadt, ein Mann mit vielen Büchern im Haus, deutete diese Erscheinungen anders. Er meinte, dass in manchen Menschen nur noch der böse Trieb wohne, der *Jezer ha-Ra*, und diese Menschen verändern sich immer mehr, und schließlich werden sie wie die Wölfe, das heißt, »wie Welf und Chajes«, wie Wölfe und Tiere. Doch ihr wahres Angesicht ist nicht so leicht zu erkennen. Und oft merkt man zu spät, dass der, mit dem man es zu tun hat, eigentlich kein richtiger Mensch mehr ist. Und was der Rabbi sagte, das glaubten die jüdischen Bauern, denn er besaß die meiste *klugschaft* in dieser kleinen Welt.

Mit dem letzten Schnee im Frühjahr verschwanden dann auch die Wölfe, die so oft aus dem Wald gekommen waren und deren Heulen einen durch den Winter begleitet hatte. Und bald erinnerte nichts mehr an ihre Spuren. Jene aber, die man nicht so leicht erkennen konnte, verschwanden nicht.

An diesem Morgen blickte Beila wie zufällig hinüber zum Vrancea, dem nahen Gebirge. Denn dort schien sich etwas zu bewegen. Und bald meinte sie, eine hohe weibliche Gestalt zu sehen. In einem langen, dunklen, dunstigen Gewand, das bis zum Boden reichte. Das war die *Pădureanca*, die Schwarze Waldmutter, die sich angeblich immer dann den Menschen zeigt, wenn großes Unheil naht. Die *Pădureanca* stieg mit weiten Schritten vom Gebirge herunter, und manchmal schien es, als würde sie schweben. Dabei wurde sie langsam größer und immer größer, sie wuchs und wuchs, und schließlich war sie riesengroß. Sie musste nur sieben Schritte machen und stand schon auf der schneebedeckten Wiese vor dem Wald. Sie war jetzt so nahe, dass Beila ihr fahles, zerfurchtes Gesicht erkennen konnte.

Dann zeigte sie siebenmal mit dem Daumen der linken Hand nach unten auf die Erde, wo jetzt der gleichgültige Schnee lag, und dabei fielen aus ihren großen dunklen Augen viele helle Tränen hinunter in den Schnee, der sich langsam rot färbte. Seltsam, die *Pădureanca* schien zu weinen. Das hatte sie bis jetzt noch nie getan, die alte Schicksalsgöttin der Karpaten, jedenfalls nicht vor den Menschen, die hier lebten. Und mehrere Einwohner waren ihr angeblich einmal schon oben im Gebirge begegnet.

Die Sieben ist eine böse Zahl, hatte Beila immer wieder von den christlichen Frauen im Dorf gehört, denn der siebente Sohn einer Frau, heißt es im rumänischen Volksmund, wird zum Prikulitsch, zum Werwolf; wenn sich sieben Hexen nachts im Dorf treffen, wird die Milch gerinnen und die Butter grau und ranzig; die sündigen Seelen werden erst nach sieben Jahren aus dem Fegefeuer erlöst; und aus einem Teufelspakt kommt man nur dann frei, wenn man sich sieben Jahre lang nicht kämmt oder wäscht …

Dagegen aber stand die jüdische Sieben. Und da hieß es, dass der Ewige – gelobt sei sein Name – am siebenten Tag die Schöpfung vollendet und ausgeruht hatte, nach sieben Monaten stieß die Arche Noah auf festes Land, die sieben Augen Gottes sind ein Zeichen seiner Allwissenheit, daher die siebenarmige *menoire*, und siebenmal heller wird die Sonne scheinen, wenn am Jüngsten Tag der *Meschiach* kommt …

Beila hatte viel gehört, was die Alten so erzählten, und auch Jacob hatte ihr manches gesagt, und daran erinnerte sie sich nun, während sie fassungslos hinüber zur Waldmutter sah. Was aber ist richtig, was trifft zu in einem kleinen Bergdorf, wo seit jeher Juden und Christen beisammen leben? Und war die *Pădureanca* diesmal nur zu den einen gekommen, oder galt ihre Voraussage auch den andern? Wer konnte das wissen? Und warum weinte sie rote Tränen wie jene alte Ikone in dem fernen Bergkloster oben in den Karpaten, wohin die Christen einmal im Jahr pilgern?

Plötzlich schien sich die Waldmutter langsam in Luft aufzulösen, und dabei wurde sie zu einer dunklen Wolke. Als Wolke stieg sie am Gebirge hoch und verschwand schließlich hinter den Felsen. Jetzt ahnte Beila, dass bald über viele Menschen der Tod kommen wird. Sie dachte an Jacob, der vielleicht schon unterwegs war. Doch ihm konnte nichts zustoßen, denn er fuhr nur noch tagsüber mit dem Schlitten, und da gab es keine Wölfe auf den Wegen.

Wäre Beila eine Christin gewesen, hätte sie jetzt rasch dreimal das Kreuz geschlagen, sich dreimal bekreuzigt, wie das die rumänischen Frauen tun, um sich vor Unheil zu schützen. Denn in diesem *jischew*, dem einstigen kleinen Judendorf, das nun Arvinitza hieß, lebten seit vielen Jahren auch rumänische Bauern, außerdem ein Zigeuner, der eine Hufschmiede hatte, und ein Armenier, dem die Mühle am Flüsschen Milcovel gehörte.

Beila ging rasch ins Haus, wo wie immer morgens das Feuer auf dem *pripetschik* flackerte. Sie setzte sich auf die Ofenbank und dachte nach über die seltsame Erscheinung. Sie glaubte nicht an *kischufim*, an Zauberei, wovon man im Dorf immer wieder sprach. Und da konnten die alten Frauen so manche *maise* erzählen. Doch diesmal hatte sie selbst die Schwarze Waldmutter gesehen. Und das hatte sicher etwas zu bedeuten. Denn bisher war die *Pădureanca* niemals einer jüdischen Frau erschienen. Jedenfalls nicht hier in den Dörfern am Fuße des Vrancea.

Beila stieg in die hohen Filzstiefel, die eigentlich Jacob gehörten. Sie blickte in den Wandspiegel neben der Tür und sah sich prüfend an. Dabei dachte sie: »Bin ich meschugge? Kann eine Jüdin an die *Pădureanca* glauben? Was würde Frajda dazu sagen, die *rebbeze*, die Frau von Rabbi Mendel Baumstark aus Focşani?« Bei der war sie schon einige Mal gewesen und hatte sich über verschiedene Dinge und Fragen des Lebens beraten lassen.

Sie betrachtete prüfend ihr helles Gesicht, die schmale Nase und die vielen kleinen Pünktchen auf den leicht geröteten Wangen, die man aber jetzt kaum erkennen konnte, weil sie vom Schneekehren erhitzt war. Sie strich ihr volles rotes Haar zurecht und richtete ihr dunkles Kopftuch. Sie war unzufrieden mit sich selbst und mit ihrem Aussehen. Gern hätte sie dunkles Haar gehabt, wie die meisten Frauen im Dorf. Und auch eine andere Hautfarbe, jedenfalls ohne Sommersprossen. Dann schon lieber braun. Aber auch nicht so dunkel wie die Zigeunerinnen.

Sie war jetzt gerade neunzehn und hoffte, bald Kinder zu haben. Wenigstens drei sollten es sein, dachte sie jeden Morgen, wenn sie in der Nacht mit Jacob geschlafen hatte. Denn ein Haus ohne Kinder ist ein Haus ohne

Leben. Und Jacob wünschte sich sehr einen Sohn, »ein Kadeschele«, wie er sagte, einen Erben, der einmal das Kaddisch, das Totengebet, für ihn sprechen würde.

»Ich werde darüber nicht mit der Frajda reden. Auch nicht mit Jacob, wenn er wieder da ist. Aber dafür mit einer Frau von hier, die mich kennt, die mich mag und die nicht manchmal auf die Juden schimpft, wie das andere tun«, dachte Beila.

So ging sie gleich nebenan zur ihrer Nachbarin, einer Rumänin, die viel älter war als sie und manches schon erlebt hatte, und mit der verstand sie sich ganz gut: »Hast du auch die *Pădureanca* gesehen, Varvara?«

»Nein.«

»Sie war aber da, drüben vor dem Gebirge hat sie gestanden. Und sie hat mir ganz deutlich mit der linken Hand das Zeichen gemacht, das Tod bedeutet. Sieben Mal. Und die Sieben ist auch eine böse Zahl, jedenfalls bei den Christen.«

»Bist du sicher, dass es die Waldmutter war?«

»Ja, ganz sicher.«

»Seltsam. Man sagt doch immer, dass sie euch nicht erscheinen würde, weil ihr einen anderen Glauben habt.«

»Sie war es aber wirklich. Ich hab sie selbst gesehen. Und sie hat sieben Mal das böse Zeichen gemacht.«

»Warum soll ausgerechnet jetzt der Tod zu uns ins Tal kommen, wo doch kein Krieg ist?«

»Ich weiß es nicht«, sagte Beila, »aber Jacob wird den Rabbi Mendel aus Focşani fragen. Doch jetzt ist Jacob noch mit dem Schlitten unterwegs, auf dem Heimweg.«

»Besser, ich red mit dem Popen, der kennt sich aus mit den Zeichen der *Pădureanca.* Er hat sie sogar selbst einmal gesehen, heißt es, in Menschengestalt. Da war sie nicht viel größer als eine Bäuerin von hier …«

Und dann erinnerte Varvara an die schicksalhaften Kämpfe am Milcov während des Krieges, vor zwölf Jahren, im Januar 1917, als eines Tages die fremden Truppen in Focşani einmarschierten. Deutsche, Österreicher und Ungarn. Damals war die *Pădureanca* zweimal erschienen und hatte rote Tränen geweint, groß wie Glasmurmeln, mit denen kleine Jungen spielen, erzählte man. Das war im Jahr zuvor, im Dezember 1916. Und bald danach starben viele Männer, auch solche, die aus den Dörfern der Gegend kamen. Unter ihnen waren nicht wenige Juden. Beila war damals noch ein kleines Mädchen und lebte in Hliboka.

»Kommen jene Zeiten wieder?«, fragte sie.

»Ich weiß nicht, ob jene Zeiten wiederkommen oder ganz andere«, entgegnete Varvara, »aber etwas wird schon geschehen.«

Und dann erzählte Varvara, dass vor Kurzem die alte Chivuţa, die Zigeunerin, die manchmal auch wahrsagt, wieder den *Vârcolac* gesehen hatte. Es war beim letzten Vollmond. Da kam eines Nachts der *Vârcolac*, der große schwarze Hund, der oben im Gebirge wohnt, aus seiner Höhle hervor. Und mit einigen Sätzen sprang er auf den höchsten Felsen, schnappte nach dem Mond und biss ein Stück heraus. Dann war schon Halbmond, so von einem Tag zum andern. Und in jener Nacht haben die Wölfe nicht geheult. Aus Angst vor dem *Vârcolac*, denn der schnappt sich auch manchmal ein paar junge Wölfe, wenn sie sich blicken lassen. Ein Ungeheuer von einem Tier.

»Den Menschen aber tut er nichts«, sagte noch Varvara.

»Das kann man nicht wissen«, meinte Beila, »weil er ja oben im Gebirge wohnt und niemals herunterkommt in die Siedlungen.«

»Da hast du auch recht«, erwiderte Varvara, »eigentlich sind es nur noch die Wölfe, die bis ins Dorf kommen. Und manchmal vielleicht ein Prikulitsch. In früheren Zeiten, vor hundert Jahren und mehr, da gab es noch jene Riesen, die oben im Gebirge wohnten. Und dann jene seltsamen Wesen, halb Mensch, halb Pferd, die durch die Wälder liefen. Manchmal kam auch so ein Riesenkind herunter zu den Feldern am Rande des Flusses und nahm sich einen Bauern samt Ochs und Pflug mit. Einige Tage spielte es mit ihm, dann brachte es den Armen wieder zurück auf sein Feld.«

Schließlich sprachen die beiden Frauen, wie auch sonst, noch über dieses und jenes. Über die seltsamen Wölfe, von denen man sagte, sie hätten Köpfe wie Menschen und würden auf zwei Beinen gehen. Über den endlosen, harten Winter und dass sicher bald der Frühling kommen wird. Und mit den Gedanken an bessere Zeiten verabschiedeten sie sich. Denn sie wussten noch nicht, was sich inzwischen in der Stadt zugetragen hatte.

Der neue Tag kam undurchsichtig hinter den Bergen hervor und betrat zögernd das Land. Nichts regte sich auf den weiten Feldern mit weichem, schweigsamem Schnee. Nur ein paar große schwarze Vögel flogen schreiend aus dem Wald in die unbekannte ferne Ebene. Ein paar schüchterne Schneeflocken fielen langsam vom Himmel. Irgendwo bellte ein Hund. Und dann war es plötzlich sehr still. Die Welt schien den Atem anzuhalten, als würde auch sie ahnen, dass die Zeiten sich bald ändern werden.

Es war die Welt jener, die hier lebten. Sie reichte vom Gebirge bis hinüber zum Milcov, dem stillen, trägen Bach, den jetzt eine schimmernde weiße Eisschicht zudeckte und der weiter unten in den Putna mündet. Doch der war schon drüben im Osten, wo das liebliche Land der vielen Weinberge beginnt.

Nur Beila hatte diesmal die *Pădureanca* gesehen. Denn Varvara kam später vorbei und meinte, niemand im Dorf will es glauben, dass die Verkünderin sich einer jüdischen Frau gezeigt hat. Auch habe sich nirgendwo ein Totenvogel blicken lassen. Keine Krähen, die dann manchmal auch in der Nacht schreien. Und es habe auch keine *cucuvea*, kein Käuzchen, gerufen, die sichere Verkünderin des Todes. Und wahrscheinlich war das nur ein Traum gewesen. So hatte Beila eben einen Tagtraum gehabt, eine Vision, wie der Pope sagt, wenn jemand erzählt, er wäre im Wald einem Engel begegnet, oder dem leibhaftigen Teufel.

Aus einigen Dächern stieg jetzt dünner, weißer Rauch. Denn die Häuser hier hatten keine Schornsteine, und so zog der Rauch seit jeher langsam ab durch die Luken im

Schindeldach und durch das Uhlenloch. Rauch und Teer machten den Dachstuhl und die Schindeln wetterfest. So ein Dach wurde manchmal hundert Jahre alt und überlebte seinen Baumeister. Manch ein rauchgeschwärztes Schindeldach hatte mehr gesehen als die meisten Menschen im Tal.

Der Alltag begann zögernd wie immer, doch dann war das Dorf erwacht. Die hellen Klänge der Toaka liefen ausgelassen durch die engen Gassen. Der Küster schlug das Eichenbrett wie jeden Morgen mit zwei kleinen flinken Hämmern, rasend und rhythmisch. Und die Holzkirche stand aufrecht da mit ihrem schmalen Turm, das Land überblickend wie eine Herrin. Nicht weit davon, zwischen zwei Bauernhöfen, war die *schil*, das alte Bethaus der Juden. Etwas kleiner, bescheidener als die Kirche. Und wie immer schaute es ein wenig furchtsam die Straße hinab, die zum Fluss führt und von dort weiter über eine Holzbrücke hinunter in die Stadt. Denn Unheil und Verderben kamen seit jeher auf diesem schmalen Weg ins Dorf.

Die Sonne sah wie jeden Tag im Winter scheinbar teilnahmslos von oben herab auf die ahnungslose Landschaft mit den kleinen grauen Holzhäusern, die in der Dorfmitte eng beisammenstanden. Sie lehnten aneinander, wie es auch Menschen tun, wenn sie frieren oder einsam sind. Doch heute trug diese Sonne »Zähne im Gesicht«, wie die Bauern sagen. Eine »Sonne mit Zähnen« aber ist eine böse Sonne, weil sie nur viel Licht bringt, doch keine Wärme. Sie war vor Kurzem im Osten aufgegangen, und sie hatte es anscheinend eilig, sich zu entfernen, ihren Weg zu gehen am Himmel, denn die Prophezeiungen der *Pădureanca* schienen sich noch an diesem Tag zu erfüllen.

Es war am 17. März 1925.

In Focşani sollte heute ein Mann vor Gericht stehen, weil er den Präfekten von Jassy erschossen hatte. Doch rasch wie ein Lauffeuer sprach es sich herum, dass man den Mann in der grünen Uniform, der Zelea hieß und eigentlich ein Mörder war, vorher schon freigelassen hatte. Denn kein Richter wollte in diesem Fall Recht sprechen. Und so schlich sich schließlich das Recht schweigend und furchtsam davon, wie ein Hund mit eingezogenem Schwanz, der nicht erst wartet, bis jemand mit einem Stein nach ihm wirft und ihn so verscheucht. Das Lauffeuer dieser Nachricht eilte später zündelnd durch viele Orte, in denen Juden wohnten.

Der Mob, der tagelang Focşani beherrscht und verängstigt hatte, feierte grölend einen ersten Sieg. Bald folgten noch viele ähnliche Siege. Wieder wurden Synagogen verwüstet, Geschäfte geplündert, Menschen verprügelt und ausgeraubt. Und Polizei und Militär sahen dem wilden Treiben zu, untätig, abwartend. Schließlich richtete sich ja die Anarchie gegen »die andern«. Und so fand man es auch nicht ungewöhnlich, dass jene, die sich »Legionäre« nannten, nun siegeslaut ihre Fahnen mit dem Erzengel Michael durch die Straßen trugen.

An jenem Morgen wollte Jacob Altmann mit seinem Schlitten zurückfahren aus Vâlcele, einem Vorort von

Focşani. Er war bei einem Händler gewesen, dem er ein Dutzend *cojoace* verkauft hatte. Das sind bunt bestickte Fellwesten, wie man sie hier im Winter, aber auch im Sommer trägt.

Etwa zur gleichen Zeit, als Beila die Schwarze Waldmutter gesehen hatte, befand sich Jacob auf dem Heimweg. Er fuhr gerade mit seinem Schlitten durch das Dörfchen Câmpineanca, wo dann die Straße links abzweigt nach Pietroasa, als ihm vier Männer in grüner Uniform den Weg versperrten. Sie hielten das Pferd an, einer fasste das Halfter, und die anderen riefen: *»Dă-te jos, jidane!«* (Absteigen, Jude!)

»Warum?«, wollte Jacob wissen.

»Schnell, absteigen, frag nicht so viel, stinkiger Jud!«

»Was wollt ihr von mir? Ich hab euch doch nichts getan! Lasst mich weiterziehen!«, rief Jacob. Dabei schien es ihm, als hätten diese Männer Gesichter wie Wölfe. Wie merkwürdig. Doch nach diesem seltsamen Gedanken konnte er nicht mehr weiterdenken.

»Lasst mich weiterziehen!«, flehte er noch. »Ich geb euch mein ganzes Geld!«

Es waren seine letzten Worte. Jetzt folgten rasch viele Schläge mit schmalen Eisenstangen. Sie trafen immer Gesicht und Kopf, denn am Körper trug er eine dicke, schützende Pelzweste, die er einst selbst genäht hatte. Nach dem ersten Hieb fiel die Fellmütze auf den Boden. Und bald lag auch Jacob reglos im braunen Schnee der Straße. Die vier Männer lachten, spuckten auf den leblosen Jacob und kutschierten singend den Schlitten zurück nach Focşani. Irgendwo in der Stadt hielten sie an, ließen Pferd und Schlitten stehen und gingen unbekümmert ihrer Wege.

Bald danach fand man Jacob. Er hatte bereits diese Welt verlassen. Das heißt, man hatte ihn aus dieser Welt in wenigen Minuten einfach hinausgeprügelt. Und wie er jetzt aussah, konnte ihn kaum jemand erkennen. Er hatte kein richtiges Gesicht mehr. Da brachte man ihn erst einmal in die *morgă* nach Focşani, in die städtische Leichenhalle. Und hier wurde das blutverschmierte Stück Mensch einfach als »Jude, unbekannt, mit tödlichen Verletzungen« registriert. Dass es sich hier um einen Juden handelte, konnte man leicht feststellen, denn er war beschnitten.

Beila hatte böse Ahnungen, als Jacob auch gegen Abend nicht in Arvinitza eintraf. Nach einer schlaflosen Nacht brachte sie ein Nachbar am nächsten Tag mit dem Schlitten nach Focşani. Es dauerte nicht lange, bis sie schließlich den Weg in die Leichenhalle gefunden hatte. Sie erkannte Jacob sofort an der kleinen Hamsahand aus Silber. Es sollte ein Amulett sein, und er trug es immer an einer Halskette unter dem Hemd. Doch an jenem Morgen hatte es ihn nicht beschützt.

Hier scheidet nun Jacob Aaron Altmann – seligen Andenkens –, Sohn des Alfred Isaac Altmann, ehemals Weinbauer und Gastwirt, aus unserer Geschichte aus.

Die Erzählung geht aber weiter.

Denn nun folgt die Geschichte von Beila, Jacobs Witwe, Tochter des Hermann Salomon Wagner aus Hliboka bei Sutschawa in der Südbukowina. Nach dem Tod der Eltern waren ihre beiden Brüder, Alfred und Emanuel Wagner, nach Amerika ausgewandert. Beila hatte Jacob, den Kürschner, geheiratet und war nach Arvinitza gezogen. Einmal nur hatten sie einen Brief bekommen vom älteren Bruder, der nun Fredy hieß. Er schrieb, dass es sehr schwer sei, dort Fuß zu fassen, weil es gerade eine große Wirtschaftskrise gibt. Was das genau ist, hatte Beila nicht ganz verstanden. Und Jacob meinte damals, das ist halt so in Amerika, und er sagte auch: »Lieber ein einfacher Kürschner bleiben und friedlich im eigenen Haus leben, als draußen in der Fremde das große Glück zu suchen.«

2

Doch werfen wir noch kurz einen Blick auf die Ereignisse danach, um zu sehen, was damals in Arvinitza sonst noch geschah.

Es kam, wie es in jenen Zeiten kommen musste, doch damit hatte Beila nicht gerechnet. Die vier Männer in grüner Uniform wurden nicht gefasst. Denn in Câmpineanca hatte angeblich niemand etwas gesehen. Es gab keine Zeugen, und es schien so, als wäre damals, als Jacob erschlagen wurde, kein Mensch auf der Straße gewesen. Und die Polizei in der Moldau und im südlichen Land war damals schon auf dem rechten Auge blind, wie man so zu sagen pflegt. Und später erblindete sie schließlich ganz.

Und wen kümmerte es schon, wenn irgendein Dorfjude, ein kleiner Kürschner und Bauer, am helllichten Tag von vier Unbekannten totgeschlagen wurde. »Juden gibt es immer noch viel zu viele in unserem Land«, hatte jener Zelea verkündet, als er vor Gericht stand, und der Beifall, der daraufhin wie ein Unwetter durch den Saal dröhnte, veranlasste die Richter zu vorsichtigem Handeln.

Etwa zwei Wochen später, in der Kammersitzung vom 4. April 1925, brachte der Abgeordnete Nathan Lerner eine Interpellation an den Präsidenten des rumänischen Parlaments in Bukarest, wo er genau schilderte, was sich im März in Focşani und Umgebung zugetragen hatte. Er meinte, nun würde etwas geschehen, denn das Unrecht könne nicht ungestraft und einfach so durchs Land marschieren.

Doch auf diese Interpellation erhielt Nathan Lerner keine Antwort.

Und auch weitere Anfragen, seitens der Abgeordneten Dr. Stern und Zirlsohn am 4. Juni 1925, blieben unbeantwortet. Es heißt zwar im rumänischen Volksmund: »Wie man in den Wald ruft, so klingt es zurück«, doch selbst der Volksmund, sonst klug und gesprächig, wenn er alte Weisheiten preisgab, hüllte sich diesmal in ängstliches Schweigen. Und so verhallten auch die Hilferufe jener Abgeordneten anscheinend ungehört.

Das Parlament saß in Bukarest, und Bukarest war seit jeher weit weg, doch manchmal war diese ferne Hauptstadt auch sehr nah. Die lange Hand des Zeitgeschehens reichte öfter schon beinahe bis nach Arvinitza. Denn »die Welt von draußen« kam nun als ungebetener Gast, gestiefelt und laut, auch zu den Dörfern und Schtetls am Rande der sonst so stillen Ostkarpaten. Und diese bedrohliche neue Welt erstreckte sich bald vom nahen, vertrauten Milcov bis zu den großen fremden Flüssen, die Pruth und Dnjestr heißen.

Hier am Dnjestr, an der Grenze zu Bessarabien, erschoss eines Tages ein Offizier namens Morărescu ein Dutzend jüdischer Flüchtlinge, nachdem sie den Fluss überquert hatten. Männer, Frauen und Kinder. Bald danach stand er in Bukarest vor Gericht. Die Anklage lautete auf Mord. Er hatte eigenhändig dreizehn Menschenleben ausgelöscht. Ihm würde eine schwere Strafe drohen, so hoffte man jedenfalls, als der Prozess begann. Doch dann verließ er nach seinem Freispruch wie ein Triumphator den Verhandlungssaal. Die Menge, die draußen gewartet hatte, jubelte und schrie vor Begeisterung. Junge Männer in grüner Uniform trugen ihn durch die Straßen, und man warf ihm Blumen zu.

Und dann zog in Focşani wieder der Pöbel durch die Stadt. Diesmal aber zeigte er offen sein wahres Gesicht. Man konnte nun ganz deutlich sehen: Es waren Wölfe, die bisher Schafspelze getragen hatten und die nun dröhnend und gewaltbereit in ihren neuen Uniformen aufmarschierten. Doch inzwischen hatten sich die meisten Menschen an ihren Anblick gewöhnt. Und es wurden immer mehr, die mit diesen Wölfen heulten.

Die wenigsten Einwohner von Arvinitza lasen eine Zeitung. Doch alle erreichte die Flut von bösen Meldungen, die plötzlich das noch ahnungslose Land entlang der Karpaten überschwemmte.

Im Juni hörte man, dass eines Tages eine Gruppe von Studenten und Gymnasialschülern aus verschiedenen Orten nach Jassy gekommen war. Sie hatten an einer cuzistischen Kundgebung teilgenommen. Danach marschierten sie zum Bahnhof Vasile Lupu und drangen dort in die Wagen des Zuges ein, der gerade von Jassy nach Kischinew abfuhr. Dann misshandelten und beraubten sie die jüdischen Reisenden. Die mussten Uhren, Schmuck und Bargeld abgeben. Zwei junge Mädchen, Maria Wengler und Malke Riemer, wurden auf einer Toilette vergewaltigt und dann aus dem fahrenden Zug gestoßen. Man fand sie später tot auf der Strecke. Sie lagen da, barfuß und halb nackt, denn jemand hatte ihnen inzwischen Schuhe, Mäntel und Kleider ausgezogen.

Davon sprach man auch in Focşani und Arvinitza. Und es gab einige Frauen im Dorf, die waren selbst einmal mit jenem Zug gefahren. In einer Zeit, die nicht weit zurücklag, doch als so etwas nicht denkbar gewesen wäre. Tagelang redete man von nichts anderem.

Und so hörte auch Beila, was sich bei Jassy zugetragen hatte, als sie ihre Nachbarin besuchte. »Was sind das für Menschen?«, meinte Varvara, »So etwas versteh ich nicht. Warum soll man zwei junge Mädchen einfach aus dem Zug schmeißen?« Darauf wusste auch Beila keine Antwort. Und Varvara sagte noch: »Diese dummen Hunde! Was wollen die eigentlich?«

Doch da musste Beila ihr widersprechen: »Es sind keine Hunde, liebe Varvara. Hunde tun so etwas nicht. Hunde sind nicht grausam, und Hunde sind auch nicht dumm. Es sind Wölfe, das heißt, es sind die bösen Wölfe, jene, die vor nichts zurückschrecken ... Denn es heißt ja im Volk, ›der Mensch ist oft des Menschen Wolf‹, und niemand würde sagen, ›der Mensch ist oft des Menschen Hund‹. Denn die Hunde sind ja die ältesten Freunde der Menschen ...«

»Vielleicht hast du recht, Beila«, meinte nun Varvara ein wenig nachdenklich, »denn Wölfe beißen ja auch Hunde tot, einfach so, weil sie Freude am Töten haben. Doch kein großer Hund würde jemals einem kleinen

Wolf etwas zuleide tun ...« Und dann erzählte sie von einer Begebenheit, die schon etwa ein Jahr zurücklag. Eine Zigeunerin war im Winter mit ihrem Hund in den Wald gegangen, um Fallholz zu holen. Tage später fand man sie und ihren Hund. Das heißt das, was von den beiden noch übrig geblieben war. Die Wölfe hatten auch den Hund aufgefressen.

Da erinnerte sich Beila, was einmal Rabbi Mendel gesagt hatte, als sie und Jacob mit ihm über die Bedrohung sprachen, die jeden Winter aus den dunklen Wäldern kommt. Er zitierte damals die Worte eines anderen Rabbiners, um nicht selbst argumentieren zu müssen. Und so sagte er, dass »das Gesicht des Zeitalters bald dem Gesicht eines Wolfes gleichen wird, und die Wahrheit wird vermisst werden ...« Das sollte einst der weise Rabbi Jehuda gesagt haben, als er sich auf das Weltende bezog, wenn der Messias sich ankündigt. Genau das aber würde auch im Talmud stehen, man müsse sich nur die Mühe machen und dort nachlesen. Doch Jacob arbeitete die Woche hindurch von früh bis abends und hatte keine Zeit, um im Talmud zu lesen. Und am *schabbes* ging er in die *schil*, ins Bethaus, und danach ruhte er aus, so wie alle jüdischen Bauern und Handwerker im Ort.

Varvara gehörte zu den Frauen, die sich nun um Beila kümmerten, denn sie war jetzt die jüngste Witwe im Ort. Es gab eine Art stille Hilfe der Nachbarschaft. Im Leid schien man, Juden und Christen, seit jeher irgendwie verbunden, auch wenn man sonst verschiedene Sitten und Bräuche hatte.

Doch Beila merkte bald, dass es auf die Dauer so nicht weitergehen würde. Entweder müsste sie nach dem Trauerjahr wieder einen Mann heiraten oder wegziehen aus Arvinitza. Eine alleinstehende Frau, noch dazu recht hübsch und jung, die keinem Mann gehören wollte, die nahmen sich dann eines Tages alle. Vielleicht auch mit Gewalt. Denn Männer können sehr schnell gewalttätig werden. Besonders wenn sie getrunken haben. Das verrieten die Blicke jener, die ihr nachsahen oder etwas zuriefen, halb im Scherz, halb im Ernst, zweideutig und doch eindeutig, wenn sie zum *gewelb*, dem Dorfladen, ging. Blieb sie weiterhin ledig, war sie eines Tages dazu bestimmt, die Dorfhure zu werden. So etwas hatte es öfter schon gegeben.

Da war vor nicht allzu langer Zeit jene junge Witwe aus der Nachbargemeinde. Die wollte nach dem Tod ihres Mannes nicht wieder heiraten. Eines Tages ging sie Beeren sammeln in den nahen Wald. Sie war völlig ahnungslos, denn sie hatte nicht bemerkt, dass man sie verfolgte. Und niemand hörte dann ihre verzweifelten Schreie. Keine *zână*, keine gütige Fee, war da, um sie zu schützen. Denn die gab es vermutlich nur in den vielen *poveşti*, den Geschichten und Märchen, die der Volksmund immer wieder erzählt, um dadurch das zu verschweigen, was wirklich in der Welt geschieht.

Sieben schwere Männer stiegen über sie hinweg. Und nachher war sie sichtbar gezeichnet. Das merkte man, als sich ihr Rock am Bauch immer mehr straffte. Die älteren Frauen aber spuckten jetzt vor ihr aus, wenn sie sich im

Dorf blicken ließ. Man warf mit bösen Worten nach ihr und manchmal auch mit Steinen. Bis sie sich eines Tages im Wald erhängte. Dort, wo sie vor Monaten jenen Männern begegnet war. Dann aber hieß es, der Teufel habe sie zu sich geholt, denn sie wäre ein liederliches Weib geworden, vielleicht auch eine *vrăjitoare*, eine Hexe. Am geschwätzigen Webstuhl übler Nachrede war aus bösen Worten ein Leichentuch entstanden, und das wurde nun jener Witwe nachgeschickt in den Tod. Auch wenn sie es längst nicht mehr brauchte. Der Volksmund spricht eben oft und gern mit vielen Zungen.

Davon hatte auch Beila gehört. Und sie wusste, dass niemand ihr helfen wird, wenn sie eines Tages im Wald oder sogar eines Nachts in ihrem eigenen Haus das Gleiche erleben würde – nach dem Trauerjahr oder vielleicht schon eher. Dann wäre sie das Freiwild jener Männer, die ihr jetzt nachblickten und, wenn gerade niemand in der Nähe war, mit der Zunge aufreizend schnalzten.

Der Gedanke an einen anderen Mann aber war für Beila unerträglich. Und wenn sie nachts im Bett lag, dachte sie manchmal immer noch, Jacob würde neben ihr sein, und sie meinte, seinen Atem zu hören. Doch wenn sie die Hand dann ausstreckte, war es neben ihr leer, und sie fühlte nur das kühle Leintuch.

Eines Tages stand der rumänische Pope vor ihrer Tür. Er lächelte gütig und nannte sie »ein Kind Gottes«. Dann meinte er, es wäre doch schön, wenn Beila sich nun einen Christen zum Mann nehmen würde. Er kenne da einen, der gut zu ihr passt. Eine kleine Formalität wäre dann noch zu erledigen. Sie müsste vorher den »richtigen Glauben« annehmen. Das heißt konvertieren, übertreten, eine Christin werden, wie alle guten Frauen hier im Ort. Doch das dürfte ihr nicht schwerfallen, denn »unser Herr« war ja, wie man weiß, ursprünglich Jude. Und auch seine Mutter, die »heilige Jungfrau« Maria, war Jüdin. Also da gäbe es sicher keine Schwierigkeiten.

»Părinte«, sagte Beila, und sie verwendete absichtlich die respektvolle Anrede der Rumänen, obwohl ihr das sonst widerstrebte, einem Priester »Vater« zu sagen, »Ihr seid ein guter Mensch, und ich danke Euch für Eure Fürsorge, aber meinen Glauben werde ich nicht verlassen. Das bin ich mir und Jacob schuldig. Ich bin nicht besonders fromm, doch ich bleibe, was ich bin, nämlich eine Jüdin.«

»Wie du meinst, mein Kind, wie du meinst. Doch denk noch darüber nach. Und wenn du glaubst, die Zeit ist gekommen, dann bin ich gern mit Rat und Tat für dich da.« Dann ging *popa* Savu, sichtbar verstimmt, unverrichteter Dinge zurück ins Dorf zu seiner Kirche.

Und auch Rabbi Mendel hatte sie einmal ähnlich angesprochen, als sie ihm zufällig in Focşani begegnete.

»Beila, hör gut her: David Blumenberg, der Spediteur, der Dowed, der Witwer, ein guter und wohlhabender Mann, sucht wieder eine Frau«, sagte er. »Sie soll schön sein und jung und möglichst auch ein wenig klug. Nun, du bist sehr schön, Beila, und klug bist du auch, denn du kannst sogar lesen und schreiben. Das können nicht alle Frauen. David ist zwar nicht mehr sehr jung, und seine vier Söhne sind, glaube ich, so in deinem Alter, und nur einer ist ein wenig jünger als du. Nun, das macht nichts. Du sollst ja nicht sie heiraten, sondern den Vater, und der ist reich, Beila, sehr reich. Du ziehst weg vom Dorf, kommst in die Stadt, wirst eine vornehme Dame, eine *gwirte.*«

»Rabbi, ich brauch keinen Mann, ich will nicht mehr heiraten. Ich hab vor Jacob keinen Mann gehabt, und ich werd jetzt nach seinem Tod auch keinen Mann mehr haben.«

»Denk darüber nach«, sagte Rabbi Mendel, »denk gut darüber nach. Eine schöne junge Frau ohne Mann gehört niemandem, und dann manchmal auch allen. Das ist ihr Schicksal. Sie ist wie ein Blatt am Weg. Jeder Windstoß kann es fortblasen, jeder Mensch, der vorbeikommt, kann drauftreten. So ist das in diesem Land. Eine Frau darf nicht ohne Mann leben. Außerdem heißt es doch: ›Er schuf sie Mann und Frau und nannte sie Mensch.‹ Mann und Frau gehören zusammen. Einer allein ist kein vollständiger Mensch. Das steht in den heiligen Schriften.«

So konnte es für Beila nur den einen Ausweg geben, und der müsste sie dann weit fortführen aus Arvinitza. Doch wohin sollte eine junge Frau gehen, die keinem Mann gehören will und nach der aber viele Männer greifen – eben weil sie keinem Mann gehört? Diese Frage verfolgte sie wie die Worte jener Männer. Worte, die nach Schnaps und Schweiß rochen. Diese Worte waren immer da, wenn sie ins Dorf ging.

Es war an einem Freitag, da holte Beila ihr einziges gutes Kleid aus dem schmalen Holzschrank, der in der Stube stand. Seit der *keria* und seit Jacobs Beerdigung hatte sie es nicht mehr getragen. Sie löste vorsichtig das Band, das sie als Zeichen der Trauer angenäht und dann eingerissen hatte. Drei Monate waren es nun her, seit der *lewaje* und seitdem sie sich von Jacob für immer verabschieden musste. Nun lag er am Guten Ort von Arvinitza. Und der befand sich in einem Wald, weit weg vom Dorf, denn jüdische Friedhöfe durften nicht in der Nähe der Siedlungen angelegt werden, wo auch Christen wohnten. Es war nicht ungefährlich für eine Frau, allein auf den Friedhof zu gehen. Und so verabredeten sich immer mehrere Frauen, um zusammen die Gräber aufzusuchen.

Nach einem Jahr sollte dann auch Jacob eine *mazewa* bekommen, einen bescheidenen Stein mit seinem Namen. So war das hier üblich, prunkvolle Grabmale gab es nur auf dem Friedhof in der Stadt.

Doch es kam alles anders.

Eines Nachts klopfte es an die Tür ihres Hauses. Zuerst leise, dann immer lauter, dringlicher und drohend. Schließlich hämmerte jemand mit der Faust dagegen und bewegte gleichzeitig rhythmisch die Klinke: »Mach auf, *jidoviţo*, Judenweibchen, rotes Kätzchen, mach auf! Wir wollen ein wenig dort unten dein Fellchen kraulen! Wir wollen dich taufen!« Dann heiseres Lachen. Den Stimmen nach waren es zwei Männer, die draußen standen. Beila saß zitternd im Bett und rührte sich nicht. Sie konnte nichts anderes tun als beten und abwarten. Das ging so einige Zeit. Sie rissen an der Klinke und versuchten, irgendwie ins Haus einzudringen. Doch Jacob hatte noch vor Kurzem am Eingang eine schwere Eichentür angebracht. Und die ließ sich nicht öffnen. Durch die kleinen Fenster konnte man nicht einsteigen, auch wenn die Läden offen waren. Schließlich zogen die beiden fluchend ab.

»Diesmal nicht! Das nächste Mal aber bestimmt! Wir kommen wieder!«, riefen sie noch und urinierten dann an die Haustür, wie das sonst Hunde an Straßenecken tun. Beila wusste nun, dass ihre Tage gezählt waren. Die Schonzeit näherte sich dem Ende. Sie musste rasch handeln.

Am Morgen ging sie zu Varvara und erzählte ihr, was sich in der Nacht zugetragen hatte. Varvara sagte: »Diese besoffenen Schweine. Ich kann dir jetzt nur eines raten: Komm abends zu mir. Vasile ist noch mit den Schafen im Gebirge. Bis er wieder da ist, kannst du bei mir schlafen.«

»Danke dir. Doch dann zieh ich ganz fort. Und sowie ich Pferd und Schlitten verkauft hab, werd ich auch das Haus verkaufen.«

»Du willst fortziehen, Beila. Wohin und zu wem? Du sagtest doch, du hast keine Verwandten.«

»In Klinitz bei Czernowitz, das ist weit oben in der Bukowina, da gibt es einen Vetter von Jacob, ein älterer Mann. Ich weiß zwar nicht, ob er noch lebt, und ich weiß auch nicht, was für ein Mensch er ist. Ich kenn aber seinen Namen, und ich werde hinziehen, Varvara. Mir bleibt nichts anderes übrig. Ich geh fort für immer aus Arvinitza ...«

Einige Tage später hatte Beila das kleine Anwesen einem jüdischen Einwohner verkauft, dem Schneider Josef Silberblum. Ein Rumäne hatte ihr dafür mehr geboten, doch sie wollte nicht, dass Jacobs Haus in »gojsche Hände«, in die Hände »der andern« kommt, vielleicht sogar in den Besitz jener, die nachts an ihre Tür geklopft hatten. Vierzehn Jahre später nahmen sich dann aber jene »andern« selbst alle jüdischen Häuser und Höfe im Dorf – auch den Hof, der einst Jacob Altmann gehört hatte; doch das konnte Beila damals noch nicht ahnen.

Es war an einem kühlen, stillen Morgen, als Varvara mit dem Pferdewagen zum Bahnhof nach Focşani fuhr. Neben ihr saß Beila. Sie wollte von hier den Personenzug nach Sutschawa nehmen. Und von dort dann weiterreisen nach Czernowitz. Sie hatte die Geldscheine für ihren Besitz in ein Säckchen eingenäht. Das trug sie an einer Schnur am nackten Körper, unterhalb der Brust.

Dort, wo der Weg eine weite Krümmung macht und das Tal langsam verlässt, blickte Beila noch einmal kurz zurück zum Dorf, zu den Bergen. Doch nichts regte sich, der Himmel hing gleichgültig und verschlafen über dem hohen Gebirge. Nur ein sanfter Frühnebel stieg langsam aus den dunklen Wäldern. Das aber waren keine Wolken. Keine *Pădureanca*, keine Schicksalsgöttin, die ihr vielleicht ein Zeichen geben könnte, wie es nun weitergehen wird.

Sie sah noch einige Mal zurück, denn sie verspürte plötzlich einen leisen Schmerz in der Brust, eine seltsame Sehnsucht, die sie sich nicht erklären konnte, und Erinnerungen aus vergangenen Jahren winkten ihr zu. Heftig und mit beiden Händen, wie das kleine Kinder tun. Doch die vertraute Landschaft, die zurückblieb, schien ihren zärtlichen Blick nicht zu erwidern und hielt anscheinend die Augen geschlossen. »Ich werde dich nie wiedersehen, Arvinitza«, dachte Beila, »deine Wiesen und Wälder, deine Menschen, deine Juden und die andern, den Klang der Toaka und das Heulen der Wölfe im Winter, ich verlasse dich jetzt für immer …«

»Wann werden wir uns wiedersehen?«, fragte Varvara, als sich die beiden Frauen beim Abschied lange umarmten.

»Ich glaube, das wird niemals sein«, sagte Beila, und dabei fühlte sie sich seltsam erleichtert, weil sie dieses Wort so unbekümmert und selbstsicher ausgesprochen hatte. »Ich fühle es, wir sehen uns nicht wieder, Varvara.« Dann umarmten sie sich zum letzten Mal.

»Das weiß nur Gott«, meinte Varvara und wischte sich mit dem Handrücken über die Augen.

Darauf erwiderte Beila nichts mehr. Doch sie dachte im Stillen: »Welcher Gott? Deiner? Meiner? Und ist tatsächlich dein Gott auch mein Gott? Und weiß er dann auch, warum Jacob, der niemandem etwas zuleide getan hat, so früh von dieser Welt gehen musste? Hat Er ihm dieses Schicksal zugedacht? Gern würde ich ihn das fragen.«

Doch nun war sie *onhejmik*, das heißt, sie war heimatlos geworden, und die Heimatlosen müssen hinnehmen, was ihnen das Schicksal gibt, wie die Bettler, die sich Almosen und milde Gaben nicht aussuchen können, und deshalb dürfen sie auch keine Fragen stellen, hatte einmal Rabbi Mendel gesagt. Die Heimatlosen aber sind die Juden. Überall in der Welt und so lange, bis sie eines Tages in ihre Heimat zurückkehren werden. Doch wann genau das sein wird, wusste der Rabbi damals noch nicht.

3

Jahrzehnte später.

Im Sommer 1965 erschien eines Tages eine junge deutsche Frau in Arvinitza. Sie fuhr ein rotes Auto und parkte es neben der rumänischen Kirche. Rasch sprach es sich im Dorf herum, dass Besuch aus dem Ausland eingetroffen sei. Und bald hatte sich auch eine Schar neugieriger Kinder eingefunden. Und auch einige Bauern standen da und bewunderten das fremde Fahrzeug, das vornehm in der Sonne glänzte.

Die Deutsche sprach nur wenige Worte Rumänisch. Was sie sagte, las sie meist aus einem Notizbuch ab. Und sie fragte aber immer wieder nach »den Juden«. Doch da konnte man ihr gleich sagen, dass hier seit vielen Jahren keine Juden mehr leben. Der kleine Friedhof im Wald, den gibt es noch, doch der ist ganz zugewachsen. Ein unheimlicher Ort. Es heißt, dass dort Dämonen wohnen und böse Geister. Deshalb geht auch niemand mehr hin. Doch die Deutsche verstand nur wenig von dem, was die Leute eifrig und mit wichtiger Miene so erzählten. Sie merkte aber, dass sie wohl kaum noch jemanden finden wird, der sich an eine Frau, die Beila Altmann hieß, erinnern würde. Erst am späten Nachmittag lernte sie zufällig auch die Lehrerin Elena Arvinte kennen, die Tochter der Varvara Moldovan. Elena sprach ein wenig Deutsch und Französisch.

Und nun fragte die Deutsche auch sie nach jener Beila Altmann, die einst hier gelebt haben soll. Wenn dieses tatsächlich der Ort ist, aus dem sie vor bald drei Jahrzehnten fortzog, hinauf in die Bukowina und von dort dann weiter in die Maramuresch, die damals zu Ungarn gehörte.

»Ja, die Beila, die schöne Frau Beila«, sagte Elena nachdenklich, »bis jetzt hat noch niemand nach ihr gefragt. Sie sind die erste Person, die herkommt und sich ausgerechnet nach jener Beila erkundigt …

Mein Gott, das ist schon sehr lange her. Ich muss erst die Spinnweben aus meinem Gedächtnis wegmachen, wie man hier so sagt, damit ich mich wieder an jene Zeiten erinnern kann.

Meine Mutter, die Varvara, wurde 1896 geboren, sie war etwa zehn Jahre älter als die Beila, die damals gleich neben uns wohnte.

Mein Vater fiel im Ersten Weltkrieg, in der Schlacht bei Mărăşeşti, die vierzehn Tage dauerte, vom 6. zum 19. August 1917. Mărăşeşti, das ist nicht weit von hier, achtzehn Kilometer nördlich von Focşani. Ich weiß, dass er damals dort gestorben ist, doch sein Grab kenne ich nicht.

Ich wuchs dann ohne Vater auf, das heißt ein Bruder meines Vaters, der zu uns gezogen war und Mutter in der Wirtschaft half, kümmerte sich um mich. Die Frau war ihm gestorben, und er selbst hatte keine Kinder. Denn seine Frau war Jüdin gewesen. Und in Mischehen, heißt es, verhütet unser Herrgott, dass Kinder kommen. Das ist immer schon so gewesen. Und vielleicht deshalb, weil er sich mit dem andern Volk vermischen wollte, wurde er vom Schicksal gestraft. Denn auch mit meiner Mutter hat er keine Kinder gehabt.

Ich erinnere mich noch sehr gut an die Beila. Ob sie mit dem Nachnamen so hieß, wie Sie eben sagten, weiß ich nicht. Sicher habe ich es einmal gewusst, doch das ist, wie gesagt, sehr lange her. Als sie fortging, war ich gerade zwölf Jahre alt und besuchte die fünfte Klasse der Volksschule hier im Dorf. Denn Mutter sagte immer: ›Du musst mehr werden, als wir es sind! Du musst einen Beruf lernen!‹ Und so wurde ich später Lehrerin.

Beila hatte eine helle, rosige Haut und viele kleine Sommersprossen im Gesicht, und sie hatte auch große blaue Augen und sehr kräftiges rotes Haar. Und sie trug keinen *scheitel*, das heißt keine Perücke, wie damals manche orthodoxe Jüdinnen hier im Dorf. Ihre Augen habe ich nicht vergessen: Sie waren von einem ganz besonderen Blau, sehr hell, und sie glänzten manchmal so seltsam. Eines Tages fragte ich Mutter, warum die Augen von Beila diesen besonderen Glanz haben. Da sagte Mutter: ›Weil Beila eine Jüdin ist. Die Juden haben andere Augen als wir.‹

›Haben sie vielleicht auch den *bösen Blick*?‹, fragte ich noch.

›Nein, mein Kind‹, sagte Mutter, ›den *bösen Blick* haben nur die Zigeunerinnen, die umherziehen und für Geld wahrsagen. Vor denen muss man sich sehr in acht nehmen. Die haben einen Bund mit dem Teufel geschlossen.‹

Ob das nun so ist, weiß ich nicht. Ich habe später hier keine Zigeunerinnen mehr gesehen. Sie verschwanden damals, als man auch die Juden wegführte.

Ich besitze nur ein einziges Bild von meinen Eltern. Es ist das Foto von ihrem Hochzeitstag. Das hatte noch der Elie Fruchter gemacht, ein Fotograf von hier aus dem Dorf. Der zog oft umher und fotografierte die Leute, die das bezahlen konnten, bei Familienfesten oder *simches*, wie man damals auch sagte. Es ist schon sehr vergilbt, dieses Bild. Doch man kann noch genau erkennen, dass auch meine Mutter eine schöne Frau war. Anders als die Beila. Denn sie hatte langes schwarzes Haar, das sie zu einem dicken Zopf flocht, und dann eine sehr helle Hautfarbe, auch im Gesicht. So wie die Beila, ihre Haut war nämlich auch sehr hell und beinahe ein wenig rosig.

Die Beila war außerdem sehr schlank und hübsch und zehn Jahre jünger als meine Mutter. Doch das wusste ich damals noch nicht, weil mir alle Erwachsenen irgendwie alt vorkamen. Aber Beila hatte wirklich eine gute Figur, das fiel sogar mir auf. Denn ich verglich sie oft mit den anderen jüdischen Frauen, die meist schon mehrere Kinder hatten und ziemlich rundlich waren. Und an was ich mich noch erinnere: Die Beila fürchtete sich sehr vor Hunden. Das hat meine Mutter mir erzählt. Und deshalb gab es bei ihnen auch keinen Hund im Hof. Das ist hier ganz selten, denn eigentlich gehört zu jedem Haus auch ein Hund, der wacht, dass keine Räuber kommen. Ich meine, umherziehendes Volk. Sie träumte auch oft von Wölfen, die sie bedrohten, und ihre Träume waren sehr ungewöhnlich und seltsam, erzählte Mutter, so ungewöhnlich wie Beila selbst mit ihrem vollen roten Haar.

Eigentlich gab es hier im Dorf nur unter den Jüdinnen manchmal welche mit rötlichem Haar. Die rumänischen Frauen waren meist dunkel oder auch dunkelblond. So wie heute. Wenn nun die Beila irgendwohin ging, wusste man sofort: Das ist eine Jüdin. Und schuld daran war eben ihr schönes rotes Haar.

Ich weiß nicht, was aus der ›Beila Roşcovană‹, der ›Roten Beila‹, wie man sie auch nannte, später geworden ist. Ich hab nie wieder etwas von ihr gehört. Und auch Mutter hat nach ihrem Abschied, soviel ich weiß, nie eine Nachricht erhalten. Das war vielleicht auch wegen der Zeiten, die dann begannen, als man die Juden verfolgte und in die Lager nach dem Osten deportierte. Doch darüber soll man heute nicht mehr sprechen. Das war einmal und ist vorbei, und man soll nicht immer in der Vergangenheit rühren und alles aufwirbeln, was schon längst vergessen ist.

Vielleicht aber hat Beila sich versteckt und den Krieg überlebt, vielleicht hat sie sogar Kinder und Kindeskinder und ist inzwischen eine glückliche alte Frau. Das würde ich ihr gern wünschen. Denn sie war eine gute Freundin meiner Mutter. Doch das Schicksal richtet sich nicht nach dem, was wir Menschen uns so wünschen. Das habe ich gemerkt, als meine Mutter – Gott gebe ihr die ewige Ruhe – uns verlassen hat. Kurz nachdem ich meine älteste Tochter, die Veronica, bekam. Mutter war damals zweiundvierzig, eine noch junge Großmutter. Doch sie musste schon bald für immer von dieser Welt gehen. Und sie hätte noch so gerne gelebt. Nun, das war eben ihr Schicksal. Gott weiß warum.«

Dann erzählte sie noch, dass Beila einst die *Pădureanca* gesehen haben soll. Das hatte sie von ihrer Mutter gehört. Die Schicksalsgöttin sei aus dem Gebirge herabgestiegen, um Beila mitzuteilen, dass es bald eine große Katastrophe geben wird. »Man wusste damals nicht, was mit dieser Prophezeiung gemeint war. Als dann die Verfolgungen der Juden begannen, die Deportationen und Enteignungen, erinnerten sich die Menschen an das, was Beila erzählt hatte. Doch die war schon fortgezogen; wohin, wusste man nicht. Und man sagte, nur sie hätte jene Warnung der *Pădureanca* ernst genommen. Denn die Juden glaubten nicht an solche Dinge. Die waren auch in dieser Hinsicht ›ungläubig‹, könnte man sagen.«

Gleich nach Kriegsende habe es in den Wäldern faschistische Partisanen gegeben, meist Legionäre, doch auch deutsche Soldaten, erzählte dann Elena weiter. »Sie waren bewaffnet und hausten oben in den abgelegenen Höhlen, wo sich einst Heiducken und Räuber versteckt hatten. Sie wollten gegen die Kommunisten kämpfen. Die neuen Staatsorgane aber, besonders die Securitate und das Militär, haben dann öfter richtige Treibjagden organisiert – gegen die zahlreichen Wölfe, die immer frecher wurden und während des Winters manchmal sogar tagsüber bis ins Dorf kamen, na ja, und auch um die Partisanen einzufangen. Doch man hat damals keinen einzigen Partisanen lebendig fassen können. Die schossen nämlich auf die Soldaten, und dann wurden sie schließlich selbst erschossen. Heute gibt es keine Partisanen mehr und kaum noch Wölfe. Und so kommt auch kein Wolf mehr herunter zu den Siedlungen. Denn wenn sich hier einer blicken ließe, würde ihn gleich der Milizmann oder ein Jäger vom Forstamt erschießen.«

Elena hatte unentwegt geredet. Eben wie eine Lehrerin, die gerade eine Schulstunde hält. Nun war die Lektion zu Ende, und sie sagte: »Das ist alles. Mehr kann ich jetzt dazu nicht sagen.«

»Und was wäre geschehen, wenn Beila hiergeblieben wäre, im Dorf?«, wollte die Deutsche noch wissen.

»Sie hätte sicher ein ähnliches Schicksal gehabt wie die andern, die vielen, die man deportiert hat in den Osten. Das heißt, einige sind ja angeblich in die Wälder geflüchtet und von dort weiter über die Gebirge nach Südsiebenbürgen, das damals, nach 1940, weiterhin zu Rumänien gehörte. Andere, erzählte man, hätten sich in Bukarest versteckt. Ob das tatsächlich so ist, weiß ich nicht, denn nach dem Krieg ist kein Jude mehr nach Arvinitza zurückgekehrt. Und wer alles heute in einem ehemaligen jüdischen Haus wohnt, weiß auch niemand mehr so genau. Denn alles, Gehöfte, Wiesen und Felder, wo es nach dem Krieg keine Besitzer mehr gab, wurde verstaatlicht. »Was man nicht weiß, macht einen nicht heiß«, sagt der Volksmund. Und so denken auch die meisten Leute von hier. Darum spricht man heute nicht mehr von den Juden. Warum aber will ausgerechnet eine junge *doamnă* aus Deutschland das alles wissen, wo doch inzwischen so viele Jahre vergangen sind und kein Hahn mehr nach den Juden kräht?«

»Jene Beila war meine Mutter«, sagte Maria leise, »sie ist längst tot. Doch ich wollte den Ort sehen, wo sie einst gelebt hat.«

»Oh, bitte um Entschuldigung. Es tut mir leid. Das mit dem Hahn war nicht so gemeint.« Elena war es offensichtlich peinlich, und sie entschuldigte sich noch einige Male. Das wäre hier so eine Redensart. Dabei schien es, als würde sie sich eine Träne aus den Augen wischen. Die Handbewegung sollte das jedenfalls andeuten.

Maria aber sagte: »Ich weiß, wie die Hähne krähen, Frau Arvinte. Auch in Deutschland krähen sie nicht anders als hier, wenn es um das Schicksal der Juden geht.«

Dann verabschiedete sie sich, die verspäteten Tränen der einst schweigenden Mehrheit interessierten sie nicht. Und ihre Augen blieben bei solchen Geschichten trocken. Was ihr da vorgespielt wurde, sollte eine Wiedergutmachung sein. Ein wenig Mitgefühl, vorübergehend und vielleicht nur vorgetäuscht. Und danach krähten die Hähne wieder wie zuvor. Es waren eben Wetterhähne, die sich nach dem Wind der Zeit drehten.

Sie stieg in ihr Auto, das nun voller dumpfer Tupfen war. Von kleinen und großen Händen. Sie hatten es immer wieder neugierig berührt und betastet und viele matte Spuren hinterlassen. Doch das schien Maria nicht zu kümmern. Sie fuhr langsam, fast andächtig fort von der Kirche, wo sie geparkt hatte, und dann am ehemaligen Bethaus vorbei. Über dem Eingang hing ein großes Schild, das wahrscheinlich am Abend weithin sichtbar war. Darauf stand dann in roter Leuchtschrift: »Cinema«.

Im Rückspiegel sah sie, wie einige Kinder ihr eifrig nachwinkten. Sie hielt an, wendete und fuhr wieder zurück. Unter ihnen war auch ein größerer Junge mit dunklen Augen und schwarzem Haar. »Wie heißt du?«, fragte Maria.

»Mircea, aber man nennt mich Mircică«, antwortete er wichtig und stolz, weil sie ihn angesprochen hatte. Dann holte Maria aus dem Auto eine große Tüte mit Bonbons, die in farbigem Staniolpapier verpackt waren.

»Hier, Mircică«, sagte sie »aufteilen, *egal la fiecare*, jedem gleich viel.«

»Danke, *doamnă*, danke!«, riefen die Kinder, und als sie losfuhr, winkten ihr viele kleine, schmutzige Hände nach. Sie aber dachte: »Wenn das Schicksal barmherziger gewesen wäre, hätte ich als kleines Mädchen mit solchen Kindern hier gespielt. Und vielleicht wäre auch ich einmal dort gestanden und hätte jemandem gewinkt.«

4

An jenem Morgen, als Varvara sie zum Bahnhof Focşani gebracht hatte, stieg Beila in den Zug, der in nördliche Richtung fuhr – über Bacău und Jassy nach Sutschawa und von dort über Beinetz, den ehemaligen Grenzort, nach Czernowitz.

Sie hatte wenig Gepäck, nur einen geflochtenen Rutenkoffer, in dem sich ihr Mantel und etwas Wäsche befanden. Und eine Stofftasche mit einigen Schnitten Brot, einem Stück Schafskäse und großen leuchtenden Tomaten aus dem Garten, der nun nicht mehr ihr gehörte. Das hatte ihr Varvara eingepackt, *»de ale gurii«*, wie sie sagte; es war ihr Essen für unterwegs.

Beila saß in einem Durchgangswagen dritter Klasse mit braun lackierten Holzbänken. Ständig stiegen Leute zu, andere stiegen wieder aus. Manche rauchten unentwegt stinkende Zigaretten, andere ließen reihum die Zuikaflasche kreisen. Es wurde getrunken und gelacht, gegessen und gerülpst, und manche Mütter holten wie selbstverständlich ihre Brüste hervor und stillten zwischendurch ihre Säuglinge, wenn diese plärrten. Als Beila einmal auf die Toilette ging, sah sie, dass es in diesem Zug auch Wagen gab, wo die Reisenden in vornehmen Coupés saßen, und da waren die Sitze gepolstert. Manche dieser Reisenden lasen in einem Buch, andere lehnten ihren Kopf zurück und schienen zu schlafen.

Es war eine lange, beschwerliche Fahrt, und Beila musste unterwegs dreimal umsteigen. Gegen Abend kam sie schließlich erschöpft in Czernowitz an und war beeindruckt von den Menschenmassen auf dem Bahnhof. Reisende, die zum Ausgang eilten, wo die jüdischen Fiaker standen und laut nach Kunden riefen, Menschen, die hier auf jemanden gewartet hatten, den sie nun freudig begrüßten, umarmten, etwas fragten. Ein Stimmengewirr aus verschiedenen Sprachen, farbig und fremd. Denn viele Menschen redeten hier, wie man hören konnte, deutsch, doch auch rumänisch und jiddisch. Ihr schien, als wäre sie plötzlich in einem anderen Land, denn eigentlich erinnerte sie nichts mehr an die moldauischen Städte, durch die sie heute gefahren war.

Beila stand auf dem Perron und überlegte, was sie nun tun sollte. Etwas weiter gab es einen Raum mit breiten Holzbänken, auf denen einige Bauern vor sich hin dösten, Männer und Frauen. Sie trugen eine seltsame Tracht. Es waren Huzulen, Bergbewohner aus den Waldkarpaten, die anscheinend auf eine Zugverbindung warteten. Auf dem Boden, zu ihren Füßen, lagen schwere Trajste, Zwerchsäcke, wie sie die Bauern dort haben. Im Wartesaal roch es aufdringlich nach altem Schweiß und nach Tieren. Doch es gab da keine Tiere, dafür aber einige grobe Pelzjacken aus Schaffell, die auf den Zwerchsäcken lagen. Vielleicht kam der Geruch daher. Unwillkürlich musste Beila an die bunten *cojoace* denken, die Jacob genäht und bestickt hatte. Die hatten nicht gerochen, die waren weich und anschmiegsam.

In diesem dumpfen Raum verbrachte Beila die Nacht. Sie versuchte einzuschlafen und wurde aber immer wieder geweckt. Einige Male kam eine Polizeikontrolle vorbei. Zwischendurch schnarchten die Huzulen, inständig und beharrlich. Die Luft war zum Schneiden, dämpfig und feuchtwarm. Nur langsam verging so die Nacht.

Am Morgen wusch sich Beila das Gesicht auf der Damentoilette. Dann stieg sie in den Zug, der über Zablotow hinauf nach Kolomea fuhr. Doch schon in Berchometh am Tscheremousch stieg sie wieder aus und wanderte zu Fuß weiter. Um ihr einziges Paar Schuhe zu schonen, ging sie barfuß. Auf einer schmalen schwankenden Hängebrücke, auf der sie mit zitternden Knien, vorsichtig und langsam vorwärtstappte, überquerte sie den Pruth, der an dieser Stelle seicht und still dahinfloss. Am anderen Ufer fand sie eine Stelle, wo sie ihre Füße waschen und im Gras trocknen konnte. Dann zog sie die Schuhe wieder an. Denn es waren nur noch etwa sechs Kilometer bis Klinitz, und nach einer Stunde hatte sie das Ziel ihrer langen Reise erreicht.

In Klinitz, Rohoschna, Lukowitz, Kotzman, Krassna, Banilla und in anderen Gemeinden in der Gegend um Czernowitz lebten damals auch zahlreiche Bauern, deren Vorfahren man einst als »tolerierte Juden« und »Ackersleute« hier angesiedelt hatte. Von den ruthenischen, rumänischen, schwäbischen und deutschböhmischen Landbewohnern unterschieden sie sich nicht nur durch ihren

Glauben, sondern auch durch Kleidung und Sprache. Man kleidete sich anders als die andern Bauern, die hier lebten. Und man sprach Jiddisch. Die feinen Juden hingegen, die in der großen Stadt wohnten, in Czernowitz, die sprachen meist nur deutsch und auch die neue Landessprache – Rumänisch.

Die Dorfbewohner waren eben die *jischuwnikes*, auf die man oft herabsah, und die Stadtbewohner waren die *dajtschischen*, die immer noch der österreichischen Kaiserzeit nachtrauerten. Und wenn man einen *gwir*, einen reichen Juden, oder einen *mejuches*, einen mit vornehmer Abstammung, gelegentlich etwas auf Jiddisch fragte, tat er meist so, als würde er diese Sprache nicht verstehen. Oder er antwortete einem einfach auf Deutsch. Das wusste auch Beila, denn Jacob, der öfter unterwegs gewesen war, hatte ihr davon erzählt. Und solche *gwirim* und *jachßonim*, eben wohlhabende Juden, mit viel *aschires*, mit viel Reichtum – und manche hatten sich sogar einen Adelstitel gekauft –, die meinten, sie wären etwas Besseres. Und die waren zu den einfachen Juden oft ebenso abweisend wie die Gojim, mit denen sie sich anscheinend ganz gut verstanden. »Geld zieht eben zu Geld, und das Geld vom Juden riecht nicht anders als das Geld vom Goj oder vom *meschumed*, dem getauften Juden.« Diese Worte hatte sie von Jacob gehört, der oft Geschäfte mit Gojim machte.

Judendörfer, *jischuwim* und Schtetls, kannte Beila auch aus der Gegend um Focşani. Denn bis hinauf nach Botoşani und Dorohoi gab es zahllose kleine und auch größere Orte mit jüdischen Einwohnern. Da lebten Juden und Rumänen beisammen oder Rumänen und Juden. Wer in der Mehrheit war, den nannte man für gewöhnlich zuerst. Das hatte sich so eingebürgert. Oder wenn es im Ort nur Juden gab und kaum Nichtjuden, dann sprach man von einer jüdischen Siedlung, einem *jischew* oder Schtetl.

In Klinitz aber lebten zu jener Zeit außer Juden auch einige Rumänen und Ruthenen, außerdem eine polnische und eine deutsche Familie. Auf der Straße hörte man oft mehrere Sprachen, und die meisten Einwohner verständigten sich untereinander entweder in ihrer eigenen Sprache oder dann auf Rumänisch und Deutsch.

Die Männer der Familie Herzig – Isaac, Moses und Hersch – gehörten zu den sogenannten Judenbauern, deren Vorfahren einst, zu Beginn des 19. Jahrhunderts, von oben aus Galizien ins österreichische Kronland Bukowina eingewandert waren.

Jacob hatte einige Male von Moses, dem Mojsche, aus Klinitz erzählt und dass er einmal mit seinem Vater bei diesem Onkel in der fernen Bukowina zu Besuch gewesen war. Ein sehr freundlicher Mann sei dieser Mojsche, und freundlich auch seine Frau, die Rebecca. Sie hatte damals einen Kollack gebacken, einen bukowinischen Striezel, der war so zart und duftig, dass er ihn nicht vergessen konnte. Mojsches Mutter und Jacobs Mutter waren Schwestern gewesen. Beide lebten nicht mehr. Das hatte sie sich gemerkt, und mehr wusste sie über diese Familie eigentlich nicht.

Nun stand sie vor dem geschnitzten Holztor eines kleinen Bauernhofs, nachdem sie eine rumänische Bäuerin nach dem Mojsche Herzig gefragt hatte. Die aber wollte gleich wissen: »Woher kommt Ihr? Seid Ihr eine Verwandte aus der Stadt?« Beila kannte diese seltsame Neugier der Dorfbewohner, der einfachen Menschen vom Land, in deren Alltag wenig geschieht und für die jedes Ereignis wichtig ist. Auch wenn es sich dabei nur um die Begegnung mit einer Fremden handelt, die zufällig vorbeikommt.

»Ich bin zu Besuch«, sagte Beila, weil sie nicht wusste, wie man sie aufnehmen wird. »Vielleicht aber bleibe ich auch einige Zeit hier.«

»Aha, so, so«, meinte die Bäuerin und ging eilig davon, um wahrscheinlich jetzt im Dorf zu erzählen, dass Mojsche Besuch aus der Stadt bekommen hat.

Beila öffnete zögernd die knarrende Gassentür und erblickte einen kleinen schwarzen Hund, der anscheinend geschlafen hatte. Der erhob sich nun und lief ihr entgegen, mit eiligen Schritten, wichtig und aufgeregt kläffend. Sie sagte ein paar freundliche Worte, um ihn zu beschwichtigen, und da trat schon eine ältere Frau aus dem Haus. Es war jene Rebecca, die einst den guten Kuchen gebacken hatte. Sie zog ihr Kopftuch zurecht, wie das Bäuerinnen tun, und blickte misstrauisch und auch ein wenig verwundert auf die junge, fremde Frau, die vor ihr stand und etwas hilflos wirkte.

Noch im Hof, während der Hund ihre Beine und den Koffer beschnüffelte, erzählte Beila rasch und in wenigen

Worten, wer sie ist, woher sie kommt und was sich in Arvinitza und Focşani zugetragen hatte. Und nun geschah das, was Beila sich während der langen Reise im Stillen gewünscht hatte. Denn an die Möglichkeit, es könnte anders kommen, wollte sie nicht denken.

Rebecca sagte nur: »Oj, Medele, ojojoj.« Dann umarmte sie die fremde Verwandte und bat sie ins Haus. Beila war angenommen. Sie hatte jetzt eine Familie, und wie immer es kommen würde, sie war nicht mehr ganz allein auf der Welt. Und diese neue, unbekannte Welt, die sie eben betreten hatte, schien es gut mit ihr zu meinen.

Beila ging in die kleine Wohnstube, schüchtern und neugierig um sich blickend, und setzte sich an den Tisch, auf dem eine große Tonschüssel mit Äpfeln stand, während Rebecca eine bauchige Flasche mit gesüßtem *bronfen* brachte.

»Bagriß dich mitn Gläsele L'chajim«, sagte sie lächelnd. Und da schnürte es plötzlich Beila die Kehle zusammen, wie man im Volk sagt. Es war nicht wegen des Gläschens Schnaps, sondern weil sie sich erinnern musste an ihren neunzehnten Geburtstag, den sie noch zusammen mit Jacob gefeiert hatte.

Er war in der Stadt gewesen und hielt, als er ins Haus trat, lachend eine kleine Flasche hoch, an deren Hals ein breites goldfarbenes Band hing: »Ich bagrieß dich an Gebojrntog!« Dann holte er ein leuchtendes blaues Seidentuch aus der Tasche, legte es ihr um den Hals und rief: »Masel tow, Beila majne! Chob dich lieb mehr wie dus Chajes!«

»Mehr wie dus Chajes« – mehr als das Leben, hatte er gesagt, und das sollte heißen, mehr als sein eigenes Leben. Doch er konnte nicht wissen, dass er nur die Dauer der Liebe selbst bestimmen kann, während das Leben nicht ihm gehört und nur eine Leihgabe des Allmächtigen ist. Und nun war sein Leben zu Ende. Ganz plötzlich hatte man es ihm genommen. Und er musste von dieser Welt gehen, ohne sich von ihr verabschieden zu können. Nie wieder würde er mit ihr »a Gläsele L'chajim« trinken. Nie wieder würde sie sein Lachen hören und seine leuchtenden Augen sehen.

Da konnte sich Beila nicht mehr zurückhalten, und es kamen ihr die Tränen – so plötzlich wie ein Gewitter, das sich nicht angekündigt hat. Und sie versuchte erst gar nicht, diese Tränen zurückzuhalten. Denn sie musste sich wieder ein wenig vom Schmerz befreien, den sie seither ständig in sich trug, der ihr an manchen Tagen auf den Rücken sprang und sie niederdrückte. Rebecca saß da und sagte nichts. Doch sie strich ihr immer wieder behutsam übers Haar, und auch ihre Augen waren feucht.

Am Abend kam Mojsche nach Hause. Er hatte in der Stadt zu tun gehabt. Geschäftlich, wie er sagte. Er war groß und kräftig und ähnelte ein wenig jenen Juden, die in Focşani als Lastenträger am Güterbahnhof arbeiteten. Doch die wirkten meist etwas derb und verwahrlost, er aber trug eine Schildmütze auf dem Kopf, hatte ein weißes Hemd an mit schwarzer Weste und dunkle Hosen, die in Stiefeln steckten, obwohl es Sommer war. Beim Reden zupfte er manchmal an seinem vollen schwarzen Bart, durch den viele graue Fäden liefen und der ihm bis auf die Brust reichte. Er hatte eine kräftige Nase und große dunkle Augen, deren Blick sich ständig veränderte, während er sprach.

Als er Beila begrüßte, sahen sie sanft aus und dann aber nachdenklich. Und als sie von Jacobs Ende erzählte, kniff er sie langsam zusammen, sie wurden immer kleiner, und schließlich waren in seinem hellen, breiten Gesicht nur noch zwei schwarze Striche zu sehen und rundum viele kleine Fältchen. Dann schimpfte er auf die Dummköpfe, die er *balwanes* nannte, die sich wie *chajes*, wie wilde Tiere, aufführen, wenn sie eine Uniform tragen und zu mehreren beisammen sind. Es ist wie bei den Wölfen im Winter, die von oben aus dem Tscheremouscher Waldland herüberkommen über die zugefrorenen Flüsse. Ein Wolf allein ist nicht so gefährlich. Man kann ihn verjagen wie einen wütenden Hund. Und es gibt Bauern, die haben mit der Knute, der schweren Lederknute, schon manch einen Wolf zur Strecke gebracht. Und das aus dem fahrenden Schlitten. Ein gezielter Schlag auf den Kopf, und der Wolf blieb liegen im Schnee. Aber gegen ein Rudel kann man sich nicht wehren. Im Rudel sind sie unberechenbar und gefährlich. Dabei dachte Mojsche auch an die Zukunft seiner Kinder und Enkel.

Die drei Söhne waren längst fortgezogen und hatten eigene Familien gegründet. Sie lebten in Czernowitz, Sereth und Radautz. Und eine Tochter hatte nach Wischnitz geheiratet, einem kleinen jüdischen Marktflecken am Tscheremousch. Die Familie traf sich jedoch immer wieder an den *jomtowim*, den Feiertagen. Dann fuhr man rechtzeitig hinunter nach Sereth am Sereth, wo Josef, der jüngste Sohn, wohnte, den man immer noch Jossele nannte, obwohl er schon über dreißig war. Er hatte durch geschickte Spekulationen ein großes Haus erworben, nahe an den Flussauen des Sereth, mit einem Grundstück, zu dem auch ein Obstgarten gehörte. Hier konnten die Kinder bei gutem Wetter spielen. Er war nun ein *erdfarmeger*, wie man die kleinen Grundbesitzer nannte, aber auch ein *ojscher*, ein reicher Mann. Denn er besaß außerdem ein kleines Sägewerk, das am Ufer des Sereth stand.

Mojsche war kein *ojscher*, doch ihm gehörten mehrere große Kartoffelfelder, und er belieferte einige Händler und Gemüseläden in Czernowitz »mitn schejnsten Bulbes«, wie er sagte. So wie seine Kartoffeln, die man hier *bulbes* nannte, wären nur noch jene aus Rosch, einem Vorort von Czernowitz, wo es schwäbische Gemüsebauern gibt, hieß es. Rebecca züchtete schon seit vielen Jahren *ojfes*, das heißt Geflügel, Hühner und Gänse, die sie dann in der Stadt auf dem Markt verkaufte. So hatten es beide zu einem gewissen Wohlstand gebracht.

In der Wirtschaft gab es einiges zu tun. Und Beila, die auch in Arvinitza viel auf dem Feld gearbeitet hatte, half schon am nächsten Tag beim Kartoffelhacken. Der Boden hier war sandig und musste immer wieder gelockert werden, weil er sich sonst sehr festigte, und dann konnten die Kartoffeln nicht wachsen.

Im Winter strickte sie für die Enkelkinder warme Pullover, Jacken, Hosen, Handschuhe und Schals aus Schafwolle, die Mojsche von einem Ruthenen kaufte. Auf diese Art verdiente sie sich die *chajune*, den Lebensunterhalt, denn dafür gab es manchmal ein wenig Geld von den Söhnen, und so konnte sie sich dann vom Trödler einige Sachen zum Anziehen kaufen.

So vergingen die Jahre. Und die Zeit flog dahin, wie in jenem alten *nigun*, dem Lied »Vun die Juren«, wo es heißt, dass sie unbemerkt und rasch vergehen, während sich das Lebensrad schicksalhaft ständig weiterdreht. Doch die Zeit flog nicht immer sinnlos an Beila vorbei. Denn sie war fleißig, sie arbeitete viel und gehörte inzwischen zur Familie wie eine nahe Verwandte. Und einmal sagte sogar Rebecca, dass sie sich immer eine Tochter gewünscht hätte, die daheim bei ihnen bleiben wird. Auch wenn sie schon erwachsen ist. Eine Tochter im Haus, die nicht wegzieht, hätte sie immer schon gern gehabt. Und als dann Sarale nach Wischnitz zog, meinte sie, sie würden im Alter allein sein. Doch dann hat Gott ihnen die Beila geschickt, und nun ist alles so, wie sie es sich gewünscht haben.

Auch Beila dachte manchmal über ihr Leben nach. Doch ihre Gedanken wanderten dann in eine ganz andere Richtung. Wenn sie allein war, draußen auf dem Kartoffelfeld, und wenn zu Mittag die Sonne am höchsten stand. Dann ruhte sie sich im Schatten unter einer mächtigen Eiche aus. Sie lag auf einer alten Tscherga im Gras, und die erinnerte sie immer wieder an längst vergangene Zeiten. So eine Decke mit langen Haaren, aus brauner und weißer Schafwolle, lag einst auf der Ofenbank am *pripetschik*, dem gemauerten Herd in ihrem Haus in Arvinitza. Auf dieser breiten Bank aber, auf der man auch schlafen konnte, hatte sie sich mit Jacob geliebt. Und das manchmal auch am Tag und sogar am Schabbat. Oder an den langen Winterabenden, wenn es draußen stürmte und schneite und vom Pripetschik her ein heißer Atem kam, der ihren nackten Leib seltsam berührte und noch mehr erregte.

Nun lag sie mittags auf einer Tscherga draußen am Feld, sie hielt die Augen geschlossen, um nichts sehen zu müssen. Und die Erinnerung nahm sie zärtlich in die Arme, doch diese Arme waren nur Wünsche und Worte, die ihr zugeflogen kamen, um sich dann gleich wieder aufzulösen im sanften Wind, der ständig vom Fluss her wehte. Es war eine Liebkosung, mit der sich einsame Frauen zu trösten versuchen, doch danach spürt man noch stärker als vorher, dass man eigentlich allein ist auf dieser Welt. Solche *chalojmeß*, solche stillen Träume, bringen nur noch mehr Schmerz und Sehnsucht. Das wusste auch Beila, und trotzdem musste sie immer wieder daran denken, wie es früher war, wenn sie Jacob umarmt hatte. Und sie tauchte oft in dieser Erinnerung unter. Sie schloss die Augen und ließ sich treiben von Gedanken und Wünschen.

»Wenn du etwas vom Leben willst, dann nimm es dir«, hatte einmal Sarale gesagt, die von zu Hause fortgegangen war nach Wischnitz, um dort mit Markus Rittburger, einem Schneider, der aus Topporoutz stammte, ein neues Leben zu beginnen.

»Wie soll ich mir etwas nehmen, was nicht der Ewige – gelobt sei sein Name – mir gibt?«, fragte Beila. Denn sie wusste, dass alles, was einem vom Schicksal gegeben oder genommen wird, nur vom *Ojberschten* bestimmt wird. Warum sollte das hier plötzlich anders sein?

»Was du dir nimmst, gibt dir der *Ojberschte*«, entgegnete Sarale bestimmt.

»Also ich nehme mir etwas, und dann kommt es vom *Ojberschten*?«, wunderte sich Beila.

»So ist es. Alles ist vorbestimmt. Doch du musst selbst etwas tun, damit sich dein Schicksal erfüllt. Sagen wir, Jacob schaut aus dem *ojlem-habe*, dem Jenseits, auf dich herab. Denn er lebt weiter in der *ojlem-hoemes*, in der Welt der Verstorbenen, der Welt der Wahrheit, und wenn er merkt, dass du traurig bist, dann ist auch er traurig. Denn ihm geht es gut, er ist selig und zufrieden. Du aber lebst hier, im *ojlem-hase*, in dieser Welt, wo die Menschen sind. Und Menschen sind eben Menschen und keine Engel. Was kannst du aber tun? Du kannst dir nehmen ein kleines Stück vom *masl*, vom zufälligen Glück, wenn es bei dir vorbeikommt. Dann musst du schnell zugreifen.«

»Aber wie kommt das Glück bei mir vorbei? Ich kann es doch nicht sehen! Das Glück ist kein Wesen, das man sieht. Was ist überhaupt das Glück?«, fragte nun Beila.

»*Masl* und *masoles* ist das, was du haben willst und nur bekommst, wenn du es dir selbst nimmst. Dann bist du *masldik*, glücklich, und dann hast du das Glück erwischt. Lässt du es wieder los, läuft es dir weg«, lachte Sarale. »Ich hab den Markus auf einer *chassene* kennengelernt. Als Lea, die Tochter vom Abraham Binder aus Rohoschna, geheiratet hat. Das war nicht so einfach, wie es jetzt scheint. Denn die Familien von dort, Binder, Weninger, Grabach, Reisch, Schlosser und wie sie alle heißen, gute Bekannte von meinem Vater, sind sehr orthodox, eigentlich Chassidim. Da haben auf der Hochzeit die Männer immer nur miteinander die Hora getanzt. Männer mit Männern. Bei den andern, ich meine die Christen, da ist das anders. Bei uns tanzen nur die Männer, und die Frauen und Mädchen sitzen in einem separaten Raum. Ich war sehr nahe an der Tür und hab manchmal hinübergeschaut zu den Männern, und immer zum Markus. Und einmal hat auch Markus auf mich geschaut, und unsere Blicke sind sich begegnet. Und da hab ich gewusst: Der wird einmal mein Mann sein. Der und kein anderer. So ist das, man sieht jemanden zum ersten Mal und weiß sofort, was kommen wird und kommen muss. Und was man will und sich immerzu wünscht, das kommt dann auch, weil der *Ojberschte* einem diesen Wunsch erfüllt.«

Beila hatte noch nie eine Frau so reden gehört. Diese Sarale war etwas Besonderes, jedenfalls war sie ganz anders als die jüdischen Bäuerinnen von früher aus Arvinitza, und sie war auch anders als Mutter Rebecca oder die paar Frauen, die sie inzwischen hier in Klinitz kennengelernt hatte. Sie dachte über die Dinge nach, sie hatte eine Meinung, und was sie erreichen wollte, das schien sie auch zu erreichen.

Dieses Gespräch mit Sarale ging Beila immer wieder durch den Kopf, wenn sie sich mittags im Schatten der alten Eiche ausruhte. Wenn jetzt ein junger Mann vorbeikäme, dachte sie manchmal, dann könnte es geschehen, und sie würde sich nicht wehren, sich ihm sogar ganz hingeben und für kurze Zeit alles vergessen …

Doch es kam kein junger Mann vorbei. Denn die Felder, auf denen Kartoffeln, Mais und Kürbisse angebaut wurden, lagen abseits vom Weg, den Beila einst von Berchometh nach Klinitz gegangen war. Und in der Hängebrücke, die über den Pruth führte, fehlten inzwischen so viele Bodenbretter, dass sie nicht mehr benutzt wurde. Der Fluss könne jetzt nur noch irgendwo bei Schipenitz überquert werden, hieß es. Doch bis dahin waren es wenigstens zwölf Kilometer oder mehr.

»Wie alt bin ich eigentlich wirklich?«, fragte sich Beila eines Tages, denn sie fühlte sich noch sehr jung. Und dann zählte sie rasch an den Fingern ab, wie viele Jahre schon vergangen waren, seitdem sie in Klinitz lebte. Und eine leise Angst, die in jeder Frau wohnt, wenn sie langsam älter wird, war plötzlich da. Denn wie lange ist eine Frau tatsächlich jung – so jung, dass sie Kinder bekommen kann, ohne nachzurechnen, wie alt sie sein wird, wenn diese Kinder erwachsen sind? Die meisten Großmütter in Arvinitza oder auch hier in Klinitz waren noch keine vierzig Jahre alt. Jedenfalls jene, die Töchter hatten.

Und Beila erinnerte sich wieder an die *maise* von der jungen und schönen Jente, die unbekümmert in den Tag hinein lebte. Die hatte langes blondes Haar, erzählte die alte Raschela, und saß gern auf der *hojdelke*, der Schaukel, und war fröhlich, weil sie nicht arbeiten musste. Alles im Haus und Garten machte nämlich ihre *bobe*, die Großmutter. Und so vergingen die Jahre, und eines Tages war sie dann alt und hässlich geworden. Denn das Alter ist immer hässlich. Und da fragte sie sich: »Wie ist das geschehen, wann sind die Jahre fortgeflogen aus meinem Leben?«

Und vor lauter Kummer ging dann Jente hinauf ins hohe Gebirge, das man Ceahlău nennt. Dort hockte sie tagelang auf einer einsamen Wiese und rief klagend zum Himmel: »Warum hab ich so dahinleben müssen? Warum hat mir niemand gesagt, dass die Jahre so rasch vergehen und ich alt werde und älter?« Schließlich kam der Totenengel und hatte Mitleid mit ihr und verwandelte sie in einen Felsen. Diesen seltsamen Stein kann man auch heute noch sehen, die Rumänen nennen ihn *Baba Dochia.* Er ähnelt einem hockenden Weib. Unter ihm entspringt eine Quelle mit kühlem, klarem Wasser, das aber einen salzigen Geschmack hat. Es sind die Tränen der Jente, sagt man, die immer noch um ihr sinnloses Leben trauert.

Und dann pflegte die Raschela zu sagen, dass eine Frau ohne Mann nicht weiß, ob sie lebt, ob sie schön ist oder alt wird, weil ihr das nachts niemand ins Ohr flüstert, und weil sie nachts niemand begehrt. Sie ist wie ein

Topf ohne Deckel. Deshalb heißt es auch: »Mann und Weib senen ejn Leib, nur Keschene hobn sie zwej«, was so viel heißen soll, dass Mann und Frau wie ein Leib sind, auch wenn sie zwei verschiedene Geldtaschen haben. Das war dann die *klugschaft* von der *maise*, mit der Raschela ihre Geschichten beendete, denn jedes Mal kam ganz zuletzt eine Lehre, ein guter Rat.

Als ihre Mutter siebenundzwanzig war, ging Beila schon längst zur Schule. Sie war das einzige Kind, denn nach ihrer Geburt konnte die Mutter keine Kinder mehr bekommen. Etwas war geschehen, weswegen Beila keine Geschwister hatte. Doch darüber wurde nicht gesprochen, und als ihre Mutter plötzlich starb, war sie erst zehn Jahre alt. Und ihr Vater konnte es nie verkraften, dass er keinen Sohn hatte, sondern nur eine Tochter. Ein Mädchen und noch dazu mit rotem Haar, ein Mädchen, das zwar sehr klug war, beinahe wie ein Junge, doch eben nur ein Mädchen.

»Ich werd eines Tages eine alte Frau sein und keine Kinder haben, keinen Mann und keine Kinder. Wie furchtbar, wie ungerecht, mein Gott, wie schnell geht das Leben an mir vorbei«, dachte sie immer öfter. »Warum nimmt mich kein Mann in die Arme? Und warum kommt kein Mann, den ich umarmen kann? Soll das mein Schicksal sein?« Bei solchen Gedanken lief es ihr heiß und kalt den Rücken hinunter, als würde sie nackt vor dem Pripetschik sitzen. Wie einst auf dem Schoß von Jacob, der sie immer wieder zärtlich und fest an sich drückte.

Doch diesmal war kein Ofen da, in dem ein Feuer brannte. Es roch auch nicht nach der Glut von Tannenholz und nach den festen, feuchten Armen eines Mannes. Und so dachte sie an den bösen Trieb, den *Jetzer ha-Ra*, der bekanntlich in jedem Menschen wohnt. Der ist es wohl, der in ihr solche Wünsche entzündet, wo sie doch nicht mehr verheiratet ist. Und wenn eine Witwe oder eine ledige Frau ein Kind bekommt, dann ist das ein *mamser*, ein Bastard. Ein Menschenwesen, das nicht zur Familie gehört, doch auch nicht zur Gemeinde. Diese und andere ähnliche Gedanken gingen ihr immer wieder durch den Kopf. Und manchmal wusste sie nicht, was schwerer zu ertragen wäre – ohne Mann zu leben, oder vielleicht ein *mamser* zu haben.

Wie hatte nur Sarale, selbstbewusst und überzeugend, gesagt: Das Glück muss man sich einfach nehmen! Und so nahm sie sich eines Tages ein bisschen vom Glück, das gerade an ihr vorbeizog, ohne lang zu zögern.

Es war eines Abends, als man in Klinitz das Purimfest feierte. Wie auch in vergangenen Jahren hatte man einige christliche Nachbarn eingeladen, und es ging laut und fröhlich zu. So laut, dass man das befreiende Stöhnen nicht hörte und auch nicht den erlösenden Schrei, der aus Beilas Mund hinausflog wie ein Vogel, der plötzlich seinen Käfig verlassen hat. Es geschah zufällig, unbedacht und in Eile, in dem Schuppen hinter dem Haus, halb liegend, halb sitzend, wichtig war nur die rasche Vereinigung mit einem Mann, den sie gerade erst kennengelernt hatte. Sie wusste nicht einmal, wie er heißt, das erfuhr sie viel später. Denn das Einzige, was zählte, waren seine sehnsuchtsvollen Blicke, mit der er sie zuerst verunsicherte, dann aber betörte, erregte, verführte. Am Tag danach, ein wenig abgekühlt und mit einem gewissen Abstand zum Geschehen, dachte sie darüber nach, wie unbedacht sie sich einem fremden Mann hingegeben hatte; doch sie bereute nichts.

Nun aber war der Damm gebrochen, und Beila wurde getragen von den Fluten einer Leidenschaft, die sie bisher nicht kannte. Es waren verbotene Früchte, nach denen sie immer wieder mutwillig griff, doch es waren auch sehr süße Früchte. Und dieser Vergleich von der Süße der verbotenen Frucht und warum das ausgerechnet so ist, dass man keine Reue empfindet, wenn man etwas tut, das niemand wissen darf und das doch eines Tages bekannt sein wird, weil es so kommen muss – das beschäftigte sie nun beinahe ständig, jedenfalls sehr oft.

So oft, dass Rebecca sie eines Tages misstrauisch fragte: »Wus is, chost a Kränk? Is awus?« Doch Beila verneinte sehr kategorisch. Nichts ist, es gehe ihr gut, sie müsse nur manchmal an vergangene Zeiten denken, mehr nicht.

5

Inzwischen waren drei Monate vergangen seit Purim, als Beila sich zum ersten Mal dem Mann hingegeben hatte. Es war kein Ortsfremder, denn er wohnte auch in Klinitz, doch er war kein Jude, sondern ein Deutscher, eigentlich ein Schwabe, doch das machte keinen so großen Unterschied. Das Einzige, was störte, war die Tatsache, dass er nicht jüdisch war, sondern katholisch. Und außerdem war er viel jünger als sie, doch sie meinte, er wäre so um die zwanzig. Eigentlich aber war er erst achtzehn. Und bevor der Herbst kam, wurde Franz Brettschneider zum Wehrdienst rekrutiert, wie es damals hieß. Er kam zuerst nach Czernowitz und von dort zu einer Einheit in die Walachei, weit weg von der Bukowina.

»Aus den Augen, aus dem Sinn«, heißt es im Volksmund, und manchmal meinte Beila, die vielen eiligen Umarmungen im Schatten der Eiche wären vielleicht nur ein langer Traum gewesen. Doch da waren seine Worte, die wenigen, die er gesagt hatte, und die Erinnerung daran, die ließ sich nicht verscheuchen.

Den ganzen Sommer hatten sie es getrieben, es war »die wilde Lieb«, wie er es nannte. Doch für sie war es das Glück gewesen, nach dem man greifen muss, wenn es an einem zufällig vorbeigeht. Draußen am Feld, im Schatten der schützenden Eiche, von wo man eine gute Aussicht hatte, um nicht überrascht zu werden, und weit hinaussehen konnte ins Land. Es waren immer sehr kurze, dafür aber leidenschaftliche Begegnungen, wenn er vom Fluss zurückkam und im Handkorb ein paar große Fische hatte. Und dann schrie sie jedes Mal ihr Glück hinaus zum hohen Himmel, wo die rufenden Schwalben kreisten. Denn hier konnte sie niemand hören und auch nicht sehen. Nur die Wolken waren da, und in den Tümpeln am Fluss lärmten die geschwätzigen Frösche.

»Ich muss erst die Fisch' haben«, sagte Franz jedes Mal nach der kurzen Begrüßung, wobei seine Hände wie immer über ihren Körper strichen, zärtlich und neugierig, um sich zu vergewissern, dass sie keine Unterhose trägt.

Dann aber hatte er es sehr eilig, weil ohne Fische konnte er nicht heimkehren. So ging er zuerst zum Fluss, warf die Angel aus, hockte sich ans Ufer, und inzwischen wusch sich Beila rasch ein wenig mit Wasser, das sie immer in einer großen Tonflasche mit hatte. Dann tupfte sie ein paar Tropfen Parfüm hinter die Ohren, auf den Hals, auf die Wangen und die Brust. Denn sie wollte wieder das hören, was er ihr jedes Mal nach den ersten heftigen Küssen ins Ohr flüsterte: »Du riechst wie eine Blume. Du bist meine rote Rose …«

Es waren immer dieselben Worte, und die sagte er auf Rumänisch. Denn sie verstand kein Schwäbisch, und er konnte kein Jiddisch, und so sprachen sie eben Rumänisch. Bisher hatte niemand ihr rotes Haar mit einer Rose verglichen, auch Jacob nicht. Der fand die Farbe ihres Haares sehr schön, woran sie sich gern erinnerte, besonders wenn seine Hand drüberstrich, doch mehr sagte er dazu nicht.

Und dann liebten sie sich immer wieder hemmungslos und heftig auf der Tscherga, die nun ganz anders roch als jene von einst auf der Ofenbank. Manchmal nur dachte sie daran, hilflos und ein wenig beschämt, dass sie es nun ausgerechnet mit einem Deutschen trieb. Doch dann verscheuchte sie gleich diesen vermeintlich reumütigen Gedanken, um nicht weiterdenken zu müssen. Denn sie wusste, wie das ist, wenn man beginnt, über etwas nachzudenken. Man kommt nur schwer davon los, ein Gedanke reicht dem nächsten die Hand, und es ist wie eine Kette, die kein Ende hat. So erging es ihr jedes Mal, wenn sie an Jacob dachte und sich dann nur schwer von der Erinnerung losreißen konnte.

Bald aber kam es, wie es kommen musste – das heißt, es hätte so nicht kommen müssen, doch wann ist einem das Schicksal in einer solchen Lage schon gnädig? Nun war sie schwanger, und das von einem jungen Mann, der sie sicher nicht heiraten würde. Denn es war nicht auszudenken, dass der Sohn des Apothekers eine viel ältere und noch dazu eine arme Jüdin zur Frau nehmen würde. Ein Katholik und eine *jidischke*. Niemals wäre so etwas möglich. Das wusste auch Beila, doch diesen Gedanken hatte sie immer wieder verdrängt. Für sie zählte nur der Augenblick, wenn das bisschen Glück vorbeikam, begehrlich, sinnlich, verwirrend. Und dann griff sie einfach nach ihm, um es für kurze Zeit in den Armen zu halten.

Ein *mamser* war unterwegs, man konnte es noch nicht sehen. Doch Beila wusste nun, wie es um sie stand. Sie war schwanger von diesem jungen Mann. Eines Tages, als Mojsche nicht zu Hause war, sagte sie es Rebecca. Und die hatte schon so etwas vermutet, doch dann nicht für möglich gehalten. Nun war sie selbst überrascht und überlegte, wie es wohl sein wird, wenn Beila »wern machen sich zu Schand un zu Schpot«. Noch war es still. Doch bald käme der Spott geflogen wie ein Stein, den man einem herrenlosen Hund hinterherwirft. Und Beila war eine herrenlose Frau, das heißt sie gehörte niemandem, jedenfalls keinem Mann, der sie beschützen konnte.

Rebecca überlegte, was nun zu tun sei, und dann sagte sie, dass Beila mit einem *mamser* nicht in ihrem Haus bleiben kann. Das ginge nicht, das wäre unmöglich, das würde Mojsche niemals dulden. So etwas habe es in Klinitz noch nie gegeben. Bei den Rumänen und den Ruthenen wurden schon manchmal uneheliche Kinder geboren, besonders von Mädchen, die sich in Czernowitz oder Storoschinetz als Mägde verdingt hatten. Einen solchen Bastard nannte man dann »un copil din flori«, das heißt »ein Blumenkind«. Ein schönes Wort, doch dahinter verbarg sich immer eine grausame Tatsache, gefolgt von Leid und vielen Tränen.

Eine junge Frau mit einem »Blumenkind« wurde bald zum Freiwild für jene Männer, die gelegentlich nach ihr greifen wollten. Das war ein ungeschriebenes Gesetz. Sie galt allgemein als eine Hure, tagsüber nur angefeindet und ausgestoßen, doch nachts ließen ihr die Freier keine

Ruhe. Auch jene Männer, die am Tag vor ihr verächtlich ausspuckten, klopften dann, sobald es dunkel wurde, an ihr Fenster. Entweder sie zog fort und weit weg, oder sie sprang in den Fluss und nahm sich das Leben. Dann kam das Kind ins Waisenhaus nach Czernowitz. So war das immer schon gewesen, und so wird es voraussichtlich auch weiterhin bleiben. Denn die Menschen und ihre Sitten ändern sich selten zum Guten, meinte Rebecca, sondern eher zum Bösen.

Als Mojsche hörte, dass ein *mamser* kommen wird, meinte er, Beila soll erst das Kind entbinden, und dann werde man weitersehen. Auf keinen Fall dürfe sie zu einer jener Frauen gehen, die schon manche Mädchen von einem ungewollten Kind »befreit« hatten. Einige dieser Mädchen sind danach qualvoll gestorben, und man kann ihre Gräber auf dem rumänischen Friedhof sehen.

In jenem Jahr gab es einen schweren Winter, und nach den hohen Feiertagen, das heißt bald nach Simchas Thora, begann es zu schneien. Beila tat alles, um sich nützlich zu machen. Sie kehrte täglich am frühen Morgen den Schnee vor dem Haus, dann machte sie auch den Weg frei bis zum Tor. Sie strickte auch viel, und Mojsche verkaufte die Wollmützen und Handschuhe auf dem Wochenmarkt.

Ende Februar kam dann ein Mädchen auf die Welt, und wie alle Frauen im Dorf hatte Beila zu Hause entbunden. Die Hebamme aus Draschinetz war gekommen, die alte Chaja Kühbach, und die sagte, als sie die Kleine hochhielt: »Mit *masl* sollst du leben!«

Die Kleine war – Gott sei's gedankt – blond und nicht rothaarig wie ihre Mutter. Beila nannte sie Maria, obwohl ihr Mirjam besser gefallen hätte. Doch die Erlebnisse der letzten Zeit hielten sie davon ab, ihrer Tochter einen so offensichtlich jüdischen Namen zu geben. Dafür lautete dann der zweite Vorname Esther. Denn jene Esther, die einst einen Adoptivvater hatte, schien ihr als Namenspatronin besonders geeignet, denn sie hoffte, dass vielleicht auch ihre Tochter einmal einen solchen Ziehvater wie Mordechai haben wird.

Der leibliche Vater des Kindes hingegen hatte vorher schon im Ort erzählt, Beila wäre auch mit anderen Männern draußen am Feld gewesen. Und die meisten Menschen glaubten ihm. Und sie glaubten auch der Klara Brettschneider, der resolut wirkenden Mutter des jungen Mannes, denn sie war schließlich die Frau des Apothekers. Und somit eine hochgestellte Respektsperson im Ort. Mit allen, die von Berchometh nach Klinitz kamen und dort vorbeigingen, habe die Beila es getrieben, meinte die Brettschneider; manchmal wären die Männer angestanden bei jener alten Eiche am Feld. Und wenn die eine *jidischke* von der anderen behauptet, die wäre unschuldig, dann stimmt das alte rumänische Sprichwort: »Eine Krähe hackt der anderen das Aug' nicht aus«, und die Juden mit ihren krummen Nasen wären ja die Krähen unter den Völkern. Und außerdem auch ein Unglück für die Menschheit, meinte sie. Eines Tages brachte sie dann von einer Kundgebung der Deutschen Volksgruppe ein neues Wort mit, das sie auch gleich unter den Einwohnern ausstreute – »Rassenschande«. Die *jidischke* hatte ihren unschuldigen Sohn verführt und entehrt, sagte sie, und das wäre nun »Rassenschande«, auf Rumänisch nenne man das »ocară rasială«. Die rumänischen Einwohner wussten zwar nicht genau, was damit gemeint war, doch sie glaubten ihr trotzdem, denn schließlich war sie, wie gesagt, eine Respektsperson.

Diese Frau hatte ein böses Mundwerk, und niemand im Dorf wagte es, ihr zu widersprechen. Außer Rebecca und Mojsche, denn sie wussten, wer der Vater der kleinen Maria war und dass es nur den einen Mann gegeben hatte. Doch ihre Meinung zählte in diesem Fall nicht. Denn Beila war ja die Jahre hindurch für sie zu einer Art Tochter geworden. Und Rebecca hörte immer wieder, dass die *jidischkes* zusammenhalten und sich gegenseitig stützen, auch im Bösen und in der Sünde. Jene, die so und ähnlich sprach, war die fromme Jadwiga Kaczinski, die Frau des polnischen Forstmeisters. Sie fuhr jeden Sonntag mit einem Einspänner, einer Art Cab, nach Storoschinetz zum katholischen Gottesdienst. Das Volk, das die größte Sünde auf sich geladen hat, als es den »Gottessohn« ans Kreuz schlug, meinte sie, wäre immer im Bösen solidarisch. Sie sagte »solidarisch«, um dann den Leuten zu erklären, was das Wort zu bedeuten hat.

Eines Tages erschien plötzlich der orthodoxe Pope, ein eifriger junger Mann, der über die Juden im Dorf manchmal gehässige Worte sagte. Er stand der »Eisernen Garde«, die es schon seit 1930 gab, sehr nahe und fuhr öfter zu deren Kundgebungen in die Stadt.

Die kleine Maria war jetzt gerade zwei Jahre alt, sie hatte blaue Augen und hellblondes krauses Haar, und sie ähnelte ihrem Vater.

»Da sieht man es«, rief der Pope Ifrim, »das Kind schaut ja gar nicht jüdisch aus! Das Kind ist arisch, es ist blond und schön!« Und dann meinte er, die Kleine wäre eigentlich »ein christliches Kind«, weil der Vater, soweit ihm bekannt, ein guter Christ sei. Und daher dürfe die »kleine unschuldige Seele« nicht »ungläubig« aufwachsen. Jedenfalls nicht hier in Klinitz, wo er der Seelsorger ist. »Das Böse« und »Sündige«, das in der Mutter steckt, würde sich dann auch auf das ungetaufte Kind übertragen. So und ähnlich sprach Ifrim mit erhobener und eindringlicher Stimme, als wäre er in seiner Kirche.

Mojsche war gerade nach Waschkoutz gefahren. Und es schien so, als hätte das der Pope gewusst. Rebecca und Beila hörten ihm schweigend zu. Dann sagte Beila, sie müsse sich das alles überlegen, die Kleine wäre »noch ein wenig schwach und auch kränklich«. Dabei dachte sie an den Popen in Arvinitza, der sie nach Jacobs Tod besucht hatte. Damals hatte sie sich mit einer Notlüge vor einer erzwungenen Entscheidung gerettet. Vielleicht gelang ihr das auch diesmal.

Doch dieser Pope war nicht so leicht zu überlisten und sehr kategorisch: »Das Mädchen mit dem Namen der heiligen Mutter Gottes hätte längst getauft werden müssen. Die Heiligen oben im Himmel sehen so etwas nicht gern. Es ist eine große Sünde, wenn man sein Kind nicht tauft. Aber«, lenkte er ein, »vielleicht warten wir noch ein wenig, bis es wärmer wird, sagen wir bis Juni, und dann machen wir eine schöne christliche Taufe.«

Nun segnete er die kleine Maria, die ahnungslos in der geflochtenen Wiege schlief, weil sie noch kein anderes Bettchen hatte. Die Wiege hing an vier langen Schnüren, und die waren oben am Deckenbalken befestigt. Im Gehen, schon bei der Tür, drehte er sich noch einmal kurz um und segnete rasch auch Beila, indem er das Kreuz machte und etwas murmelte, was die beiden Frauen nicht verstanden.

»Niemals wird meine Tochter eine Christin sein!«, rief Beila auf Rumänisch, als der Pope draußen war und ihre Worte vermutlich nicht mehr hören konnte, »niemals geb ich mein Kind her! Ihr seid die Wölfe, die wie Menschen aussehen! Ihr habt meinen Jacob umgebracht. Ihr seid seine Mörder. Mein Kind gehört nur mir!«

»Daran hättest du früher denken müssen, meine Liebe«, sagte nun Rebecca, ebenfalls auf Rumänisch. »Mit den Gojschen soll man in Frieden leben, vielleicht auch Freund sein, wenn das irgendwie möglich ist. Aber mehr nicht. Du bist ein paar Schritte zu weit gegangen.« Und dann besänftigend auf Jiddisch: »Gedenk, dus Kindl deins is fun a jiddische Mame …« Das aber wusste auch Beila: Eine jüdische Mutter kann immer nur ein jüdisches Kind haben, ganz gleich, wer der Vater ist. Und ein Kind von einer jüdischen Mutter bleibt immer jüdisch. Es war ein schwacher Trost, doch nur so konnte sie in ihrer Lage wieder Mut fassen. Und sie klammerte sich fest an diesen Strohhalm ihres Glaubens.

Es war Ende Mai, die Bäume blühten inständig und sanft, und ein lieblicher Sommer zog ins Land. Beila war dankbar für jeden Tag, den sie noch in Mojsches Haus bleiben durfte. Und jeden Morgen, wenn sie erwachte, dachte sie daran, dass diese schöne Zeit irgendwann, doch bald, vielleicht sogar heute, plötzlich zu Ende gehen könnte. Und dann müsste sie fortziehen. Doch wohin um Himmels willen? Wohin geht eine Frau mit einem kleinen Mädchen? Hier, in Mojsches Haus, war sie vor anderen Männern geschützt. Mojsche genoss großes Ansehen im Ort. Außerdem war er ein hochgewachsener und sehr kräftiger Mann. Niemand hätte es gewagt, sich mit ihm wegen Beila anzulegen. Das wusste sie, und deshalb konnte sie auch nachts ruhig schlafen.

Eines Tages kam sie gegen Abend mit Rebecca vom Kartoffelfeld, wo die Pflanzen schon in Blüte standen. Sie hatten stundenlang Käfer und andere Schädlinge eingesammelt und vernichtet. Als sie nun an einer Gruppe ruthenischer Frauen vorbeigingen und wie immer grüßten, hörten sie, wie eine von ihnen sagte: »Das ist sie, die *bisycia*, die uns die Milch wegnimmt.«

Rebecca blieb stehen und fragte auf Rumänisch: »Wer ist hier eine *bisycia*, eine Trude?«

»Wie, du weißt es nicht?«, rief die Ruthenin. »Deine neue Tochter, die den armen Jungen verführt hat, den Deutschen, diese Teufelsfrau mit dem roten Haar. Die treibt es sicher auch schon mit dem *tschort* und mit wer weiß noch wem!«

»Vielleicht ist sie auch eine *lisnycia*, die nachts nach

dem Flötenspiel des Teufels tanzt. Vielleicht ist wegen ihr mein Oleg immer so müde. Die hat sicher auch ihn behext!«, sagte eine andere mit kreischender Stimme.

Plötzlich redeten alle Frauen gleichzeitig durcheinander, sie drohten mit erhobenen Fäusten, und die beiden, die das große Wort geführt hatten, spuckten heftig aus und machten sich das Kreuz. Danach schlugen plötzlich alle Frauen gleichzeitig dreimal das Kreuz, blickten dabei andächtig zum Himmel und murmelten einen langen Spruch in ihrer Sprache.

Rebecca fasste Beila am Arm, und die beiden gingen nun eilig weiter. Doch nach einigen Schritten drehte Rebecca sich um und rief noch: »Ihr seid ja verrückt. Ihr seht Gespenster. Beila hat nichts mit eurem *tschort*, mit eurem verdammten Teufel, zu tun. Redet nicht solchen Unsinn.« Dann schimpfte sie über die »meschiggenen gojschen Schicksen«, die wie ihre Männer, noch bevor der Abend kommt, »schicker« sind, das heißt angetrunken. Denn nur so kann man sich den Blödsinn erklären, den sie von sich geben. Doch Beila fühlte, dass hier etwas unterwegs war, etwas, das sich lauernd näherte auf leisen Pfoten und das man nicht aufhalten konnte. Und sie erinnerte sich an die vielen Wolfsspuren in Arvinitza, die nachts ihr Haus eingekreist hatten. Damals war es eine Gefahr, die man nicht sah, auch wenn sie in nächster Nähe auf einen lauerte. Sie kam im Dunkeln und verzog sich wieder, bevor es hell wurde. Doch diese Gefahr hier im Ort konnte man sehr deutlich erkennen, sie blickte einen an aus den Gesichtern der Bäuerinnen.

In den nächsten zwei Wochen verbreitete sich rasch das Gerücht, dass die »Jüdin mit den roten Haaren« eine Hexe sei, die den Kühen die Milch wegnimmt und die Männer verführt, während diese ahnungslos schlafen. Die träumen von ihr, und was im Traum geschieht, das erleben sie dann auch wirklich. Ohne es zu wissen und ohne es zu wollen. Das hätte, hieß es, eine Woroschka, eine Wahrsagerin, aus Schipenitz gesagt: »In Klinitz gibt es eine fremde Frau mit roten Haaren, die ist eine *bisycia*. Hütet euch vor ihr. Sie bringt großes Unglück über das Dorf.« Das aber reichte, und bald konnte sich Beila nicht mehr allein auf die Straße wagen.

Da erschien eines Tages auch wieder der Pope, er hatte von dem Gerücht gehört, und sagte, dass er nun dringend das kleine Mädchen taufen müsse. Sonst wird es eines Tages der *Pesigolotsch* holen, der schwarze Hund, der bekanntlich ein Bote des Teufels ist. »Ihr müsst dem Kind ein Kreuz in die Wiege legen«, verlangte er. Und so ein kleines geweihtes Holzkreuzchen hatte er schon mitgebracht und steckte es in die Wiege unter die Decke. Da erwachte die kleine Maria, die gerade geschlafen hatte, und begann zu schreien.

»Seht ihr, seht ihr«, rief der Pope, »sie hat schon den Teufel in sich, das arme Kind! Sie weint bei der Berührung mit dem Kreuz! Da müssen wir rasch etwas tun!« Und dann eilte er aus dem Haus.

»Geh zum Sched, du Schejdl«, sagte Rebecca auf Jiddisch, was heißen sollte: »Geh zum Teufel, du teuflischer Kobold.« Doch der als Kobold Bezeichnete war schon unterwegs zum *paracliser*, zum Küster, und zu einer *woroschka*, die zwar nicht so bekannt war wie jene in Schipenitz. Dafür aber wohnte sie im Ort und konnte leicht erreicht werden.

Nach etwa einer Viertelstunde kehrte er wieder zurück, in der rechten Hand die Kadelnitza schwenkend, ein Weihrauchfass, dem ein seltsam aufdringlicher Geruch entströmte. In der linken Hand hielt er ein offenes Buch, aus dem er laut Beschwörungen las, um »den Bösen« zu vertreiben. Hinter ihm schritten der Küster und die Woroschka, die immer wieder mit einem Strohhalm kurz in eine Tonschüssel blies, in der sich weiße Asche befand. So stob die Asche in kleinen, heftigen Stößen in alle vier Himmelsrichtungen. Der Küster trug ein Holzkreuz in den Armen und sang mit hoher, nasaler Stimme ein Klagelied über die Sünden dieser Welt.

Es war eine komische Prozession, die sich da vor der Haustür abspielte, doch Beila und Rebecca war nicht zum Lachen zumute. Sie hatten den Ernst der Lage erfasst. Und als dann auch noch die kleine Maria vom lauten Singsang des Küsters geweckt wurde und wieder losweinte, rief der Pope: »Satan, entferne dich aus diesem unschuldigen Kind! Satan, hebe dich weg, fahr auf und davon!«

Nun konnte Beila die ersten Tränen nicht mehr zurückhalten, denn sie fürchtete um ihre kleine Tochter. Doch der Pope deutete das anders: »Auch sie soll befreit werden. Das sind die Tränen der Sünderin, die bereut. Satan, kehre heraus aus dieser sündigen Frau!«, rief er und schwenkte unentwegt die Kadelnitza. Beila weinte, weil sie das Ganze nicht mehr ertragen konnte. Hier geschah etwas, was sie nicht wollte, und sie musste untätig dabeistehen und zusehen. Auch Rebecca stand da mit starrem Gesicht und sagte kein einziges Wort.

Plötzlich war Maria still. Alle blickten zur Wiege, die an den langen Schnüren langsam hin und her schaukelte, wahrscheinlich hatte sich die Kleine bewegt. »Herr, wir danken dir, dass du ihr helfen willst«, sagte der Pope leise. Und seine beiden Begleiter wiederholten diese Worte. »Wir werden wiederkommen, um zu sehen, ob alles in Ordnung ist, denn manchmal lässt sich der Teufel nur schwer austreiben«, flüsterte er zu Beila. Dann zogen die drei grußlos ab. Und auch die beiden Frauen sagten kein Wort.

»Ich werde sehr bald von hier fortziehen müssen. Doch wohin?«, dachte Beila, während sie zum Ziehbrunnen ging, um sich das Gesicht abzukühlen. Und bei diesem Gedanken kamen ihr wieder die Tränen, denn solche Menschen wie Mojsche und Rebecca würde sie nicht mehr finden, und das wurde ihr jetzt besonders deutlich bewusst. Manche Menschen gibt es nur einmal, und die ähneln nicht jenen anderen, von denen es immer sehr viele gibt. Doch man muss versuchen, auch mit den vielen zusammenzuleben. Denn Beila wusste, dass sie im Zug des Lebens nicht in einem jener feinen Coupés saß, in die sie vor Jahren einmal kurz hineingeschaut hatte, sondern im großen Durchgangswagen, wo die meisten Menschen saßen. Und daran würde sich niemals etwas ändern.

6

An einem der nächsten Tage kam eine Nachbarin zu Rebecca, die alte Frieda Rothenstein. Ihr Mann war vor einigen Jahren gestorben, und nun lebte sie sehr einsam und zurückgezogen. Aufgeregt erzählte sie, was man so im Dorf über Beila sagt. Sie wäre eine Kikimora, heißt es jetzt, ein Geist, der nachts durch das Schlüsselloch in die Häuser kriecht und den Schlafenden »die Luft wegnimmt«.

Vor vielen Jahren, lange vor dem Krieg, habe es einmal in Schipenitz eine Kikimora gegeben, und das sei auch eine Jüdin gewesen, sagt man, eine Witwe, die in ihrem Haus allein am Dorfrand lebte. Die kam dann angeblich nachts zu den schlafenden Christen und »drückte« ihnen so lange auf die Brust, bis sie zitternd und schweißgebadet aufwachten. Manche aber wachten nicht mehr auf. Und als man sie genau untersuchte, fand man am Hals die Spuren vom Biss der Kikimora. Das war nur ein kleines Zeichen, kaum zu sehen. Doch der Pope erkannte sogleich die Stelle und beträufelte sie mit Weihwasser, damit die arme Seele vom Zauber befreit werde. Und jene Frau, von der es hieß, sie wäre eine Kikimora, verbrannte dann eines Nachts in ihrem eigenen Haus. Jemand hatte Feuer gelegt, doch wer das gewesen war, konnte man niemals erfahren.

Damals versuchten die Einwohner, sich zu helfen, indem sie an Fenster und Tor geweihte Kränze mit Knoblauch hängten. Knoblauch schützt vor Dämonen und bösen Geistern, vor *masikim* und *strigoi*, so heißt es jedenfalls im Volk. Sie selbst, Frieda Rothenstein, glaubt zwar nicht an diese Geschichten, und ihr Mann, Aaron – seliges Andenken –, hat immer gesagt: »Dus sajn Bobemaises.« Doch manche Leute hier im Dorf, »die meschiggenen Gojim«, sind fest davon überzeugt, dass es die *strigoi*, die Kikimora und den Prikulitsch tatsächlich gibt.

Während Frieda noch sprach, sah Beila zufällig zum Fenster hinaus. Am Haus gegenüber, wo Ruthenen wohnten, hingen schon einige Knoblauchkränze – am Toreingang, an der Haustür und an den Fenstern. In den Häusern seitlich wohnten Juden, und dort gab es keinen Knoblauch, obwohl die gern Knoblauch aßen. Doch dann, etwas weiter, wohnten Rumänen. Und da war auch am Tor ein weiß leuchtender Knoblauchkranz zu sehen.

Jedes Mal, wenn Mojsche in der Stadt war, brachte er Neuigkeiten mit, doch oft konnte er nur von bösen Ereignissen berichten – von neuen Gesetzen, die vielen Juden die Staatsbürgerschaft aberkannten, von Gewalt und Gräuel, von Grausamkeiten, die sich auf offener Straße und am helllichten Tag zutrugen.

Im September 1939 kamen dann die ersten polnischen Flüchtlinge nach Czernowitz. Es waren vor allem Frauen und Kinder. Deutschland hatte einen Krieg begonnen, und seine Truppen waren in das Nachbarland einmarschiert. Nach vier Wochen schien aber der Krieg schon beendet zu sein. Und Mojsche hoffte, dass nun alles vorbei sein würde. So dachte man damals und ahnte nicht, dass noch ein ganz anderer Krieg kommen würde, ein Krieg, wie es ihn bis dahin noch nicht gegeben hatte.

Vorläufig wurden die polnischen Flüchtlinge aus den schnell eingerichteten Sammellagern weitergeleitet. Sie kamen weg aus Czernowitz und danach in verschiedene rumänische Städte. Und wie das so ist: Wenn man das Leid anderer Menschen nicht vor Augen hat, vergisst man bald, dass es so etwas gegeben hat. Hier, in Czernowitz und in anderen Ortschaften, wo damals auch viele Deutsche lebten, kam immer mehr ein Gefühl hoch, wie man es bis dahin nicht gekannt hatte. Denn der Volksrat der deutschen Volksgemeinschaft, ein Verein, dem alle Volksdeutschen angehörten, blickte nur noch nach Westen, in jene Richtung, aus der jetzt täglich Hassworte in den deutsch besiedelten Osten marschierten. Hauptsächlich aus den Zeitungen, die man überall kaufen konnte, denn nur wenige Menschen besaßen ein Radio. Und bald begriffen die meisten Deutschen von hier nur noch das, was ihnen auf diese Weise eingetrichtert und eingetrommelt wurde.

Die alte und gütige Mutter Bukowina aber, die einst viele Kinder großgezogen hatte – Kinder, in verschiedenen Sprachen beheimatet, und doch beisammen im gleichen großen Haus der stillen Wälder und heiteren Flüsse –, sie musste nun schweigen. Und musste zusehen, wie manche ihrer Kinder aus diesem Haus hinausgejagt und fortgeführt wurden. Andere aber, die Deutschstämmigen, ließen Haus und Hof zurück und zogen einfach davon, als eines Tages die gestiefelten Rattenfänger kamen und ihnen die Heimkehr in eine neue Heimat versprachen – in ein Land, das nicht ihnen gehörte und wo sie niemand willkommen hieß.

Doch das geschah später. Und in Klinitz hatte man bisher nur von den polnischen Flüchtlingen gehört. Und dass in Deutschland die Synagogen gebrannt hatten. Und dass viele deutsche Juden fortgehen mussten. Wohin, das wusste man auch nicht so genau. Denn das Großdeutsche Reich, wie sich Deutschland nun nannte, war weit, und man lebte hier etwas abseits in Rumänien, und wie heißt es doch so treffend im Volksmund: »Das Hemd ist mir näher als der Rock – auch wenn es schmutzig ist, ich ziehe es nicht aus. Den Rock kann man mir stehlen, wenn ich ihn ablege, das Hemd nicht; das gehört zu mir, und es riecht auch so wie ich.«

Was geschieht aber, wenn man dir eines Tages dein Hemd stiehlt und dabei auch dich gleich mitnimmt? In den Augen des Diebes seid ihr beide unnütz, und so landet ihr auch beide in einer Grube, wo noch andere liegen, wie Abfall – mit oder ohne Hemden.

Doch vorläufig stand man noch nicht am Rande der Grube.

Bekanntlich redet der Volksmund auch dann weiter, wenn der Verstand sich nicht regt. Manchmal laufen die Gerüchte einfach davon und von einem Ort zum andern, wie aufgescheuchte Hühner, die den Hof verlassen haben, weil das Türchen gerade offen stand. Und nun kann sie niemand mehr einfangen und zurückholen.

Es war an einem Sonntagmorgen. Beila kehrte gerade auf der Straße den Gehweg vor dem Haus, als von irgendwoher ein Stein geflogen kam und sie seitlich am Hals traf. Sie spürte einen Schmerz im Ohr und im Kopf. Doch als sie in die Richtung blickte, konnte sie niemanden sehen. Denn vermutlich verbarg sich der Steinwerfer hinter einem der Tore auf der Straßenseite gegenüber. Sie ging sofort ins Haus.

Mojsche eilte wütend hinaus auf die Straße und rief auf Rumänisch: »Wo bist du, verfluchter Kerl? Komm heraus, zeig dein Gesicht!« Doch nichts regte sich. Niemand schien ihn zu hören. So kam er wieder herein und fluchte auf die »gojschen *schibenikes* und *schkozim*«, womit er die nichtjüdischen Taugenichtse und Bauernlümmel bezeichnete. Wenn die Dummheit wehtun würde, meinte er dann, müsste man sich die Ohren zuhalten, weil es dann hier ein großes »Achweihgeschrei« gebe.

Es war weniger der Schmerz, der Beila beunruhigte, als die Tatsache, dass jemand auf sie gezielt einen Stein geworfen hatte. Und Mojsche meinte, es könnte nur einer von den Ruthenen oder Walachen sein, die auf der Seite gegenüber wohnen. Doch ganz sicher war er sich trotzdem nicht.

Und schon am nächsten Tag kam die alte Frieda und erzählte aufgeregt, worüber man im Dorf so spricht. Der Pope hätte nämlich gesagt, dass früher, als das Volk noch selbst richten durfte, Hexen und Truden einfach gesteinigt wurden. Manche wurden auch auf dem Scheiterhaufen verbrannt. Und wenn es keinen Scheiterhaufen gab, zündete man eben das Haus an, in dem die Hexe wohnte. So einfach und gerecht war das. Damals ging man nicht gleich zum Richter in die Stadt, sondern man erledigte alles selbst im Ort, und das war gut so. Denn das gesunde Empfinden des Volkes weiß immer, was richtig ist. Besonders wenn das Volk gläubig und fromm ist. Und in Klinitz gebe es, meinte er, nur gute Christen.

Doch auch die Brettschneider und einige schwäbische Einwohner aus dem Nachbardorf hatten sich im Gemeindehaus versammelt. Sie gehörten zur Deutschen Volksgemeinschaft. Ein gewisser Anton Kubitzki, der Ortsgruppenleiter aus einem schwäbischen Dorf, ganz in schwarzer Uniform und mit einer Hakenkreuzbinde am Arm, hatte eine zündende Rede gehalten. So zündend, dass anschließend gleich mehrere wackere Volksgenossen das kleine jüdische Bethaus anstecken wollten. Doch sie wurden daran gehindert – durch den Gemeindevorsteher und mehrere jüdische Männer, die, mit Mistgabeln und Äxten bewaffnet, sich ihnen entgegenstellten. Und zu den Juden gesellten sich auch einige Rumänen. Diese riefen nun, die Deutschen sollten doch zu ihrem Hitler gehen, denn dieses Land gehöre jetzt nicht mehr zu Österreich. Und die Deutschen antworteten darauf, dass die Rumänen die Juden »am Arsch lecken« würden – »ein Volk von Dienern und Knechten« wären sie immer schon gewesen. Auch zur Zeit der Türkenherrschaft.

Als es plötzlich so aussah, als würde es gleich eine richtige Schlägerei geben, kamen noch etliche Ruthenen hinzu. Sie stellten sich zu den Deutschen und schimpften auf die Juden und Rumänen. Es flogen ein paar Steine und viele böse Flüche hin und her. Dann erschienen der Pope und der Dorfpolizist, ein Rumäne, und die mahnende Stimme des Popen verhinderte die sich anbahnende Katastrophe. Weder der eine noch der andere war ein »Judenfreund« und noch viel weniger ein »Judenknecht«, wovor Kubitzki so eindringlich gewarnt hatte. Doch sie wollten keinen Ärger bekommen mit den Behörden in Czernowitz. Denn man konnte nicht wissen, wie die sich zu einem spontanen Pogrom verhalten würden. Und einmal entfacht, könnte das Lauffeuer rasch übergreifen auf andere Dörfer und Gemeinden.

Noch in der Nacht danach verließ Beila mit Maria den Ort. Die kleine Maria weinte ein wenig, weil sie fror und gern geschlafen hätte. Beila nahm sie in die Arme. Auf der rechten Schulter hing ein schwerer Zwerchsack mit Wäsche. Und in der linken Hand trug sie den alten Rutenkoffer, mit dem sie schon einmal unterwegs gewesen war. Damals, als sie Arvinitza verlassen musste.

Jetzt erst merkte Beila, dass es schöne und friedliche Jahre waren, die sie bei Mojsche und Rebecca verbracht hatte. Wie in einer Familie, wie bei richtigen Eltern, wo man sich geborgen fühlt. Sie war kein Blatt im Wind gewesen, wie einst Rabbi Mendel Baumstark gesagt hatte. Und doch hatte sie sich selbst von jenem sicheren Baum fallen lassen und war leichtsinnig im Wiesengras gelandet, wo sie sich dann mit Franz auf der warmen Tscherga vergnügte. So war sie ein leichtes Blatt geworden, und der Wind kündigte sich schon an, um es fortzublasen. Das heißt, es war ein Sturm, der bald kommen würde. Deshalb musste sie nun fortziehen aus Klinitz. Heimlich, in der Nacht und in großer Eile.

So ist es im Leben: Erst wenn man etwas verliert, merkt man, was man einst wie selbstverständlich besessen hat. Beila ahnte nicht, dass ein Jahr später auch Rebecca und Mojsche diesen Ort und ihre Welt verlassen würden. Und mit ihnen die Juden aus den Dörfern am Pruth. Doch nicht wie ein Blatt, das der Wind fortträgt, sondern wie ein Baum, der gefällt wird und den man zum Ofen schickt.

Mojsche hatte die beiden mit dem Leiterwagen nach Lukawetz gebracht, wo am frühen Morgen ein Personenzug kurz anhält, der weiter nach Sereth und in Richtung Sutschawa fährt. In Parhautz sollten sie dann umsteigen und von dort weiterfahren – über Gurahumora und Kimpolung bis Jakobeny. Mojsche hatte Beila einen kurzen Brief mitgegeben an einen Bekannten, der dort ein Sägewerk besaß. Bei Elias Ellenbogen wäre sie in Sicherheit. Sie könnte vielleicht als Dienstmädchen arbeiten, und so »ziehn Chajune fun epeß«, das heißt den Lebensunterhalt verdienen, oder sie würde auf die Kinder aufpassen. Eine Arbeit für sie ließe sich in dem herrschaftlichen Haus schon finden.

Der Abschied war kurz, denn der Zug sollte bald eintreffen. Beila konnte die drückenden Tränen nicht zurückhalten. Und Maria fragte: »Warum müssen wir wegfahren? Es ist doch so schön hier.«

»Wir kehren bald wieder zurück«, erwiderte Beila rasch, doch sie wusste, dass dieses ein leeres Versprechen war. Nur Mojsche schien irgendwie zuversichtlicher, denn er meinte: »Wenn es der Ewige will – gelobt sei sein Name –, sehen wir uns bald wieder. Sicher will Er nicht, dass wir uns für immer trennen.«

Beila aber dachte: »Warum müssen wir dann jetzt davonlaufen, wenn Er es so nicht will?« Doch sie hätte Mojsche niemals widersprochen, denn er war ein frommer und guter Mann, »a Jid mitn Harzn un Neschome«, wie man hier sagte, eben ein Jude mit Herz und Seele. So wie einst auch Jacob. Nein, Mojsche war viel älter als Jacob und daher auch erfahrener und klüger. Doch manchmal schützen einen weder Alter noch *klugschaft* und *neschome* vor dem, was kommen wird, was einen hinter dem nächsten Baum oder Straßeneck erwartet.

Darüber hatte Beila manchmal nachgedacht, wenn sie nachts nicht wieder einschlafen konnte, weil sie sich gerade in einem Traum aufgehalten hatte. Nun war der Traum verschwunden, und zurück blieb das beklemmende Gefühl, es könnte morgen ein ganz anderes Erwachen geben, schlimmer, bedrohlicher. Diese stille, ständige Angst begleitete sie überall hin, wie ein herrenloses kleines Hündchen, das plötzlich auf der Straße neben einem herläuft, einem folgt und sich nicht verscheuchen lässt.

7

Jahrzehnte später, im Sommer 1965.

Eines Morgens fuhr ein deutsches Auto langsam und manchmal auch im Schritttempo, wenn eine große Pfütze zu durchqueren war, von Storoschinetz her die schmale Straße hinunter nach Draschinetz, von wo es dann bis Klinitz noch fünf Kilometer sind. Im Auto saß eine junge deutsche Frau.

Sie hatte bei Sereth mit einem Tagesvisum die rumänische Grenze passiert. Bis vierundzwanzig Uhr sollte sie wieder zurück sein. Die Straße, die am Sereth aufwärts in die ehemalige Nordbukowina führt, war in schlechtem Zustand, und man musste sehr vorsichtig fahren. Einmal polterte ein Traktor vorbei mit einem Anhänger, auf dem Bäuerinnen saßen, die zur Feldarbeit fuhren. Sie hielten sich aneinander fest, lachten, winkten und riefen etwas auf Ukrainisch. Maria winkte zurück.

Gegen Mittag war sie dann endlich in Klinitz. Für die etwa dreißig Kilometer von Storoschinetz hatte sie über eine Stunde gebraucht. Sie fuhr vorsichtig durch die Hauptstraße, vorbei an Scharen von Gänsen, die am Straßenrand eifrig Gras rupften. Ein kleiner weißer Hund begleitete sie aufgeregt und mit lautem Gebell. Manchmal kam er sehr nahe, und sie musste aufpassen, damit er ihr nicht vor die Räder lief. Pfützen und Morast hatten ihr Auto völlig verdreckt. Auf einem freien Platz standen zwei Bänke. Daneben wucherte Unkraut. Hier hielt Maria an, stieg aus, und jetzt bellte der kleine Hund nicht mehr. Er hockte sich ins Gras und beobachtete aufmerksam die fremde Frau, die ihn nicht weiter beachtete, dafür aber neugierig die Gegend betrachtete, als würde sie jemanden suchen. Ein junger Mann in grüner Uniform, der bis dahin vor einem Haus gestanden hatte, kam langsam näher.

»Dobryi djen, wen suchen Sie?«, fragte der Milizionär auf Russisch.

»Ich suche Mojsche und Rebecca Herzig«, antwortete Maria, während er misstrauisch ihr Auto betrachtete und dann ihren Reisepass verlangte. Sie hatte ein wenig Russisch gelernt, um sich in dieser Gegend verständigen zu können. Er blätterte in ihrem Pass und sah sich aufmerksam die Visa an.

»Sie sprechen Russisch?«, fragte er.

»Ein wenig«, antwortete sie.

»Wieso sprechen Sie Russisch?«, wollte er nun wissen.

»Ich habe Russisch gelernt.«

»Wo?«

Nun wusste sie nicht, wie man Volkshochschule sagt, und so antwortete sie: »In der Schule.«

»Sehr interessant. Und wen suchen Sie hier im Dorf?«

»Mojsche und Rebecca Herzig.«

»Nie gehört. Hier gibt es keine Leute, die so heißen.«

»Aber die haben früher hier gewohnt. Ganz bestimmt.«

»Wo haben sie gewohnt?«

»Ich weiß nicht mehr, wo das Haus war«, sagte Maria.

»Vielleicht war das Haus nicht hier, das Sie suchen. Verstehen Sie? Hier ist kein Haus. Hier ist kein Mojsche. Hier ist nichts. Keine Juden, nichts mehr«, sagte der Milizionär kategorisch, als würde er keinen Widerspruch dulden. Dann gab er ihr den Pass zurück: »Fahren Sie wieder hin, woher Sie gekommen sind.«

Trotzdem wagte Maria noch eine Frage: »Aber wo sind denn die Juden von früher?«

»Die Juden? Das müssen Sie die deutschen Faschisten fragen«, antwortete der Milizionär kühl und sachlich, »die haben nämlich alle erschossen. Hinausgetrieben aus dem Dorf, Männer, Frauen und Kinder. Dort drüben am Feld, am Weg, der hinüberführt zum Fluss. Sehen Sie, dort, etwa drei Kilometer von hier, wo ein großer Baum steht. Der ist schon gut über zweihundert Jahre alt, der hat sicher schon viele Stürme erlebt. Von der Straße nach Berchometh kann man ihn sehen. Dort irgendwo beim Baum ist das Grab der Juden. Es gibt da kein Kreuz, denn die Juden haben ja kein Kreuz. Nichts ist geblieben von ihnen. Nichts. Sie sind alle weg. Und man weiß nur, dass dort irgendwo bei der alten Eiche ihr Grab ist. Aber das haben die Faschisten gemacht. Verstehen Sie mich?«

Alles konnte Maria nicht verstehen, was der Milizionär sagte. Doch einige Worte, wie Straße, Baum, Grab, Faschisten, ergaben einen Zusammenhang und erhielten so eine Bedeutung. Der Tod in deutschen Stiefeln war auch durch diesen kleinen Ort marschiert. Und er hatte vielleicht nur eine Stunde gebraucht, um jenes Leben auszulöschen, das nun namenlos irgendwo auf dem Feld liegt. Und so gab es niemanden mehr, den sie jetzt begrüßen und umarmen konnte.

Maria bedankte sich für die Auskunft, stieg ins Auto und wollte langsam losfahren. Da erinnerte sie sich plötzlich an etwas, das sie vergessen hatte. Sie griff rasch ins Handschuhfach, stieg noch einmal aus und gab dem Mann ein Päckchen Kent-Zigaretten, dazu ein rotes Gasfeuerzeug. Außerdem ein Paar Seidenstrümpfe, schön verpackt, für die »Shenschtschina«, was so viel wie Gattin, aber auch Geliebte bedeutet.

Der bisher abweisend und misstrauisch wirkende Ordnungshüter verwandelte sich sofort in einen ganz anderen Menschen. Er lächelte freundlich, bedankte sich und gab der erstaunten Maria sogar spontan einen Kuss auf die Wange. »Mich hat noch nie ein Polizist geküsst«, dachte sie, während er ihr zu erklären versuchte, sie könnten doch zusammen zu der Stelle fahren, wo das große Grab der Juden ist. Er würde sie gern begleiten.

»Sie und ich fahren mit dem Auto zum Baum. Dorthin, wo die toten Juden sind«, sagte er.

Und sie überlegte: »Überall liegen verrostete Teile herum, auch alte Hufeisen und Nägel. Wenn ich vielleicht unterwegs eine Panne habe, wird er mir sicher helfen, das Reserverad zu montieren, denn jetzt sind wir ja beinahe wie alte Bekannte.«

So fuhr Maria langsam und vorsichtig, wie bisher, doch diesmal auf einem morastigen schmalen Feldweg, der zur einsamen alten Eiche führte. Andere Bäume gab es hier nicht. Und Ilja, der sich inzwischen vorgestellt hatte, meinte, dieses wäre ein ganz besonderer Baum. Er hat alle Gewitter überlebt, noch nie hat ein Blitz ihn getroffen. Vielleicht ist es ein heiliger Baum. Wer weiß? Deshalb darf man ihn auch nicht fällen. Das hat der Bürgermeister so bestimmt. Als sie nahe bei der Eiche waren, hielt Maria an. Sie stiegen aus, und Ilja sagte: »Wir sind am Ort. Die genaue Stelle kenn ich aber nicht. Es könnte hier gewesen sein, vielleicht auch ein paar Meter weiter …«

Maria ging zum Baum. Sie lehnte sich mit dem Rücken an den breiten, warmen Stamm. Und Ilja zündete sich eine Zigarette an. Doch nicht von den Kent, die er zuvor bekommen hatte. Die waren zu kostbar, denn damit konnte man vielleicht einen Arzt oder einen Beamten bestechen. Ilja rauchte seine Papirossy. Maria legte die Handflächen auf die raue Rinde des Baumes. »Wenn ihr da unten seid, ihr Lieben, fühlt ihr jetzt meinen Schmerz und meine Trauer? Ich werde euch nie vergessen. Niemals …«, dachte sie.

Es war seltsam still hier am Feld. Man hörte nur das rhythmische Rufen der Grillen, und oben in der Luft kreisten ein paar Schwalben. Im Schatten des Baumes wuchs dünnes, graues Gras und etwas weiter, am Rand, standen ein paar bescheidene blaue Feldblumen. Man konnte hier gut ausruhen, vor sich hin träumen und hinausschauen in die weite, schmucklose Landschaft. »So friedlich wird es auch an jenem Sommertag gewesen sein«, dachte Maria, »bevor hier Schüsse fielen und die Menschen ihre Todesangst hinaufschrien zum blauen

Himmel. Damals waren es andere Schwalben, die dort oben ihre Kreise zogen, andere Feldblumen, die stumm zusahen … Doch es war der gleiche hohe Himmel. Der Himmel, der alles sieht und dazu schweigt.« Dann aber wollte sie genauer wissen, wo ungefähr das Grab der Juden ist.

»Hier muss es sein«, meinte Ilja, »hier irgendwo unter dem Gras. Das hat der Bauer gesagt, dem das Feld nebenan gehört. Denn hier ist der Boden früher immer wieder eingesunken. Vielleicht stehen wir auch auf dem großen Grab. Ein trauriger Ort. Früher, sagt man, ruhten sich hier die Leute von der Feldarbeit aus. Zu Mittag, im kühlen Schatten. Heute kommt niemand mehr her. Denn hier, unter dem Gras, wohnt jetzt der Tod. Die Bauern gehen zur Brotzeit immer hinüber zum Pruth, wo die hohen Sträucher stehen. Zum Wasser, wo die Fischer sitzen.«

Maria fuhr Ilja wieder zurück in sein Dorf. Und beim Abschied küsste er ihr die Hand, wie das im Osten immer noch Sitte ist. Er wünschte ihr eine gute Fahrt und sagte, sie solle doch bald wiederkommen. Maria antwortete: »Doswidanje, Ilja, auf Wiedersehen«, obwohl sie wusste, dass es ein Wiedersehen mit diesem Ort niemals geben wird.

Auf dem Weg hierher, nachdem sie von Sereth losgefahren war, hatte sie versucht, sich vorzustellen, wie Mojsche und Rebecca jetzt aussehen würden, falls sie noch lebten. Einige kleine Geschenke lagen im Gepäckraum ihres Autos. Seit dem Krieg waren zwanzig Jahre vergangen. Die beiden könnten inzwischen sechzig, siebzig sein. Jetzt aber wusste sie, Mojsche und Rebecca mussten ihr Grab selbst schaufeln, um dann namenlos hineinzufallen.

Und sie dachte an Elena in Arvinitza, die Lehrerin. Die hatte gesagt, man sollte doch die Vergangenheit endlich vergessen. »Vielleicht hatte sie recht, jedenfalls aus ihrer Sicht«, überlegte Maria, »ich aber kann nicht vergessen, bevor ich nicht weiß, was geschehen ist. Und wenn ich dann genau Bescheid weiß, fällt mir das Vergessen noch schwerer.«

Es ist wie beim Vogel Schmerz, dem unsichtbaren Wesen. Er fliegt durch viele Mythen der Karpaten. Man hört seinen seltsamen Schrei, man spürt den Schmerz und kann dann diesen Schrei nicht mehr vergessen. Man trägt ihn in sich ein Leben lang. Und die Erinnerung begleitet einen weiterhin auf allen Wegen, auch wenn sie sich manchmal langsam verändert.

8

Während Beila mit Maria in südliche Richtung fuhr und an drei verschiedenen Bahnhöfen umsteigen musste, überstürzten sich im Norden die Ereignisse. Die Bukowina und Bessarabien sollten von Rumänien getrennt werden. Das verlangte am 27. Juni 1940 die Sowjetunion, und das Deutsche Reich stimmte dieser Forderung zu. Schon am 28. Juni begannen sowjetische Truppen die Städte Czernowitz, Kischinew und Akkermann zu besetzen. Was damals und im Jahr danach, als die Bukowina zurückerobert wurde, in Czernowitz und in anderen Städten und Dörfern geschah, erfuhr Beila erst viel später.

Als sie an diesem Tag in Jakobeny schließlich aus dem Zug stiegen, sah Beila zuerst eine Gruppe von Männern, die abseits auf dem Boden hockten, eng beieinander, sie wurden von zwei bewaffneten Soldaten bewacht. Einige dieser Männer trugen Bärte und schwarze Hüte. »Merkwürdig«, dachte Beila, »die schauen ja aus wie Juden. Was ist mit denen?«

Sie legte den schweren Zwerchsack ab, stellte den Koffer daneben, und Maria setzte sich drauf: »Sei brav und rühr dich nicht von der Stelle. Ich komm gleich wieder.« Dann ging sie zum Stationsvorsteher, der neugierig herüberblickte. Er stand immer noch vor seinem Stationshäuschen, obwohl der Zug längst abgefahren war.

»Guten Tag, vielleicht können Sie mir helfen. Ich suche den Herrn Ellenbogen vom Sägewerk.«

»Den Juden Ellenbogen, meinen Sie«, sagte der Stationschef und schnitt dabei ein komisches Gesicht.

»Ja, den Herrn Ellenbogen«, antwortete Beila, die sich über die blöde Art des Mannes ein wenig ärgerte.

»Den Herrn Juden hat man gestern abgeführt. Zur Arbeit. Und seine Leute warten dort drüben. Die werden auch zur Arbeit geschafft. Nach Vadu Siret oder sonstwohin, wo sie dem Land nützlich sein können«, sagte nun der Stationschef und betonte gleichmäßig jedes Wort, so, als würde er die Ankunft eines Zuges ankündigen.

Dann aber fragte er noch: »Sind Sie auch eine von denen?«

»Nein«, erwiderte Beila schnell, und später wunderte sie sich über ihre Antwort, die sie plötzlich und ohne viel nachzudenken diesem fremden Mann gegeben hatte. »Nein, ich soll bei ihm als Dienstmädchen arbeiten.«

»Der braucht jetzt kein Dienstmädchen mehr, da sind Sie zu spät gekommen, junge Frau«, lächelte der Stationsvorsteher und meinte noch: »Ich kenne aber jemanden, der braucht immer ein Dienstmädchen. Das heißt eine Wirtschafterin. Das ist der hochwürdige Pater Wenzeslaus Bondar oben in Leopoldsdorf. Wissen Sie, wo das ist?«

»Nein.«

»Also, wenn man an der Goldenen Bistritz immer flussaufwärts geht zu den hohen Bergen, ist man nach genau sechsundzwanzig Kilometern dort angelangt. Auf unserer Seite des Flusses liegt Marienthal, wo mehr Zipser wohnen. Auf der Seite gegenüber, also eigentlich schon in Siebenbürgen, liegt Leopoldsdorf, wo auch mehr Zipser wohnen. Früher verlief die Grenze zwischen Ungarn und Österreich genau in der Mitte der Brücke. Heute ist es wieder so. Zwei Dörfer, wo Deutsche leben. Nur die einen sind evangelisch und die anderen katholisch. Komisch, nicht? Dasselbe Volk, aber mit verschiedenem Glauben. Zu Fuß schaffen Sie es nicht bis hin, schon wegen der Kleinen. Sie können aber die Nacht über im Stationshäuschen bleiben, und dann fährt Sie vielleicht morgen jemand hin – natürlich mit dem Pferdewagen. Aber nur, wenn Sie gut zahlen.«

Es war zum zweiten Mal, dass Beila die Nacht auf einem Bahnhof verbringen musste. Doch nun saß sie in einem engen Raum, eine Art Besenkammer, wo noch allerlei Gerümpel stand. Der Stationsvorsteher hatte zwei Stühle hingestellt: »Da könnt ihr sitzen, macht es euch bequem.« Dann schnaufte noch ein später Nachtzug vorbei, pfeifend und ohne anzuhalten. Und nun schloss er seinen Dienstraum ab, klingelte mit den Schlüsseln, pfiff ein fröhliches Liedchen und ging nach Hause.

Beila fror, nachts wurde es kühl hier oben in den Bergen. Am Bahnsteig brannte eine Laterne. Ihr schwaches Licht reichte bis in den Raum. Sonst war es ringsum dunkel. Und merkwürdig still. Aus dem Dorf hörte man Hunde bellen, und manchmal rief ein Käuzchen aus dem nahen Wald. Beila dachte an die vielen Geschichten vom

Prikulitsch und vom Höllenhund, den zwei bösen Wesen, die nachts in den Karpaten unterwegs sind. Sie ging zur Tür und schob den Riegel vor, obwohl sie wusste, dass manche Dämonen, wie die Kikimora, auch durch das Schlüsselloch ins Haus kommen können. »Ich bin schon meschugge«, dachte sie dabei, »ich beginn zu glauben an das, was die andern sagen. Meschugge wie eine Schickse.« Trotzdem ließ sie die Tür verschlossen.

Plötzlich begann Maria zu weinen. Sie war müde und wollte in ihrem Bettchen schlafen und fragte: »Warum sind wir hier? Warum gehn wir nicht zurück zu Rebecca und Mojsche?«

»Hör gut zu«, sagte Beila auf Rumänisch, denn inzwischen hatte sie begriffen, was sich in den letzten Tagen da abgespielt hatte. »Du bist jetzt ein großes Mädchen und gehst vielleicht im Herbst zur Schule. Aber nur wenn du brav bist. Du darfst nie wieder etwas von Rebecca und Mojsche erzählen. Nie wieder. Denn wenn du jemandem etwas von Rebecca und Mojsche sagst, kommen die bösen Männer und führen uns fort.«

»Welche bösen Männer?«

»Das werde ich dir später erklären, wenn du groß bist.«

»Aber ich bin schon groß, ich geh bald zur Schule.«

»Ich erklär es dir, wenn du zur Schule gehst.«

»Warum wollen die uns wegführen?«

»Darum, weil sie alle wegführen, die mit Rebecca und Mojsche zusammen waren. Verstehst du mich?«

»Nein.«

»Es ist aber so. Du musst dir das merken. Kein Wort mehr von Rebecca und Mojsche.«

Beila redete auf Maria ein, sanft und doch sehr kategorisch, bis sie plötzlich merkte, dass sie eingeschlafen war. Sie hatte vorher die beiden Stühle nebeneinander gerückt, und so konnte sich Maria an Beila anlehnen. Um die Kleine nicht zu wecken, verharrte sie so unbeweglich stundenlang in einer unbequemen Stellung. Erst gegen Morgen, als Maria erwachte, eilte Beila zur *buda*, einem völlig verdreckten Plumpsklo, das sich hinter dem Stationshäuschen befand. Maria aber ging einfach in die Hocke und verrichtete ihre Notdurft gleich nebenan im Gras.

Bald erschien auch der Stationsvorsteher. Er war guter Laune und machte seine Witzchen: »Gut geschlafen, meine Damen, in unserem kleinen Hotel?«

Dann sagte er, dass ein Nachbar bereit wäre, die beiden nach Marienthal zu bringen. Das würde allerdings fünfzig Lei kosten. Und es muss im Voraus bezahlt werden. Weil man nachher vielleicht nicht genug Geld hat. Auch bei der Bahn muss ja die Fahrkarte im Voraus bezahlt werden.

Der Mann, der bald mit seinem Leiterwagen vorfuhr, war ein Rumäne. Er stellte sich vor: »Ich bin der Mitrea, ich soll Sie nach Marienthal bringen zum katholischen Pfarrer. Bezahlt wird im Voraus.«

Dann ruckelte der Wagen über den steinigen Weg. Manchmal ging es durch tiefe Pfützen, dann wieder durch Löcher, die man mit Tannenreiser und Schotter ausgefüllt hatte. Die Fahrt dauerte knappe drei Stunden, und schließlich standen sie vor dem Pfarrhaus neben der kleinen katholischen Kirche. Der Fuhrmann verabschiedete sich und wünschte ihnen weiterhin alles Gute.

Auf dem Weg hatte er die ganze Zeit hindurch geredet. Und das war Beila recht, denn so konnte sie noch einiges über den Priester erfahren und auch über die Lage im Dorf.

Zuerst meinte er: »Ich hab noch nie eine Frau gesehen mit rotem Haar. Bei den Huzulen heißt es, dass die Hexen, die oben am Tschorna Hora, dem Schwarzen Berg, hausen, rotes Haar haben. Na ja, die Huzulen sind ein dummes Volk. Ich glaube nicht, dass alle Hexen rotes Haar haben. Denn hier im Dorf gab es einmal eine *vrăjitoare*, eine richtige Hexe, eine, die wirklich viel von Zauberei verstand. Die hatte langes schwarzes Haar und grüne Augen. Zu ihr gingen die jungen Leute, Mädchen und Burschen von hier aus der Gegend, um einen Zaubertrunk zu kaufen. Den gab es in kleinen Fläschchen. Wenn man jemandem davon ein paar Tropfen ins Essen mischte, der wurde dann richtig liebestoll. Ich aber hab so etwas nicht gebraucht. Meine Veronica, mit der ich schon – Gott sei's gedankt – seit fünfzehn Jahren glücklich verheiratet bin, war so verliebt, dass alles auch ohne den teuren Trunk gelaufen ist. Die *vrăjitoare* aber hat damit viel Geld verdient, das Geschäft ging ganz gut. Bis dann eines Nachts jemand ihr das Haus angesteckt hat. Die Einwohner standen da und haben zugesehen, wie die Flammen sich geschwind an den Holzwänden nach oben fraßen. Niemand hat versucht, das Feuer zu löschen. Sie ist dort verbrannt, die Hexe, und manche Leute meinen, sie wäre als rote Flamme zum Himmel hochgefahren. Das haben sie angeblich selbst gesehen. Ihr Haar brannte nicht, das fing kein Feuer. So ist das bei solchen. Zuerst hoch zum Himmel, und dann tief hinunter in die Hölle … Einen Eingang zur Hölle gibt es übrigens oben am Tschorna Hora, dem Schwarzen Berg. Davor sitzt ein großer schwarzer Hund, der Höllenhund, und hält Wache.«

Dann kam das Gespräch auf die anderen Völker, die noch hier im Tal der Goldenen Bistritz leben. Außer Rumänen wären auch »viele Fremde« da, sagte Mitrea. Damit meinte er Deutsche, Juden, Huzulen, Ungarn, Polen, Italiener, Armenier.

»Bis vor Kurzem hatten wir viele Juden hier im Dorf«, erzählte er weiter, »doch inzwischen sind die meisten fort. Wohin genau, weiß man nicht. Jedenfalls ›auf Arbeit‹. Auch die Brüder Ellenbogen stammen aus Marienthal. Das Sägewerk in Zibau hat ihnen gehört. Der alte Mosche, ihr Vater, der lebte noch vor einigen Jahren. Der sah aus wie der Moses – mit einem langen Bart und mit Pajes. Außerdem trug er immer einen schwarzen Hut, auch im Sommer. Und Pater Bondar, der die Juden nicht leiden kann, weil sie unseren Heiland ans Kreuz geschlagen haben, Pater Bondar hat sich sehr gefreut, als eines Tages auch der Rabbiner fortgeführt wurde. ›Jetzt ist unser Dorf frei von den Sündern‹, hat er in der Kirche verkündet.«

Dann fragte Mitrea: »Haben Sie auch schon mit Juden zu tun gehabt?«

Und Beila sagte: »Eigentlich kaum. Dort, wo wir gewohnt haben, gab es keine Juden.«

»Tatsächlich? Wie merkwürdig, dass es Orte gibt, wo keine Juden leben. Hier in der Bukowina leben überall auch Juden. Das Land ist voll von ihnen. Doch nicht mehr lang. Das hat auch unser Pope gesagt, und der ist der klügste Mann im Dorf. Denn jetzt erhalten sie die Strafe für alles, was sie damals unserem Heiland angetan haben. Sie sind das Volk der Mörder, und das darf man nicht vergessen, hat unser Pope gesagt …«

Beila hatte aufmerksam zugehört, und am liebsten wäre sie jetzt nicht mehr zu Pater Bondar gefahren. »Dass wir nun ausgerechnet zu einem Priester ziehen werden, der die Juden nicht mag«, dachte sie. »Doch vielleicht will er keine Magd oder Wirtschafterin haben, die ein Kind mitbringt. Dann kann ich wieder gehen. Aber was tue ich dann? Mein Gott, wohin soll ich dann ziehen mit meiner Maria? Was macht eine Frau wie ich, die kein Zuhause hat und ›keinem Mann gehört‹?«

Nun stand sie aber schon vor dem Pfarrhaus und zögerte noch ein wenig. Die ganze Nacht hatte sie darüber nachgedacht, wie sie sich als Katholikin verhalten muss. Sie war noch nie in einer christlichen Kirche gewesen. Bei Varvara gab es eine verrußte Holzikone, eine »Mutter Gottes«, übersät mit vielen kleinen braunen Punkten, die von Fliegen stammten, die im Laufe der Jahre hier gesessen hatten. Die Ikone hing in der Wohnstube im sogenannten Herrgottswinkel, einem Eck nach Osten hin. Und da hing auch eine *candelă*, ein »Ewiges Licht«, das ähnlich aussah wie jenes im Bethaus, das man Ner Tamed nennt.

Doch da fragte Maria: »*Mamele*, far wus sejnen mir hier? Far wus warten mir?«

Und Beila antwortete rasch und leise, obwohl kein Mensch in der Nähe war: »Wir warten auf niemanden. Wir gehen gleich hinüber zu dem Haus. Und red nicht mehr so wie Rebecca. Wir beide reden nur noch Rumänisch. Und sag mir von nun an immer ›Mama‹. Ich bin ›die Mama‹! Hast du das verstanden?«

»Warum? *Mamele* ist doch viel schöner. Du bist ja die ›Mame majne‹ … Du hast ja immer gewollt, ich soll singen das Lied von der ›jiddischen Mame‹.«

»Vergiss das Lied. Ich bin deine Mutter und deine Mama«, sagte Beila. »Wir reden jetzt nur noch Rumänisch, und dann sagst du zu mir ›Mamica‹. Hast du mich verstanden?«

Maria nickte verwundert und fragte auf Rumänisch: »Ce faci, mamica? (Was machst du, Mutter?)«

»Mulţumesc, foarte bine (Danke, sehr gut)«, antwortete Beila lächelnd, obwohl ihr der Sinn nicht danach stand.

Nun ging sie langsam zum Tor und zog zögernd am Griff einer Schelle, die sich im Hof befand. Und da trat schon Hochwürden Bondar aus dem Haus. Anscheinend hatte er sie längst bemerkt und hinter dem Vorhang stehend beobachtet. Es war ein großer, breit gebauter Mann mit einem runden, glatten Gesicht, aus dem zwei kleine Augen blickten. Durch das spärliche Haar lief in der Mitte des Kopfes ein gerader Scheitel. In seinem schwarzen Anzug wirkte er mächtig und selbstherrlich, doch sein Lächeln war wohlwollend.

»Gelobt sei Jesus Christus«, grüßte sie auf Deutsch nach katholischer Art.

»In Ewigkeit, Amen«, erwiderte freundlich der Priester und fragte, was für ein Anliegen sie habe. Dabei merkte Beila, dass er ein seltsames Deutsch sprach. Es klang nicht schwäbisch und auch nicht wie jene Sprache, die sie von einem Mann gehört hatte, der einmal aus Czernowitz kam und Mojsche besuchte.

»Hochwürden, bitte um Entschuldigung, dass ich Sie störe«, sagte sie nun auf Rumänisch. »Ich kann nicht so gut Deutsch, weil ich unter Rumänen gelebt habe. Ich versteh aber alles. Meine Name ist Berta Altmann, ich komme aus Sutschawa und bin eine Witwe, mein Mann lebt nicht mehr. Dies ist meine Tochter Maria. Ich suche eine Arbeit. Braucht Ihr nicht vielleicht eine Magd oder eine Wirtschafterin? Ich kann kochen, putzen, waschen, bügeln; ich kann alles. Wenn Ihr mich in Eure Dienste nehmt, dann bitte, erlaubt, dass auch meine kleine Tochter mit mir wohnt. Sie ist ein sehr ruhiges und braves Kind.«

»Zufällig prauch ich gråd wieder a neiche Wirtschåfterin«, lächelte Bondar, der wohlgefällig die hilflos dastehende junge Frau betrachtete und mit den Blicken abtastete. Er sprach weiterhin seinen Dialekt und nicht Rumänisch, und Beila gab sich große Mühe, ihn zu verstehen. Dabei wurden seine Augen noch kleiner, als sie schon waren, und nun schien es, als hätte er sie geschlossen. Doch Beila war so aufgeregt, dass sie das nicht bemerkte. Sie hörte nur seine väterlich klingenden Worte: »Jå, sehn mir amol, wås tu kånnst, Berta. Kummts harein ihr peiden.« Wie selbstverständlich hatte er sie geduzt.

»Dank Euch, Hochwürden«, sagte Beila, verneigte sich und dachte gleichzeitig: »Gelobt seist du, Ewiger, dass du mir helfen wirst.«

Er ging voran, stieg langsam und schnaufend die Treppen hoch, die ins Haus führten. »Der hat ja einen *tuches* wie die Bobe Taube«, dachte Beila, als sie hinter ihm ging. Die Bobe Taube war in Klinitz die einzige Frau, die ohne weiteres einen Mann verprügeln konnte. »Wo die hinhaut, wächst kein Gras mehr«, pflegte man zu sagen. Sie züchtete Gänse und verkaufte sie auf dem Wochenmarkt in Czernowitz. Als ihr einmal ein *ambulanter*, ein fahrender Händler, in der Dorfkneipe wie zufällig ans Gesäß griff, legte sie den Mann übers Knie und schlug ihm mit der flachen Hand auf den gespannten Hosenboden, so lang, dass der nachher jammernd auf allen vieren davonkroch. Die anwesenden Bauern aber jubelten vor Begeisterung und applaudierten der Bobe, die nachher wortlos und erhobenen Hauptes die Kneipe verließ.

Beila und Maria saßen nun in der guten Stube, wo an der Wand ein großes Kruzifix hing. Und Pater Bondar sagte: »Ihr seids sicher hungrig. Ihr sollt awås essen.« Dann rief er: »Julischka, pring uns awås Gutes zum varbeißen.«

Aus einem Raum seitlich, wo sich anscheinend die Küche befand, kam eine ältere Bäuerin, grüßte und brachte einen großen Tonteller, auf dem glänzende Speckscheibchen und kleine Schnitten dunkler Bratwurst lagen. In einer Schüssel waren gehackte Zwiebeln und Tomaten. Und in einem Körbchen gab es große Schnitten helles Hausbrot. »Greifts zu, låßts eich schmecken«, sagte der Pater.

»Aber das ist ja …«, meinte Maria. Sie wollte sagen: »… das ist ja vom Schwein.« Doch Beila unterbrach sie und meinte: »Das ist ja das, was wir immer essen: Speck und Brot.«

»›Speck und Prot mācht tie Wången rot‹, heißts pei tie Zipser«, sagte der Pater. Dann sprach er ein Gebet, und Beila sagte »Amen«.

»Jå, is viel zu årpeiten in a Pfarrei«, meinte er nun. »Då is nit nur tes zu mächn, wås tu zuvor aufzählt håst, Berta. Då håmr noch a Gmüsegårten hinterm Haus. Und tes Holz muß auch åwer spålten, wånn ter Karl nit då is. Karl haaßt unser Küster.«

Dann fragte er Maria: »Und du sprichst nur Rumänisch?«

»Ja, nur Rumänisch«, antwortete sie. »Ich möchte aber Deutsch lernen.«

»Das ist gut so. Denn bald wird die ganze große Welt nur noch Deutsch sprechen«, meinte Bondar nun auf Rumänisch. »Du kannst ja in den deutschen Kindergarten gehen, um hier diese schöne Sprache zu lernen.«

»Ich will aber zur Schule gehen, denn ich bin schon groß. Ich will nicht in den Kindergarten«, antwortete Maria und verzog das Gesicht, als müsse sie saure Gurken essen, die sie nicht mochte.

»Im Herbst in die Volksschule. Jetzt in den deutschen Kindergarten«, entschied Bondar. Und als Maria den strengen Blick ihrer Mutter sah, entgegnete sie nichts mehr.

Für Beila und Maria begann nun eine Zeit, in der sie sich an ein neues Leben gewöhnen mussten. Maria besuchte den deutschen Kindergarten, wo sie mit Zipser Kindern zusammen war. Die sprachen untereinander eine Mundart, die manchmal ähnlich klang wie das Jiddische, das sie in Klinitz gehört hatte. Oder wie das seltsame Deutsch, das sie beinahe täglich von Pater Bondar hörte. Doch Tante Else, die Kindergärtnerin, duldete kein Zipserisch in ihrem Hort. »Hier redet nicht jeder daher, wie ihm der Schnabel gewachsen ist«, hatte sie bei einer Begegnung mit den Eltern gesagt, »hier wird nur noch Hochdeutsch gesprochen, die deutsche Einheitssprache, die alle Volksdeutschen eint, die hier in den Karpaten leben.« Und so gab es bei jedem unwillkommenen Wort, das sie in ihrem Kindergarten hörte, einen Klaps auf den Mund. Dafür hatte die Tante ein langes, flaches Lineal, das sie immer bei sich trug.

Schlank und hoch im blauen Dirndlkleid, mit strengem Gesicht und fester Stimme, mit dunkelblondem

Haar, das sie zu einem Knoten zusammenband, blickte sie wachsam und deutschbewusst auf ihre kleinen Schützlinge. Gleichermaßen gütig und streng. Eine großdeutsche Erzieherin, die man von einem Institut aus Stuttgart in das kleine Karpatendorf entsandt hatte. Denn hier lebten seit Jahrhunderten Menschen, die nun lernen sollten, dass sie eigentlich Volksdeutsche sind. Das heißt zugehörig zum großdeutschen Volk, wenn man auch außerhalb der Reichsgrenzen siedelte. In gewissem Sinne war man aber so eine Art zweite Wahl, denn man wohnte längst nicht mehr im Land der Urväter, aus dem die Kindergärtnerin kam. Und ihr Deutsch klang manchmal wie eine Fremdsprache, und manche Deutschstämmigen verstanden nicht alles, was sie sagte. Doch das hinderte niemanden daran, ihr aufs Wort zu glauben. Denn wer glaubt und blind vertraut, muss nicht mehr nachdenken.

Doch ein wenig herrenrassisch, eben »mir ßein mir«, war man auch früher schon gewesen. Denn nur so hatte man hier im abgeschiedenen Karpatenraum unter den anderen Völkern überleben können. In vielen Häusern gab es den sinnträchtigen Wandspruch, mit rotem Garn auf weißer Webe: »Sei frisch, fromm, fröhlich, frei. Üb deutsche Sitte, deutsche Treu.« Nun aber durfte man diese eigenständigen Sitten ganz offen vorführen, mit Fahnen und Liedern geschmückt zur Schau tragen, und man durfte auch stolz darauf sein. Die unbedarften Kinderchen begriffen das sehr rasch. Besonders sie fühlten sich bald den anderen, nichtdeutschen Kindern durch

Sitte und Sprache überlegen, denn sie waren plötzlich etwas anderes als die andern.

Eines Tages berichtete Maria, die man jetzt Mariechen nannte, ein wenig aufgeregt und seltsam selbstbewusst: »Die Elsetante hat heute gesagt: ›Mariechen, du siehst sehr arisch aus. Auf solche wie du ist der Führer stolz.‹« Und dann erzählte sie munter weiter, dass die dunkelhaarige Tochter des Herrn Lunatschek, Ortsgruppenleiter von Leopoldsdorf und Marienthal, die Gudrun, nicht »so arisch« ausschaut wie sie, obwohl sie auch schon sechs Jahre alt ist. »Ich bin am stärksten arisch, Mama. Mehr als die andern. So hat die Tante gesagt.«

Lunatschek war bis vor Kurzem ein kleiner Flickschuster gewesen, der tagsüber in einem Eck seiner Küche auf einem niedrigen runden Schemel saß und dort immerzu auf alte Schuhsohlen hämmerte. Außer ihm gab es bis vor einigen Monaten auch noch den Schuster Adolf Seidelbaum. Als man den fortgeführt hatte, übernahm nach nur zwei Tagen Lunatschek die voll eingerichtete Werkstatt. Das heißt, er setzte sich einfach hinein. Und weder der Bürgermeister Gassner, ein Deutscher, noch der Dorfpolizist Mostyuk, ein Ruthene, hatten etwas dagegen einzuwenden. Mostyuk zahlte sowieso niemals, wenn er seine Stiefel besohlen ließ. Und Gassner stand zu seinem Volksgenossen. Eigentlich waren alle im Dorf stillschweigend einverstanden, dass nun jemand anders in Seidelbaums Werkstatt saß. Denn man brauchte ja weiterhin einen Schuster im Ort, und der Seidelbaum war, hieß es, »auf Arbeit« geschickt worden. Dabei hatte er ja auch bisher immer gearbeitet, vielleicht mehr als der Flickschuster Lunatschek. Doch darüber sprach man nicht.

Mariechen ging nun mit erhobenem Kopf und wichtiger Miene zum großen Wandspiegel, der draußen im Flur hing. Sie hielt ihre blonden Zöpfchen seitlich hoch und lächelte zufrieden. Ihre blauen Augen glänzten: »›Fünf Mädchen sind ganz arisch‹, hat sie gesagt, ›die anderen auch‹, aber nicht so arisch wie wir.«

Beila trat langsam näher und stellte sich hinter ihre kleine »arische« Tochter. Sie blickte still und verzweifelt in den kühlen Spiegel und dachte: »Mein Gott, was macht diese *meschiggene, gojsche Ziege* aus meinem Kind!« Dann musste sie aber auch an jenen Franz denken. Von ihm hatte die Kleine das blonde Haar, die blauen Augen und das helle, liebliche Gesicht. »Von mir hat sie das, was man nicht sehen kann, was tief in ihr ist«, dachte Beila, »und das ist viel wichtiger, nämlich die jüdische *neschome*. Und da kann sie nach außen hin immer ›arisch‹ sein. Sie bleibt jüdisch, und wenn sie einmal Kinder hat, werden die auch jüdisch sein. Und weiter will ich jetzt nicht denken …«

Ein langer, drückender Sommer ging ins Land, zuerst schweigsam und heiß, dann bedrohlich und hemmungslos. Und wenn ein Gewitter aufzog, wurde es manchmal sehr laut im engen Tal. Dann kam der schwarze, schwere Himmel tief herunter. Er hüllte das Gebirge in dichten Nebel ein und öffnete seine Schleusen. »So müsste es sein, wenn diese Welt untergeht, am Tag, wenn der *Meschiach* kommt«, dachte manchmal Beila.

Der Fluss verwandelte sich plötzlich in ein schmutziges braunes Tier, das sich durch die Gassen wälzte. Doch in die Häuser konnte er nicht eindringen. Denn die standen auf breiten Steinmauern, die oft ein, zwei Meter hoch waren. Dafür aber führte das Wasser alles fort, was es sonstwo fassen konnte. Manchmal waren es ein Zaun, ein Hühnerstall oder die Pflanzen aus dem Garten. Am nächsten Tag schien dann meist wieder die Sonne, die kleine Welt im engen Tal richtete sich langsam auf, und das Leben ging weiter, so wie bisher.

Einmal in der Woche, meist am Dienstag, kam in die Pfarrei eine alte Zigeunerin, die Marica. Sie brachte frische Pilze und Beeren aus dem Wald. Zuerst waren es meist tiefrote Himbeeren und leuchtende Heidelbeeren, dann auch schwarze Brombeeren. Aus den Pilzen kochte Beila eine große Schwammerltokan nach huzulischer Art, mit Kartoffeln, Paprika, Zwiebeln und gehacktem Knoblauch, ein Mischgericht, das auch Christen und Juden gern aßen. Und aus den Waldfrüchten machte sie mit Zucker und Eiweiß eine süße Creme, wie der Pater es wünschte.

Bondar pflegte seine Mahlzeiten in der guten Stube einzunehmen. Erst wenn er damit fertig war und sich für eine Stunde hinlegte, um auszuruhen, durften Beila und Maria in der Küche essen. Das war Beila sehr recht, denn mit ihm am Tisch hätten sie jedes Mal das Gebet mitsprechen müssen, wo man den »Herrn Jesus« bittet, »unser Gast zu sein«. Manchmal aber kam Bondar noch kurz vorbei, und da sprach Beila dieses Tischgebet, so, als würden sie das jedes Mal tun. Und Maria sagte nur: »Amen.«

Beila hatte selten mit anderen Leuten aus dem Dorf zu tun. Und so hörte sie meist nur von Marica, was noch draußen in der Welt geschah. Und das war recht wenig. Die beiden Frauen saßen dann in der Küche und tranken ein Gläschen Horinca. Davon gab es genug im Haus, denn der Pater erhielt bei jeder Gelegenheit eine Flasche Schnaps oder einen geflochtenen Zipser Kollack, einen großen runden Eierkuchen.

Während Marica die neuesten Neuigkeiten erzählte, rauchte sie genießerisch ihre Pfeife, die sie vorher mit billigem Tabak gestopft hatte. Der roch wie jene »Ziegnfießl« der Landjuden, wie man die selbst gedrehten Zigaretten aus Machorka und Zeitungspapier nannte. Und bei jedem Zug schloss Marica genießerisch die Augen, wobei ihr dunkles Gesicht plötzlich von vielen kleinen Fältchen übersät war. Doch nur einen Augenblick lang. Denn es glättete sich gleich wieder und wirkte entspannt, wenn sie den Rauch mit gespitztem Mund langsam hinausblies.

Einmal erzählte sie Beila, dass der Pater es schon mit vielen Frauen im Ort getrieben habe. Einige Kinder, heißt es, wären von ihm. »Hüte dich vor seiner Nähe, Berta«, sagte Marica, »denn er ist ein Teufel, ein Teufelsbock in der Soutane.«

»Aber er ist doch so gütig zu uns«, meinte Beila.

Marica schüttelte ungläubig den Kopf: »Hm, hm. Ich wünsche dir, dass du niemals was anderes über ihn denken musst. Aber ich fürchte, das sind nur gute Wünsche.«

Und dann erzählte sie von ihrer Tochter Lenuţa. Bis vor zwei Jahren hatte sie immer die Pilze und Waldfrüchte ins Pfarrhaus gebracht. Einmal musste die Wirtschafterin, die damals gerade bei ihm arbeitete, nach Gurahumora fahren. So war der Pater allein zu Hause, als Lenuţa kam. Sie leerte Pilze und Früchte in zwei Gefäße, die auf dem Tisch bereitstanden. Dann bezahlte er dafür wie immer zwei Lei. Als Lenuţa sich bedankte und das Geld nehmen wollte, legte er rasch noch zwei Lei hinzu.

Sie sagte, das wäre der doppelte Preis, und wunderte sich, warum er ihr plötzlich mehr geben will. Daraufhin erwiderte Bondar: »Darum, du kleine schwarze Hexe.« Mehr sagte er nicht und packte sie von hinten, hielt sie fest und schob sie auf den Küchentisch. Lenuţa war gerade dreizehn Jahre alt geworden. Eigentlich wusste sie noch nicht genau, was nun geschehen würde. Sie wehrte sich aber und schrie um Hilfe. Doch niemand konnte ihr helfen. Die beiden waren allein im Haus. Es ist eine schmerzliche Geschichte, wie man sie immer wieder hört. Sie wiederholt sich jeden Tag hundert Mal irgendwo und ist doch jedes Mal anders.

»Dreizehn ist, heißt es, eine Glückszahl. Uns hat sie nur Unglück gebracht«, sagte Marica. »Da, in der Küche, hat er es ihr angetan. Da, wo wir jetzt sitzen. Er hat ihr die Beine hochgerissen, und die Kleine hat nachher geblutet. Denn sie war noch unberührt. Und jetzt hat sie einen Bankert und ist noch keine fünfzehn Jahre alt.

Meine Lenuţa, mein Täubchen, mein Sonnenschein, meine schwarze Rose, mein Klagelied, mein Schmerz, meine kleine fröhliche Fee, die nicht mehr singt und nicht mehr lacht… Sie ist so still geworden und so ernst, sie schämt sich vor den Menschen, sie verlässt nicht mehr das Haus. Und sie weiß, dass nun niemand mehr sie zur Frau nehmen wird. Wer braucht schon eine mit einem Bankert, einem ›Blumenkind‹, wie die Leute so sagen? Wenn mein Mann noch leben würde, der Ghiţă, dann wäre was geschehen. Doch der ist vom Zug gefallen, als er wie immer schwarz auf dem Dach fahren wollte. Einmal hatte er Pech, rutschte herunter und kam unter die Räder. Der Ghiţă hätte ihn umgebracht. Ganz bestimmt. Bei dem saß das Messer sehr locker. Er hätte es dem Pater in den Rücken gestoßen, irgendwann. Das weiß ich, doch es hilft mir nicht weiter. Denn meinen Ghiţă gibt es nicht mehr. Dafür gibt es aber einen anderen Ghiţă, einen kleinen, der gerade zwei Jahre alt ist. Und der wird einmal seinem verfluchten Vater das heimzahlen, was der seiner Mutter angetan hat. Denn Gott wird ihn nicht strafen, das weiß ich schon. Er straft nie die Schuldigen. Alles Böse trifft immer nur die Unschuldigen in dieser Welt. Das ist auch unser Los, das Los der Zigeuner. Seit jeher. Uns hat Gott irgendwann vergessen, vielleicht ist er ja auch einer von ihnen, ich mein, einer von den andern. Dann versteh ich auch, warum alles so verkehrt ist auf dieser Welt…«

Beila hatte aufmerksam zugehört, und nun sagte sie und senkte dabei unbewusst die Stimme, als müsse sie ein

Geheimnis preisgeben: »Weißt du, Marica, auch meine Tochter ist ein ›Blumenkind‹. Doch ich war damals längst keine Jungfrau mehr, und ich war verrückt nach dem fremden Mann und wollte es tun. Immer wieder. Ich konnte nicht genug davon bekommen. Dann aber war ich zuerst sehr unglücklich, als ich plötzlich merkte, dass etwas unterwegs ist. Doch heute bin ich froh, wenigstens einen Menschen zu haben neben mir. Sonst wäre ich ganz allein auf dieser Welt.«

»Vielleicht hast du recht, liebe Berta, allein sein tut sehr weh. Aber manchmal ist der Preis viel zu hoch, den man zahlt, um nicht allein zu bleiben. Das ist dann mehr als zwei Lei. Das sind dann Jahre eines Lebens. Und man lebt ja nur einmal, und nur einmal im Leben ist man jung. Übrigens jene zwei Lei hat er ihr, als sie weinend wegging, rasch in die Jackentasche gesteckt. Ich hab dann die zwei verfluchten Münzen in den Fluss geworfen. Sollen die *Potopelniky* und *Malpy*, die Wassermänner und ihre Frauen, die bösen Geister, die dort unten in der Tiefe wohnen, sich am Geld freuen. Wir wollten es nicht. Doch bald hatten wir dann kein Geld mehr. Und so ging ich eines Tages zum Pater und fragte, ob von nun an ich für ihn die Waldfrüchte und Pilze bringen darf. Und darauf sagte er nur: ›Gut‹. Mehr nicht. Seither mach ich das den ganzen Sommer hindurch. Denn wir brauchen das Geld, um zu leben. Und jetzt ist auch noch der kleine Ghiţă da …«

Als dann Marica gegangen war, überdachte Beila ihre Lage. Eigentlich hatte sie es ganz gut getroffen. Maria, oder Mariechen, wie man sie nun im Dorf rief, ging wochentags in den Kindergarten, der hier oben in den Bergen keine richtigen Ferien machte. Die Else hatte noch im Juni gesagt, dass es auf Anordnung der Volksgemeinschaft in diesem Jahr keine Ferien geben wird, denn es sei sehr wichtig, dass alle deutschstämmigen Kinder die Muttersprache gut beherrschen. Damit aber meinte sie nicht etwa das Zipserische, Schwäbische oder Deutschböhmische, das man in den verschiedenen Dörfern hörte, sondern »die Sprache des Führers«. Denn auch hier, beinahe schon am Rande der Welt, jedenfalls fern vom großen Zeitgeschehen, sollte eines Tages »am deutschen Wesen die Welt genesen« – auch wenn diese Welt eigentlich gar nicht krank war.

Und eines Tages kam dann Maria nach Hause und sagte wichtig: »Heute haben wir zwei Sachen gelernt, Mama: ›Deutsch sein heißt treu sein‹ und: ›Sei stolz und gut, denn du hast deutsches Blut‹!«

»Und weißt du auch, was das heißt, Maria?«, wollte Beila wissen.

»Nein, Mama. Aber die Tante hat das gesagt. Und wir haben es immer wieder ihr nachgesagt. Bis wir alle es sagen konnten. ›Deutsch sein …‹«

»Ist schon gut, Maria, ich kann es auch schon auswendig«, unterbrach Beila sie und fragte dann, um das Gespräch zu beenden, was sie sonst noch gemacht haben. Und Maria sang ein flottes Liedchen von einer schwarzbraunen Haselnuss: »Schwarzbraun ist die Haselnuss, schwarzbraun bin auch ich, bin auch ich …«

Doch Beila hörte nicht mehr hin. Denn sie dachte: »Es ist gut, dass die Kleine Deutsch lernt. Und diese Sprüche und die Lieder gehören heute auch zur deutschen Sprache. Und wahrscheinlich kann man das eine nicht ohne das andere lernen.«

Sie selbst hatte vom Pater eine Sprachfibel für die deutschen Allgemeinschulen im Königreich Rumänien erhalten. So stand auf dem Umschlag. Darauf war ein Bild mit einem lachenden Jungen zu sehen, der einen Schulranzen am Rücken trägt. Und mithilfe dieses Buches versuchte sie ständig, ihr bescheidenes Deutsch zu verbessern. In diesem Buch, das in Hermannstadt erschienen war, standen solche Sprüche nicht drin. Und nachdem sie mit Maria jetzt nur noch Deutsch sprach, merkte sie, dass sie sich in dieser Sprache immer sicherer bewegen konnte. Manchmal nur rutschte ihr ein jiddisches Wort in einen Satz hinein. Einmal waren es sogar zwei, als sie zu Maria sagte: »Nimm das Körbchen, und hol schnell *barren* vom *bojm*. Ich mach heut ein Kompott.«

Und nun musste Maria lachen: »Mama, was redest du da? Das sind die Birnen vom Baum!«

9

Es war an einem Sonntag. Zur Frühmesse hatten sich wie immer die gleichen alten, frommen Frauen eingefunden. Danach pflegte Bondar zu frühstücken. Meist aß er drei Spiegeleier mit gebratenen Speckkranzeln oder ausgebackenen Käse mit Tomaten. Dazu trank er ein paar Schnäpse und einen großen Milchkaffee. An jenem Sonntag hatte sich auch wieder ein junger Kaplan eingefunden, der Bondar öfter besuchte. »Eigentlich ein schöner Mann«, dachte Beila, »wenn auch viel zu fett. Und er watschelt daher wie eine Stopfgans von der Bobe Taube, wahrscheinlich stimmt etwas nicht mit seinen Füßen.«

Der Kaplan hatte langes blondes Haar. Das kämmte er hinter die Ohren, und es reichte ihm beinahe bis auf die Schultern. Die beiden Geistlichen hatten wie jedes Mal ausgiebig gefrühstückt, mehrere Schnäpse getrunken und waren dann hinüber in die Kirche gegangen. Da fiel es Beila ein, dass sie vielleicht noch frische Blumen in die Altarvase tun sollte. Sie ging in den Garten und schnitt ein paar rote und weiße Rosen.

Als sie die Kirchentür öffnete, hörte sie ein seltsames Geräusch. Es klang wie Seufzen und Stöhnen und kam vom Altar her, doch da war niemand zu sehen. Ahnungslos ging sie langsam näher und blickte hinter den Altar. Da stand ein schmaler Holztisch. Und darauf lag der junge Kaplan auf dem Bauch. Die Soutane war hochgeschlagen, und man sah seine nackten glatten Schenkel. Hinter ihm stand Pater Bondar. Er hatte Zingulum und Birett noch nicht angelegt. So konnte er seinen Priestermantel mit der einen Hand vorn hochheben. Mit der anderen Hand stützte er sich auf den Tisch und stieß von hinten rhythmisch in den Kaplan. Der aber gab jene seltsamen Laute von sich. Fassungslos stand Beila da. Sie hatte bisher von solchen Dingen nur einmal gehört. Zufällig, noch in Arvinitza, als Varvara ihr sagte, dass es in der Stadt Männer gibt, die das mit Männern tun. Doch Beila wollte das nicht glauben. Und sie fragte: »Warum mit Männern, wo doch so viele Frauen da sind?« Darauf aber wusste Varvara keine Antwort.

Beila hielt den Atem an und versuchte, sich langsam davonzuschleichen. Die Blumen nahm sie wieder mit. Als sie die Kirchentür schon erreicht hatte und vorsichtig öffnen wollte, hörte sie plötzlich noch ein anderes Stöhnen. Und jetzt erkannte sie die Stimme von Bondar. Es klang wie das Röhren der Hirsche in den Wäldern, beängstigend und unheimlich. »Mein Gott«, dachte sie, »wo bin ich da hineingeraten?«

Als sie nach dem Gottesdienst das Essen auftischte, vermied sie, den Kaplan anzuschauen. Der aber schien guter Laune zu sein. Er trank ausgiebig vom alten Messwein, den Bondar immer hervorholte, wenn Besuch kam, und schwärmte von einem Essen, das früher seine Mutter oft gekocht hatte: »›Grenadier‹ – tes håt meine Måmå kocht, und tes wår immer a gruße Freid, wånn mir tes gessen håben«, erzählte er.

»Heer gut zu, Berta«, sagte Bondar, »tu kriegst jetzet tes Rezept und sollst mir tie näkschten Täg ›Grenadier‹ måchen. Aso, wies ter Herr Kaplan tir erklären mecht.«

Das Rezept war recht einfach. Für »Grenadier« brauchte man Nudeln, Kraut und Zwiebeln und »viel Schmetten und vielleicht auch gereicherten Schinken, aber nur gånz fein håckt«.

Es war nicht schwer, sich das Rezept zu merken, und einige Tage später stand Beila in der Küche und walkte den Nudelteig aus. Er soll ganz dünn sein und dann in lange, gleichmäßige Streifen geschnitten werden.

Während sie nun den Teig walkte, kam plötzlich Bondar in die Küche, was sonst äußerst selten geschah: »Nå, werden die Nurln?«, fragte er. »Tinn und scheen sollens sein.«

»Ja, Hochwürden«, antwortete Beila, die sich ein wenig verunsichert fühlte, als er so plötzlich hinter ihr stand. Es war ein sehr heißer Tag, und sie trug nur ein dünnes Sommerkleid, ohne Taghemd. Doch sie hatte selbstverständlich eine Unterhose an und natürlich auch den Büstenhalter.

Auf einmal spürte sie aber seinen Atem im Nacken, und als sie sich umdrehen wollte, hatte er sie rasch von hinten gepackt: »Tu kånnst jetzet schreien und rufen, Berta, ka Schwein mecht dich heren, ka Teifel und auch ka Engel nit!«

»Bitte nicht, Hochwürden, bitte nicht!«, flehte Beila. Ihre Stimme zitterte, und sie dachte nicht daran zu schreien. Wozu auch? Wenn sowieso niemand in der Nähe ist.

»Tu pist besser wie ålli Nurln vun ter Welt«, schnaufte Bondar und drückte sie mit beiden Händen von hinten herunter auf das Nudelbrett. Sie spürte seine beherrschende Kraft und versuchte nicht, sich zu wehren. Er war viel stärker als sie, und alles war von vornherein aussichtslos.

»Bitte, tun Sie es nicht, Hochwürden«, bat sie immer wieder, bis ihre Stimme kläglich versagte, und dann kam nur noch ein komisches Wimmern. Sie konnte nicht einmal weinen, obwohl sie gern losgeheult hätte. Vor Wut und Scham. Denn Bondar hatte ihr hinten das Kleid hochgehoben, die Hose heruntergerissen und war in sie eingedrungen. »Er tut es wie mit dem Kaplan«, musste Beila plötzlich denken. Und zu Wut und Scham kam auch noch ein Gefühl von hilflosem Ekel.

Es dauerte einige Zeit, bis Beila wieder den Hirsch röhren hörte. Und dann spürte sie, wie er sich ruckweise entleerte. »Großer Gott, Ewiger, bitte, lass mich nicht schwanger bleiben. Lass mich nicht schwanger bleiben …«, betete sie in Gedanken.

Dann war es endlich vorbei. Bondar gab ihr einen festen Klapps auf den nackten Hintern, sagte: »Måch scheen weiter mit tie Nurln« und ging hinaus.

Jetzt erst konnte Beila losweinen. Es kam wie eine Befreiung, sie lehnte sich an die Wand neben dem Herd, wo ein besticktes Tuch hing, auf dem stand in Fraktur, mit vielen kleinen Schnörkeln: »Gottes Segen auf all deinen

Wegen.« Gern hätte sie den Spruch von der Wand gerissen und im Herd verbrannt. Doch das durfte sie nicht tun. So fragte sie auf Jiddisch und sah dabei zum Fenster hinaus, zum blauen Himmel der Karpaten: »Ojberschter, far wus, far wus, far wus …? Far wus die Schtrof un Schand?« Doch darauf erwartete sie keine Antwort. Aber fragen durfte man, im Glauben, jemand würde da sein, der einem zuhört.

Plötzlich spürte sie, wie etwas zwischen ihren Beinen nass herunterlief. Sie fasste hin, es war sein Samen. Angewidert betrachtete sie ihre feuchten Finger. Nun aber schmierte sie das auf den ausgewalkten Nudelteig. Und sie tat es noch einige Male, bis alles schleimig glänzte. Dann spuckte sie drauf, walkte es ein, spuckte immer wieder, fasste sich nochmals oben zwischen die Beine, schnäuzte sich mit den Fingern, wie es die rumänischen Bauern tun: »Das sollst du fressen, Sched, verfluchter!«

Doch plötzlich wurde ihr bewusst, dass auch Maria vom »Grenadier« essen würde. Und so nahm sie rasch einen kleineren Topf und füllte etwas vom gedünsteten Kraut hinein. Und weil sie noch ein paar Kartoffeln vom Vortag hatte, bekam dann Maria Kraut mit Kartoffeln und Schmetten. Und vom »Grenadier« mit feingehacktem Schinken aß nur Bondar. Er lobte dieses neue Gericht und fragte Beila später, ob es auch ihr und Maria so gut geschmeckt habe. Beila sagte: »Ja, Hochwürden, es ist ein ganz besonderes Rezept.«

Was draußen in der Welt geschah, erfuhr man in Leopoldsdorf manchmal erst nach Wochen, manchmal aber auch schon nach wenigen Tagen. Am 30. August 1940 wurde in Wien von Italien und Deutschland ein Diktat unterzeichnet, und danach gehörte Nordsiebenbürgen wieder zu Ungarn. Das wusste man hier schon am nächsten Tag, denn bereits am Morgen des 31. August erschienen rumänische Grenzsoldaten und postierten sich am östlichen Ufer des Flusses. Und jetzt verlief wieder die Grenze wie einst in der Mitte der Brücke. Leopoldsdorf gehört nun plötzlich zu Ungarn und Marienthal zu Rumänien. Doch die Menschen gingen weiterhin wie bisher über die Brücke, und die Soldaten saßen in der Sonne, spielten Karten oder knackten geröstete Kürbiskerne und ließen den Herrgott einen guten Mann sein. Doch nun gab es zwei Götter, zu denen man auch hier oben im Tal aufsehen musste. Der eine hieß Miklós Horthy, und der andere hieß Ion Antonescu. Doch da gab es noch einen dritten Gott, und neben dem waren die beiden anderen nur kleine Götzen, und dieser Dritte saß im fernen Berlin. Für die deutsche Volksgruppe aber gab es nur diesen dritten Gott, den einzigen, den gewaltigen und gewalttätigen, vor dem alle anderen andächtig verstummten.

Am Haus des Ortsgruppenleiters in Leopoldsdorf hing nun neben der deutschen Hakenkreuzfahne die ungarische Fahne – rot-weiß-grün. Man lebte plötzlich in Ungarn, doch kaum jemand im Ort verstand die neue Landessprache. Außer Pater Bondar. Der erinnerte sich plötzlich, dass er als Kind eigentlich immer nur Ungarisch gesprochen hatte. Und so führte er in seiner Kirche die ungarische Messe ein, was die meisten Gläubigen verärgerte, wenn auch niemand es wagte, sich dagegen zu wehren. Am Deutschen Haus in Marienthal, wo ebenfalls Lunatschek, der ehemalige Schuster, das Sagen hatte, hing aber immer noch neben der Hakenkreuzfahne die rumänische Trikolore. Die Zeiten und Grenzen hatten sich draußen in der Welt verändert, doch die Volksgruppe blieb zusammen, wenigstens hier in den abgelegenen Karpaten.

Es war Anfang September, und der Herbst kündigte sich schon an, unbeteiligt am Zeitgeschehen, treuherzig und schlicht in seinen stillen Farben, als Beila aus dem Gemüsegarten ins Haus kam. Schon bei der Tür hörte sie das helle, unbekümmerte Lachen der kleinen Maria. Es sprang ihr fröhlich entgegen, und Bondars tiefe Stimme tappte hinterher. Die beiden mussten drüben in der guten Stube sein. Langsam ging sie näher, die Tür war nur angelehnt, und sie stieß sie vorsichtig auf. Maria saß auf Bondars Schoß, man sah ihre nackten festen Beine, auf denen wie zufällig seine Hand ruhte. Sie schien das nicht zu bemerken. Auf dem Tisch vor ihnen lag ein aufgeschlagenes großes Buch.

»Komm her, Mama, schau, was in dem Buch ist. Viele schöne Bilder. Hochwürden hat mir Geschichten aus der Bibel erzählt. Die sind so lustig«, berichtete Maria munter und vergnügt.

Beila ging näher, warf einen kurzen Blick auf das Buch und sagte in einem Ton, der keinen Widerspruch duldete: »Maria, komm, du sollst mir etwas helfen.« Dabei vermied sie es, Bondar anzusehen.

In der Küche, wo sie allein waren, schärfte sie Maria ein, sich nie wieder auf den Schoß dieses Mannes zu setzen.

»Warum, Mama? Er ist ja so gut zu uns«, meinte die Kleine.

Was sollte sie nun ihrer Tochter darauf antworten? Sie überlegte ein wenig und sagte dann: »Es ist nicht richtig, wenn man sich auf den Schoß von Hochwürden setzt. Das schickt sich nicht, das macht man nicht!«

»Aber er hat ja gesagt, ich soll mich auf seinen Schoß setzen. ›Komm zum Onkel Bondar‹, hat er gesagt.«

»Trotzdem. Tu das nie wieder.«

»Warum, Mama? Er ist ja so gut zu uns.«

»Bitte, tu es nie wieder. Und worüber habt ihr gesprochen?«

»Über vieles.«

»Über was?«

»Über Purim.«

»Wieso über Purim?«

»Er hat mir gesagt, er will ein großes Purimfest machen im Winter. Und dann kommen viele Kinder her, und die klappern und klopfen, wenn man den Namen vom Haman liest. Und da hat er gefragt: ›Hast du schon einmal Purim gefeiert?‹ Und ich hab gesagt: ›Ja, in Klinitz …‹«

»Das hast du ihm gesagt?« Beila verschlug es die Sprache.

»Ja, Mama.«

»Warum? Warum nur? Warum?«, stammelte Beila. Sie war fassungslos. Der Pater hatte die Kleine »an der Zunge gezogen«, wie man rumänisch sagt, und das Kind mit einer schlauen Lüge hereingelegt.

»Weil auch er Purim feiert, wie in Klinitz. Und dann kommen viele Kinder in die Kirche …«

»Er feiert aber nicht Purim, Maria. Das hat er nur so gesagt …«, erwiderte Beila, und ihre Stimme zitterte vor unterdrückter Wut.

Nun, was geschehen war, war geschehen. Daran ließ sich nichts mehr ändern. Und Beila überlegte, ob sich jetzt vielleicht ihre Lage hier ändern würde. Schließlich konnte Pater Bondar die Juden nicht leiden. Und das wusste in Marienthal eigentlich jedes Kind. Nur ihr eigenes Kind hatte das nicht wissen können. Woher auch? Niemand hatte Maria das gesagt – Maria, die so »arisch« aussah. Arischer als die Gudrun Lunatschek, die Tochter vom kleinen krummbeinigen Ortsgruppenleiter, dessen Stimme bei jeder Versammlung schärfer und lauter wurde. »Ter bellt wie ter Höllenhund troben im Gebirg, wånn er a schiechn Tog hot«, hatte der alte Atzberger gesagt, ein Zipser, der einst aus Oberwiesenau, jenseits der Wälder, zugewandert war. Atzbergers Frau war Polin, und so gehörte er nicht mehr ganz zur Volksgruppe. Einmal hatte Lunatschek ihn sogar, wegen dieser »Mischehe«, als einen »Verräter am Deutschtum« bezeichnet. Als man das Atzberger erzählte, soll er gesagt haben: »Lunatschek, åm Åarsch mich leck.« Ein Spruch, der danach öfter auch aus anderen losen volksdeutschen Mäulern entwich. Manchmal ganz offen und nicht hinter vorgehaltener Hand.

Im Deutschen Haus, einem ehemaligen kleinen jüdischen Herrenhof, der nun niemandem mehr gehörte, trafen sich jene, die keine »Artfremden« in der Familie hatten, wenn auch ihre meist slawisch klingenden Namen verrieten, wer im dichten Geäst ihrer Stammbäume saß. Der einstige Besitzer dieses arisierten Hauses war »auf Arbeit« verschickt worden, und seine Familie hatte sich über Nacht einfach aus dem Staub gemacht. Wohin, wusste man nicht, und man wollte es auch nicht wissen.

Im Saal, dem ehemaligen Wohnzimmer des Sägewerksbesitzers, hingen nun die Bilder von Horthy und Hitler. Und es gab auch eine große »Wandzeitung« – ein Karton mit einem kunstvoll geschnitzten Holzrahmen, auf dem man Eichenlaub und dazwischen kleine Hakenkreuze sehen konnte. Da hatten Else, die Kindergärtnerin, und der Lehrer Barthmes, ein Siebenbürger Sachse, Bilder vom Führer und seinen Getreuen angebracht. Die hatten sie aus einer reichsdeutschen Illustrierten fein säuberlich herausgeschnitten. Hier im Haus war man immer ganz unter sich, unter Volksgenossen und Kameraden. Und man konnte unbekümmert das sagen, was man dachte. Über die Völker, die ringsum wohnten, und über die großen Zeiten, die nun anbrechen sollten. Doch eigentlich dachte man nicht selbstständig, sondern sagte nur das, was Lunatschek gerade zuvor gesagt hatte. Der wiederum dachte auch nicht nach und wiederholte immer wieder nur das, was andere schon gesagt hatten.

So wurde eigentlich hier und anderswo im nordöstlichen Siebenbürgen ständig geredet und niemals nachgedacht. Oft wurde auch gebrüllt, was man dann ebenfalls als reden bezeichnete. Und die meisten Menschen schienen das zu verstehen und dachten sich nichts dabei.

Selbst Lunatschek, der ehemalige Flickschuster, versuchte immer wieder so zu reden »wie der Führer«, wenn auch die Mundart oft seinen Redeschwall bremste und er über die eigenen Sprachstiefel stolperte. Doch seine ungeschliffenen Worte flogen davon wie Kugeln, wenn er von »Volksfeinden« und »rassisch Minderwertigen« sprach. Und diese Worte marschierten auch mit festem Schritt in die Köpfe jener, die ihm jubelnd zuhörten, und sie zertraten dort das letzte bisschen Verstand, das der eine oder andere von Geburt zufällig mitbekommen hatte. Der Ortsgruppenleiter hatte eben das, was man früher auf Jiddisch »a afschrojftes Mojl« nannte, ein ungezügeltes Mundwerk. Beila aber erinnerte sich an eine rumänische Redensart von Varvara, als sie über jene Wölfe in Uniform sprach: »Dumm geboren, nichts hinzugelernt, die Hälfte vergessen.« Das aber sagte sie niemandem, auch nicht der Zigeunerin Marica, von der Lunatschek einmal behauptet hatte, sie sei ein »Untermensch«, und ein anderes Mal hatte er sie als »Ungeziefer« bezeichnet.

»Doch wer schützt einen vor den Dummen, wenn sie mächtig sind und immer mächtiger werden? Wenn es plötzlich sehr viele von ihnen gibt? Dann nützt dir keine *klugschaft* mehr«, dachte Beila, »dann musst du dich auch dumm stellen, um nicht unangenehm aufzufallen.« Und das tat sie auch und gab sich dabei, wenn auch widerwillig, große Mühe. Besonders wenn sie am Sonntag am Gottesdienst von Pater Bondar teilnehmen musste.

Und wenn sie in der Kirche Staub wischte oder frische Blumen in die Altarvase tat, sah sie öfter, wie manch eine Frau aus dem Dorf vor einer Holzfigur kniete. Das war der heilige Anton, und seine lange braune Kutte schien an einer Stelle stark abgewetzt. Denn man konnte schon das helle Holz erkennen. Hier streichelten nämlich die Hände der Frauen nach ihrer Fürbitte immer wieder das Gewand des Heiligen.

»Diese beten zu einer Figur. Die anderen vielleicht zu einem Bild, auf dem ein Mann zu sehen ist mit einem komischen Schnurrbart. Ein Mann, der immer ernst und böse dreinschaut. Und ich muss so tun, als wäre ich eine von ihnen. Doch ich werd sicher nie vor einer Figur oder einem Bild niederknien. Eher brech ich mir vorher den Fuß. Aber wie soll das so weitergehen, jetzt, wo der Pater uns durchschaut hat? Was soll ich tun, was soll ich nicht tun?«, überlegte Beila. »Wie seltsam ist doch das Leben. Da sind wir, zwei Jüdinnen, Mutter und Tochter. Und solange das niemand weiß, gibt es keinen Zores. Denn die eine schaut aus wie eine Hexe, sagt man, weil sie rotes Haar hat. Und die andere schaut aus wie ein arisches Mädchen, weil sie blondes Haar hat. Was ist das nur für eine Welt, in der wir leben? Großer Gott, warum ist das so?«

Und da war auch wieder die *farpajnigene mojre* da, die quälende Angst, das leise, dunkle Tier, das in ihr wohnte, seitdem jene Männer nachts an ihre Tür gepocht hatten. Jetzt war es dieser Pater Bondar, der vielleicht eines Nachts vor ihrer Tür stehen würde, und wenn er tatsächlich kam, müsste sie ihn einlassen. Oder sie müsste wieder fortziehen. Was war nun schlimmer? Fluchtartig fortzuziehen oder Bondar nicht abzuweisen, wenn er sich ihr zu nähern versucht? Beide Gedanken waren gleichermaßen unerträglich.

Maria saß am Küchentisch und zeichnete in ein großes Heft, das ihr die Tante Else geschenkt hatte. Es war ein Fluss in einem Tal mit hohen Bergen, und neben dem Fluss standen Häuser und ein Kirchlein. Und oben vom Himmel schien eine gütige Sonne. Ihre Strahlen kamen in vielen kleinen Strichlein zu den Häusern. Es war die heile Welt eines Kindes, das noch nicht weiß, was sich hinter den Kulissen der Wirklichkeit verbirgt.

»An was denkst du, Mama«, fragte Maria.

»Ich denk, wie es sein wird, mein Kind.«

»Und wie wird es sein?«

»Das ist es ja – ich weiß es nicht«, sagte Beila leise.

»Dann denk nicht, Mama.«

»Vielleicht hast du recht, Maria. Es kommt sowieso, wie es kommen muss.« Und bald wusste dann Beila, wie es kommen wird und wie es immer wieder kommen muss.

Danach folgte ein Sonntag. Und wie schon oft kam der junge Kaplan zu Besuch. Die beiden gingen wie immer kurz in die Kirche. Dort blieben sie etwa zehn Minuten. Dann kamen sie in die gute Stube, und Beila trug das Mittagessen auf. Einmal nur hatte sie sich vorher noch rasch zur Kirchentür geschlichen und die Klinke langsam und vorsichtig heruntergedrückt. Doch die Tür ging nicht auf, sie war verschlossen. Und der Schlüssel steckte von innen.

Dann kam ein Mittwoch. Maria spielte draußen im Hof mit einem Zipser Mädchen. Beila stand in der Küche und kochte das Mittagessen. Es sollte eine Zipser Brinsntokan werden. Maisbrei mit Schafskäse und gebratenem Speck. Das hatte Bondar sich gewünscht.

Sie rührte gerade den Schafskäse mit etwas Schmetten an, als sich die Tür leise öffnete, und plötzlich stand er hinter ihr, packte sie am Nacken und drückte sie auf den Tisch. Sie konnte noch rasch das Gefäß mit dem Käse beiseiteschieben, als er ihr schon hinten den Rock hochhob.

»Pist gånz still, Berta, gånz still, weil asonst kummt dein Medele und sieht, wås mir tun«, schnaufte er ihr ins Ohr, und dann drang er mit einem kräftigen Ruck in sie ein.

»Nein, nicht, bitte nicht«, wimmerte Beila und schluchzte still vor sich hin, während Bondar noch mahnend sagte: »Gånz still. Wås tät asonst tie Klaani tenken, wånn sie sieht, wås ihre Måmå in ter Kuchl mächt?«

Beila aber sah durch den Vorhang zum Fenster hinaus, wie Maria lachte und mit der Springschnur sprang, die das andere Mädchen mitgebracht hatte. Draußen war ein Tag wie jeder andere im September. Die Laubwälder hatten ein buntes Gewand angelegt, und eine milde Sonne blickte auf die beiden Kinder herab.

Bevor Bondar ging, klatschte er noch Beila anerkennend auf den nackten Hintern, sagte aber nichts. Als sie sich umdrehte, ein sauberes Tuch aus dem Schrank nahm, um das abzuwischen, was er zurückgelassen hatte, sah sie wieder den Spruch an der Wand: »Gottes Segen auf all deinen Wegen.« Doch darüber dachte sie jetzt nicht mehr nach. Denn einer dieser Wege hatte sie in ein enges Tal geführt, das in den Bergen endete. Und von da schien kein Weg mehr hinauszuführen. Kaum zu glauben, dass vorher jemand ausgerechnet diesen Weg gesegnet hatte.

Nachts, wenn Maria sorglos neben ihr schlief, lag Beila oft lange wach. Ein Gefühl von Angst, Wut und Ohnmacht drückte ihr auf die Brust, wie jene Kikimora, die angeblich nachts zu den schlafenden Christen kommt. Doch ihr Dämon kam nicht aus der weiten Welt des Volksglaubens, aus der unsichtbaren Arena phantastischer Wesen. Ihr Dämon hieß Bondar, und ihn gab es tatsächlich. Sie konnte ihn jeden Tag sehen, und er kam immer wieder. Und nicht etwa durchs Schlüsselloch wie jene Kikimora, sondern mit sicherem Schritt durch die offene Tür.

Nun war sie genau das geworden, was sie nicht werden wollte – eine Frau, die sich jemand einfach »nimmt«. Das Einzige, was sie von jenen jungen Witwen, die man anderswo zu Dorfhuren machte, unterschied, war die Tatsache, dass sie nur von einem Mann missbraucht wurde. Das aber war ein sehr schwacher Trost. Denn wenn sie jetzt schwanger wurde, würde Bondar sie sofort wegschicken. Das war sicher. So sicher wie der morgige Tag. Wohin aber dann? Und mit zwei Kindern, die keinen Vater hatten?

Rabbi Jochanan von Wischnitz hatte einmal einer jungen Jüdin etwas sehr Wichtiges gesagt. Die hatte nämlich versucht, sich das Leben zu nehmen. Aus Verzweiflung und Liebeskummer. Der Rabbi meinte, dass man so etwas niemals tun darf, weil unser Leben nicht uns gehört. Es ist nur eine Leihgabe. Und nur der Ewige darf diese Leihgabe eines Tages zurückfordern. »Warum aber hat Er ausgerechnet mir ein so schweres Leben geliehen?«, hätte Beila gern gefragt. »Sind wir Menschen vor dem Ewigen – gelobt sei sein Name – nicht alle gleich?« Und da wäre sie neugierig gewesen auf die Antwort jenes weisen Rebben, den Rebecca kannte und sehr verehrte. Und sie war es auch gewesen, die Beila diese Geschichte erzählt hatte.

10

Im Oktober, als zum ersten Mal ein paar schüchterne Schneeflocken vom Himmel tanzten, erschien plötzlich in Marienthal eine deutsche Umsiedlungskommission. Es waren zwei graue Autos, die viel Rauch und Lärm machten, bevor sie anhielten. Dann stiegen mehrere Herren in Uniform aus und auch zwei in Zivil, streckten ihre Glieder, schimpften über die schlechten Straßen und sahen sich verwundert um, als wären sie auf einem anderen Planeten gelandet.

Doch da war schon Lunatschek zur Stelle, rief zackig »Heil Hitler!«, das bei ihm wie »Ajt-ler« klang, und stand dann stramm. Die Herren aber erwiderten seinen Gruß sehr lässig und gaben sich irgendwie überlegen. Dann schritten alle mit wichtigen Mienen ins Deutsche Haus, und zwei DJ-ler im Braunhemd, mit Koppel und Fahrtenmesser, postierten sich vor dem Eingang. Sie standen da wie zwei Statuen und blickten unbeweglich geradeaus, wo sich zufällig der Dorfladen befand, der vor Kurzem noch dem Alfred Gottlieb gehört hatte. Nach einigen Stunden fuhr die Umsiedlerkommission wieder ab.

Und schon am nächsten Tag hieß es dann, dass bald alle Deutschen »heim ins Reich« ziehen werden. »Der Führer hat uns gerufen«, sagte Lunatschek, und viele waren darauf sehr stolz, dass dieser ferne große Führer, den man wie einen Gott verehrte, sich plötzlich an die

Leute von Marienthal und aus den anderen Dörfern erinnert hatte. Was die Bevölkerung nicht wusste, oder vielleicht erst viel später erfuhr, war die Tatsache, dass jene, die nun über ihr Schicksal entschieden, bereits am 5. September in Moskau einen Vertrag unterzeichnet hatten. Der regelte die »Umsiedlung der deutschstämmigen Bevölkerung ins Deutsche Reich«. Und schon seit Mitte August gab es in Berlin ein »Deutsches Umsiedlungskommando«. Dieses traf schon am 9. September in Czernowitz ein und begann sofort mit der Umsiedlung der dortigen deutschen Einwohner.

Ziemlich spät hatte man sich auch an die deutschstämmigen Zipser im Tal der Goldenen Bistritz erinnert. Doch die waren es seit jeher gewohnt, dass die große Welt von draußen sie nicht zur Kenntnis nahm, und manchmal war das auch ganz gut, nicht im Visier der Ereignisse zu stehen. Doch nun wurde es ernst. Auch sie sollten ihre alte Heimat verlassen, mit Handgepäck und sonst nichts, um so in eine ungewisse Zukunft zu fahren. Und da gab es manche, die meinten, dass es wohl besser gewesen wäre, wenn man sie wieder vergessen hätte. Und jene, die noch ganz anderer Meinung waren, änderten diese, als sie ein Jahr später, 1941, immer noch in verschiedenen Übergangslagern saßen und man ihnen je nach »rassischer Zugehörigkeit« Buchstaben – A, O oder S – eintätowiert hatte. Die mit A sollten ins Altreich kommen, die mit O in die neuen Ostgebiete, die man so eindeutschen wollte, und die mit S wurden als »Sonderfälle« gekennzeichnet. Es blieb nicht das erste schreckliche und schmerzhafte Erlebnis dieser »Volksdeutschen« aus den fernen Karpaten.

Von der Zigeunerin Marica erfuhr bald auch Beila, was am anderen Ufer des Flusses nun vor sich ging. Die Zipser bereiteten sich für die große Umsiedlung vor. Und obwohl Leopoldsdorf eigentlich in Siebenbürgen lag, wollten viele deutsche Einwohner auch mitziehen. Ortsgruppenleiter Lunatschek begann schon verschiedene Listen aufzustellen. Denn es gab da auch einige Mischehen. Und es gab auch solche Deutsche, wo ein Elternteil rumänisch oder gar huzulisch war. Oder solche, wo ein Elternteil wahrscheinlich jüdische Ahnen hatte, obwohl die Nachkommen das heftig verneinten und streng katholisch waren.

Nun aber sollten sich alle Deutschen – auch jene, die nicht lautstark zu seinen Anhängern gehörten – bei Lunatschek melden und nachweisen, dass sie Arier sind. Dazu brauchten sie einen sogenannten »Ahnenpass« und einen »Arierausweis«. Und als Beila eines Tages das Essen auftischte, fragte Bondar hämisch lächelnd: »Wås krieg ich, wånn ich tir a Åhnenpåß ausstell, mit daitsche Eltern und Großeltern?«

»Ich brauch keinen Ahnenpass, Hochwürden, weil ich möchte nicht wegziehen von hier.«

»Wås? Tes is unmeglich. Ålli Leit mechten fort. Auch tie, wås nit deitsch sein. Åber meglich, ihr peide seids ka richtigi Deitsche? Stimmts oder håb ich recht?«

»Wir sind katholisch und deutsch, Hochwürden. Mehr weiß ich nicht«, erwiderte Beila selbstsicher.

»Mir prauchst nit zu peichten, ich waaß sowieso schon wies pei eich peidn steht, Berta«, sagte Bondar salbungsvoll. »Wårten mir åb, ter Mensch tenkt, doch Gott lenkt. Wårten mir åb, wie er eich lenken wird.«

Beila wünschte wie immer »gesegnete Mahlzeit« und ging in die Küche. Sie setzte sich an den Tisch und dachte nach. Bald würde Maria nach Hause kommen, und am 1. Oktober sollte die Schule beginnen. Doch nun musste sie rasch handeln und nicht nur »denken«, denn jener Gott, den Bondar meinte, kümmerte sich offensichtlich nicht auch um sie. Wahrscheinlich hatte er genug zu tun mit den Deutschen hier und anderswo, die jetzt ihre Koffer packen mussten.

Nach einigen Tagen kam Marica wieder und brachte Brombeeren und schöne große Steinpilze, von denen es in den Laubwäldern besonders viele gab. Als sie mit ihr in der Küche saß, sagte Beila: »Ich muss sehr bald weg von hier, und ich weiß nicht, wohin.«

»Hat er es auch dir angetan?«

»Ja.«

»Öfter?«

»Schon viele Male.«

»Verflucht soll er sein! Und bist du schwanger? Ich kenn eine Frau, die kann dir helfen.«

»Nein, Marica, ich muss weg von hier. Aus einem anderen Grund.«

»Was für einen anderen Grund kann es noch geben?«

»Ich bin keine Christin.«

»Was?« Marica schaute sie an, als hätten sie sich eben erst kennengelernt. »Und was bist du dann?«

»Ja, was meinst du, was bin ich?«

»Bist du vielleicht eine Jüdin?«

»Ja.«

»Und weiß er es schon?«

»Ja. Auch deshalb muss ich fort von hier.«

»Eigentlich hab ich mir's gedacht. Denn du bist so anders als die Zipserinnen, aber auch anders als die rumänischen und huzulischen Frauen. Ganz anders, wirklich ganz anders …«

»Anders oder nicht anders. Meine Tochter ist blond, und alle meinen, sie wäre eine Deutsche. Aber das ist sie nicht. Und auch das weiß Pater Bondar. Ich muss weg von hier, Marica, und ich weiß nicht, wohin, zum Teufel, ich gehen soll …« Am liebsten hätte Beila jetzt losgeheult, doch sie schämte sich vor der alten Zigeunerin, die nun ihre noch volle Pfeife am Herd ausklopfte, denn sie hatte plötzlich keine Lust mehr, weiterzurauchen.

»Wohin willst du ziehen, Berta?«, fragte sie.

»Ich weiß es nicht. Doch bestimmt nicht zu einem Mann. Denn ich will nicht wieder das werden, was ich jetzt bin.«

»Ich versteh, Berta. Ich versteh dich sogar sehr gut. Vielleicht kann ich dir helfen. Aber Pater Bondar darf davon nichts wissen, sonst kauft er nicht mehr meine Pilze und Beeren. Und im Sommer ist das mein einziger Verdienst.« Dann ging Marica. Doch vorher sagte sie noch: »Wenn etwas ist, was du mir sagen musst, dann komm am Abend zu mir. Aber nur wenn es ganz dunkel ist und dich niemand sieht. Ich wohn dort, wo der Wald beginnt und der Weg hinauf führt zum Pass. Da stehn drei kleine Holzhäuser. Das zweite ist das vom Ghiţă. Ich sag immer noch so, obwohl er nicht mehr lebt.«

Es vergingen einige Tage, und Beila überlegte hin und her, was sie nun tun soll. Denn sie wollte nicht mit den Deutschen wegziehen, und sie wollte auch nicht hierbleiben. Schon gar nicht bei Pater Bondar, von dem sie noch nicht wusste, ob der auch auf der Liste des Ortsgruppenleiters stand oder ob er sich nun wieder »als Ungar fühlte«. Das war nämlich so eine Redensart von Lunatschek – sich als etwas »zu fühlen«, was man vielleicht nicht immer gewesen war, das heißt, »deutsch zu fühlen«, auch wenn man keinen deutsch klingenden Nachnamen hatte. Denn unter den Ortsnazis gab es mehrere mit slawischen Namen, wie auch Lunatschek selbst, und die betonten bei jeder Gelegenheit, dass ihr »Herz deutsch schlagen« würde. Wie das zu verstehen war, konnte Beila sich nicht erklären, doch sie dachte auch nicht weiter darüber nach.

An einem Montag, als sie das Abendessen brachte, sagte ihr dann Bondar, dass er am nächsten Morgen in aller Früh nach Jakobeny fahren wird. Und von dort mit dem Zug weiter in die Stadt, nach Kimpolung zu einem Zahnarzt. Übernachten werde er bei einem Amtsbruder. Doch am Mittwoch gegen Abend ist er, »so Gott es will«, wieder daheim.

»Soll ich das Abendessen vorbereiten?«, fragte Beila.

»Nur zwei hårtkochte Eier, Burdufkas, Speck und gereicherte Pråtwurst, åber nit pråtene. Pråtene Wurst is nit gut auf tie Nåcht.«

»Ja, Hochwürden«, sagte sie und dachte, dass dieses die einmalige Gelegenheit sein könnte, aus Leopoldsdorf spurlos zu verschwinden. Bei diesem Gedanken wurde sie ganz aufgeregt, und ihre Hände zitterten ein wenig.

Bondar schien das zu bemerken: »Wås håst, pist krånk?«

»Nein, Hochwürden, ich hab mir nur ein wenig die Hände verrenkt bei der Arbeit im Garten«, entgegnete Beila und versuchte zu lächeln, was sie sonst nie tat. Zum Glück hatte Bondar dieses seltsame Lächeln nicht gesehen, weil er sich gerade noch ein Glas Wein einschenkte, denn sonst hätte er vielleicht Verdacht geschöpft.

Als es im Pfarrhaus dunkel war und Maria fest schlief, schlich sich Beila vorsichtig hinaus. Es war eine helle Nacht, der Mond schien, und am Himmel standen keine Wolken. Sie konnte gut den Weg erkennen und lief, ohne anzuhalten, zum Wald, wo Ghiţăs Haus stand. Es war das in der Mitte, etwas größer als die beiden andern. Doch es brannte kein Licht mehr, und Berta zögerte ein wenig. Dann aber klopfte sie ein paar Mal an das kleine Fenster, zuerst ganz leise, dann etwas lauter, und schließlich erschien Marica barfuß und in einem komischen weiten Hemd, das vielleicht einmal ihrem Mann gehört hatte.

In wenigen Worten erzählte Beila, dass Bondar für zwei Tage verreisen werde. »Dann könnte man es versuchen«, flüsterte Marica. »Es gibt noch einen Gott. Und wie du siehst, hilft er auch denen, die keine Christen sind.«

»Hoffentlich hast du recht«, entgegnete Beila, denn sie wusste, dass dieser Gott, den Marica meinte, sie möglicherweise auch einfach im Stich lassen könnte. Doch wer weiß, vielleicht hatte sie diesmal wirklich Glück, obwohl sie noch nicht einmal wusste, wohin sie gehen würde.

Am Dienstag in der Früh, gleich nach der Morgenmesse, wurde Bondar von einem Bauern abgeholt, der ihn nach Jakobeny bringen sollte.

Kaum war er abgefahren, begann Beila schon eilig zu packen. Nach etwa einer Stunde erschien auch Marica, und um nicht aufzufallen, hatte sie Waldbeeren und Pilze mitgebracht.

»Ihr müsst hinüber nach Ungarn, nach Siebenbürgen. Ein Neffe von mir, der Fănică, wird bald hier sein und euch mit dem Wagen nach Schantz bringen. Bis dahin ist ein langer Weg, vielleicht dreißig Kilometer. Wenn ihr aber einmal in Schantz seid, ist es nicht mehr weit bis Rodna. Und von dort gibt es einen Zug, der hinunterfährt nach Naßod und Salva. Und dort könnt ihr sicher irgendwo bleiben. Oder ihr findet einen Fuhrmann, der euch für Geld hinaufführt nach Mosesdorf oder nach Wiesenau. Mosesdorf ist nicht so gut, denn dort wohnen mehr Juden, und wer weiß, was dort alles noch geschehen wird. Wiesenau ist besser, dort wohnen viele Deutsche«, sagte Marica. »Am besten, ihr geht nach Wiesenau.«

»Großer Gott, dann müssen wir wieder bei Deutschen wohnen …?«, dachte Beila laut vor sich hin.

Doch Marica meinte: »Es müssen ja nicht dieselben sein wie diese hier. Vielleicht sind das gute Deutsche. Auch unter den Zigeunern gibt es Diebe und Ehrliche. Das heißt, solche, die arm sind wie wir, weil sie nicht gelernt haben, wie man stiehlt.«

»Mich hat noch nie ein Zigeuner bestohlen«, meinte Beila, »und wo ich früher gewohnt habe, gab es auch welche.«

»Oh, dann hast du bisher großes Glück gehabt, meine Liebe«, lächelte Marica. »Aber vielleicht erlebst du auch das noch.«

Als Maria aus dem Kindergarten kam, sagte Beila: »Wir fahren heute ein wenig fort. Ich hab schon alles gepackt.«

»Warum, Mama?«, wollte Maria wissen.

»Ich erkläre dir alles, wenn wir weg sind.«

»Ich will mich noch rasch von der Christel verabschieden«, sagte Maria und wollte schon gehen. Denn Christel war das Mädchen, mit dem sie manchmal im Pfarrgarten spielte.

»Dazu ist jetzt keine Zeit, meine Liebe«, meinte Beila.

»Warum, Mama? Sie ist doch meine beste Freundin.«

»Darum. Es geht nicht. Wir müssen fort, komm!«

Und da klopfte schon ein junger Zigeuner ans Küchenfenster. Es war Fănică, der mit seinem Leiterwagen hinten am Garten vorgefahren war. Von der Straße konnte man ihn nicht sehen, und so hoffte Beila, unbemerkt zu entkommen.

»Los, nimm deine Tasche«, sagte Beila und schleppte den alten Rutenkoffer hinaus. Dann noch den Zwerchsack und eine Tasche mit Essen für unterwegs.

»Sărutmâna, doamnă«, grüßte Fănică, was so viel wie »Küss die Hand, gnädige Frau« bedeutet. Dann nahm er die Gepäckstücke und stellte sie in den Wagen.

»Warum müssen wir weg von hier?«, wollte jetzt Maria wieder wissen.

»Los, du darfst neben dem Kutscher sitzen«, sagte Beila. Und schon ging es los.

»Ich möchte aber nicht wegfahren. Ich möchte hierbleiben«, bettelte Maria.

Beila antwortete darauf nichts. Sie blickte nur ängstlich zurück, ob nicht vielleicht doch jemand ihre Flucht beobachten würde. Doch hier, hinter den Gärten, war niemand zu sehen.

Fănică fuhr nun auf einem schmalen, sumpfigen Weg entlang des Flusses, wo man morgens das Vieh auf die Weide trieb. Es gab da große, dunkle Pfützen, und manchmal musste er anhalten und absteigen, um mit einem langen Stock die Tiefe des schmutzigen, trügerischen Wassers zu messen. Und wenn so eine Pfütze sehr tief war, musste er sie vorsichtig umfahren, sonst wäre sein Wagen drin stecken geblieben.

Nach einiger Zeit erreichten sie die Forststraße, die durch das Lallatal hinauf nach Lalla führt, einer kleinen Holzfällersiedlung oben in den Bergen. Nun kamen sie etwas rascher vorwärts. An einer Stelle, unterhalb der Saskaspitze, wo ein lauter Wildbach vom Berg herabstürzt und in die schäumende Lalla mündet, stand ein altes geschnitztes Holzkreuz. Fănică hielt an, stieg ab und sagte: »Dies ist ein heiliger Ort. Hier muss man ein Gebet sprechen. Denn an dieser Stelle haben die Wölfe vor vielen Jahren eine ganze Familie getötet. Sieben Menschen waren es. Der Mann, die Frau und fünf Kinder. Alle aus unserem Dorf. Und aus unserer Sippe. Sie kamen mit dem Schlitten von unten aus Schantz. Jemand von dort hatte sie vorher verflucht. Der Fluch hat sie dann begleitet, und hier hat er sich erfüllt. Sie hätten an dem Tag, an einem Freitag und dazu auch noch dem dreizehnten, nicht fortfahren dürfen. An solchen Tagen können böse Wünsche in Erfüllung gehen. Ein Rudel Wölfe hat sie überfallen, und bald danach fand man nur noch die Reste von ihnen. Es war ganz furchtbar. Den Forstleuten, die hergeritten waren, wurde es übel, sie konnten nur schwer den Anblick ertragen. Erst im Frühjahr wurden diese Reste drüben, wo das Kreuz ist, begraben. Viel war nicht mehr übrig geblieben. Eigentlich nichts. Nur ein paar Knochen, dann Fetzen, Lederteile, Schuhe und Schuhchen, und das Riemzeug der Pferde. Der Schlitten war umgekippt und lag im Wald. Ich hab die Leute gut gekannt. Der sie verflucht hatte, ein Bauer aus Maieru, hat dann seine Strafe bekommen. Im Frühjahr, als der Schnee weggeschmolzen war. Man fand ihn im Wald, erschlagen, und in seinen Nasenlöchern steckten sieben schwarze Federn. So wusste jeder, dass er wegen jener sieben Menschen sterben musste, die er mit dem Kreuz in der Hand verflucht hatte. Es heißt, der Zigeuner hätte ihn betrogen. Doch dann darf man nicht gleich einen so bösen Fluch aussprechen. Und noch dazu mit dem Kreuz in der Hand, damit der auch sicher eintrifft. Wer ihm später die Krähenfedern in die Nase gesteckt hat, konnte die Polizei niemals herausfinden. Denn niemand hatte was gesehen, niemand hatte was gehört.«

Dann bekreuzigte sich Fănică dreimal, wie es die orthodoxen Rumänen tun, bedeckte mit der rechten Hand beide Augen, murmelte einige Worte, die man nicht verstehen konnte, und stieg wieder auf seinen Wagen.

Schweigend hatte Beila zugehört. Nun aber fragte Maria: »Und wo sind jetzt die Wölfe?«

»Oben in den Bergen. Wir werden heute keinem Wolf begegnen«, beruhigte sie Fănică. Dann ging die Fahrt zügig weiter.

Gegen Abend erreichten sie schließlich Schantz. Fănică hielt schon am Dorfrand an, wo einige kleine blau getünchte Holzhäuschen standen. Dazwischen sah man Hühner und Enten, die frei herumliefen, und auch zwei Schweine, die grunzend im feuchten Boden wühlten. Plötzlich kamen von irgendwo einige Hunde hervor und bellten aufgeregt und böse.

Fănică ging auf das eine Haus zu, ohne die Hunde zu beachten. Dort sprach er mit einem Mann, der neugierig herüberschaute. Dann kehrte er wieder zurück und sagte zu Beila: »Wir bleiben heute Nacht hier bei meinem Freund. Morgen in aller Früh bring ich Sie nach Rodna zum Bahnhof.«

»Können wir nicht heute noch zum Bahnhof fahren?« fragte Beila.

»Heute unmöglich. Die Pferde sind zu müde«, meinte Fănică, »der Weg über die Berge war sehr schwer.«

»Kann uns nicht Ihr Freund nach Rodna führen?«

»Warum? Haben Sie vielleicht Angst, bei den Zigeunern zu bleiben?«

»Nein. Bestimmt nicht«, sagte Beila schnell, obwohl ihr der Gedanke unheimlich war, in diesem Haus zu übernachten.

Doch Fănică verhandelte schon mit dem Mann, der näher gekommen war und gegrüßt hatte. Plötzlich begannen sie miteinander zu streiten. Der andere ging wütend zurück ins Haus, Fănică rief ihm etwas nach. Beila konnte nichts verstehen, denn sie redeten in ihrer Sprache. Nun ging auch Fănică ins Haus, und nach einiger Zeit kehrte er wieder zurück.

»Mein Freund tät Sie bis nach Rodna führen. Aber er will dafür Geld. Sehen Sie, so sind die Zigeuner. Ich verlang Ihnen nichts. Aus Freundschaft. Das hab ich meiner Tante Marica versprochen. Und der andere sollte das auch so machen, aus Freundschaft, für mich. Aber er will Geld sehen. Und ich kann ihm das nicht ausreden. Es tut mir sehr leid. Wir müssen hierbleiben. Und am Morgen bring ich Sie dann nach Rodna.«

»Wie viel will er haben?«, fragte Beila.

»Wenn Sie ihm fünf Pengő geben, ist er zufrieden«, sagte Fănică.

»Dann fahren wir noch bis Rodna.«

Der Abschied war kurz, und Mitică, so hieß der neue Fuhrmann, brachte die beiden zum Bahnhof nach Rodna. Als ihm Beila die fünf Pengő geben wollte, meinte er, das wäre viel zu wenig.

»Aber so viel hat doch Fănică gesagt.« Beila wurde richtig böse.

»Bin ich der Fănică? Ich hab meine Preise, er hat seine Preise. Und mich haben Sie nicht gefragt, wie viel es kosten soll.«

»Und wie viel soll es kosten?«

»Zehn Pengő.«

»So viel hab ich nicht.«

»Dann acht Pengő.«

»Auch so viel hab ich nicht. Denn ich muss morgen zwei Zugkarten lösen.«

»Sieben.«

»Sechs.«

»Nein, sieben. Letzter Preis.«

»Sechs. Letztes Angebot.«

»Meinetwegen, dann sechs.«

Er bedankte sich und meinte noch: »Sie handeln ja wie die Juden. Entschuldigen Sie, ich wollte Sie nicht beleidigen.«

»Es ist keine Beleidigung. Aber du handelst wie die Zigeuner. Man macht einen Preis aus, und dann ist es plötzlich viel mehr.«

»Wenn Sie wollen, geb ich Ihnen den einen Pengő wieder zurück. Nur damit Sie zufrieden sind.«

»Nein, behalt ihn.«

»Wie Sie meinen. Aber ich geb ihn gern zurück, wenn Sie das wollen, und ich bin bestimmt nicht böse.«

»Nein, behalt ihn. Ich hab ihn dir gern gegeben.«

»Ich wünsch Ihnen und dem Töchterchen, dem blonden Engelchen, dem kleinen Röschen, alles Gute«, sagte noch Mitică in der blumigen Sprache seines Volkes. »Und ich will Ihnen noch einen guten Rat geben: Hüten Sie sich vor den Polizisten, die Hahnenfedern am Hut tragen. Die sind des Teufels, sie sind gefährlich und böse.« Dann knallte er munter mit der Peitsche und fuhr zurück nach Schantz.

II

»Mama, was machen wir jetzt hier«, fragte Maria, »warum können wir nicht dort bleiben, wo wir bisher waren? Beim Pater war es doch schön und gut. Warum sind wir von dort weg? Was sagt er, wenn wir nicht mehr da sind? Er kommt zurück, und wir sind nicht zu Hause... Sicher ist er dann böse auf uns. Warum haben wir das gemacht?«

»Wir mussten weggehen aus dem Pfarrhaus. Ich werde dir alles erklären. Aber jetzt sollen wir einmal schauen, wo wir bis morgen bleiben können, denn unser Zug fährt erst in der Früh um sechs«, versuchte Beila sie zu beruhigen.

Während Beila noch auf Maria einredete, kam zufällig eine Frau vorbei, die wie eine rumänische Bäuerin aussah. Sie hörte, dass die beiden miteinander Deutsch sprachen, und blieb stehen.

»Guten Abend«, sagte sie. »Seid Ihr von hier?«

»Guten Abend. Nein«, erwiderte Beila, »wir sind von anderswo und wollen morgen weiterfahren nach Salva.«

»Und wo werdet Ihr die Nacht über bleiben? Habt Ihr schon ein Quartier?«

»Nein. Aber wir haben auch kein Geld für eine Herberge. Wir werden hier am Bahnhof sitzen und warten, dass die Zeit vergeht«, sagte Beila.

»Ihr könnt zu mir kommen, wenn Ihr wollt«, meinte nun die Bäuerin. »Es kostet nichts. Ich wohn nicht weit von hier.«

So lernten sie Katharina Popa kennen, eine Siebenbürger Sächsin aus Baiersdorf bei Bistritz. Sie hatte vor etlichen Jahren einen Rumänen geheiratet und musste deshalb aus ihrem Heimatort fortziehen. Was Beila gleich auffiel, war die Sprache dieser Frau. Sie sprach ähnlich wie die Kindergärtnerin Else, doch nicht so flott und gebieterisch. Ihre Wörter waren weniger geschliffen, sie kamen langsam und ein wenig schwerfällig daher, als mache es ihr manchmal Mühe, etwas zu sagen.

»Unser Herr Pfarrer war sehr dagegen gewesen, dass ich den Vasile heirat«, erzählte Katharina später. »Und er hat damals gesagt: ›In meiner Gemeinde dulde ich keine Mischehe, denn *Blōch blēwt Blōch, am Sanntich wä uch än der Wōch.*‹ Das soll heißen: ›Ein Rumäne bleibt ein Rumäne, am Sonntag wie auch in der Woche‹, also er ist immer nur ein Rumäne und nicht so gut wie ein Sachs. Da musste ich fortziehen. Und meine armen Eltern haben sich so geschämt, denn bis dann ist noch nie ein sächsisches Mädchen fortgezogen mit einem *Blōchen,* wie man hier die Rumänen nennt. Jetzt leben wir in Schantz und sind glücklich und zufrieden. Und wenn Gott es will, werden wir auch Kinder haben. Bis jetzt sollte es noch nicht sein. Mein Mann ist gerade bei seinem Bruder in Naßod. Er kommt erst morgen zurück. Dann aber seid Ihr vielleicht schon weg. Schade, er hätte sich gefreut, Euch kennenzulernen.«

Und Katharina erzählte weiter aus ihrem Leben, nachdem sie ein Abendessen zubereitet hatte. Es gab Pallukes mit Milch – heißer Maisbrei in einer Schüssel, aus der man mit dem Suppenlöffel immer ein kleines Stück nahm, es in kalte Milch tauchte und dann den gekühlten Pallukes mit ein wenig Milch dazu aß. Es war das beliebte Abendessen siebenbürgischer Bauern, Sachsen wie Rumänen.

Auch Katharina warnte Beila vor den *csendör*, den Tschendern, wie sie sagte. Die seien besonders gefährlich, am besten, man hat nichts mit ihnen zu tun. Und sie erzählte, dass Vasile vor Kurzem von zwei Tschendern in Bethlen zusammengeschlagen wurde, einfach nur, weil sie ihn für einen Juden hielten.

»Vasile hat nämlich eine gebogene Nase. Wie sie auch Juden haben. Er ist aber kein Jud. Seine Eltern sind aus Sărata, einem rumänischen Ort neben Baiersdorf. Die Tschenders haben immer auf Ungarisch gesagt: ›Büdös zsidó!‹ Das heißt: ›Stinkiger Jud!‹ Und er hat auf Ungarisch geantwortet: ›Ich bin kein Jud!‹ Sie glaubten ihm nicht. Weil bis vor Kurzem in Bethlen, das man auch Betlehem nannte, viele orthodoxe Juden gelebt haben. Betlehem oder Bethlem, wie die Sachsen sagen, war ein Judendorf. Und erst als Vasile mit blutender Nase auf dem Boden lag, ließen sie von ihm ab. Einige Leute haben zugeschaut. Darunter auch Rumänen. Und niemand hat ihm geholfen. Die dachten nämlich auch, dass er vielleicht wirklich ein Jud ist, weil er halt so ausschaut.«

»Wie sagt man auf Ungarisch: ›Ich bin kein Jud‹?«, wollte Beila wissen.

»Én nem vagyok zsidó«, antwortete Katharina.

Beila wiederholte das einige Mal. Doch dann fragte sie auch: »Und wie sagt man: ›Ich bin keine Jüdin‹?«

»Én nem vagyok zsidó asszany. Aber warum wollt Ihr das wissen? Ihr seid ja keine Jüdinnen, und Ihr schaut auch nicht jüdisch aus. Manche Leute behaupten, rotes Haar ist typisch jüdisch. Aber ich hab eine Tante in Baiersdorf, und die hat auch rotes Haar. Und auch die Frau vom Popen hier in Rodna hat rotes Haar. Also, das mit dem roten Haar ist ein Blödsinn«, sagte Katharina. »Und auch das mit den jüdischen Namen ist ein Blödsinn. Wenn eine Frau Sara heißt oder ein Mann Samuel, David, Jakob oder Daniel, dann können das auch gute Sachsen sein. Denn unsere Leute haben oft diese biblischen Vornamen, besonders die älteren Bauern«, sagte Katharina.

Und Beila erfuhr so Dinge, von denen sie vorher nie etwas gehört hatte.

»Und Esther? Heißen auch Sächsinnen so?«, wollte sie wissen.

»Eigentlich nicht. Esther und Judith heißen manche Ungarinnen hier in der Gegend, wenn man in Richtung Toplitz fährt«, sagte Katharina. »Aber warum fragt Ihr mich so etwas?«

»Ach«, meinte Beila, »ich war noch nie hier in Siebenbürgen, und da will man gern wissen, wie die Leute so heißen.«

»Ja«, sagte Katharina, »jetzt, wo man die meisten Juden fortgeführt hat, gibt es nur noch die alten Sachsen, die solche biblischen Vornamen haben. Und natürlich auch die alten, frommen Rumänen.«

»Und wie waren so diese Juden hier im Norden?«, fragte noch Beila.

»Ach, wisst Ihr«, meinte Katharina, »eigentlich so wie wir. Sie hatten andere Feiertage und andere Bräuche, sie aßen nur Fleisch von ihrem Metzger, dem Schächter. Verschiedenes war ganz anders bei ihnen als bei uns Christen. Aber sonst waren sie so wie wir. Und es gab auch keinen Streit mit den Juden hier in Rodna, oder in Naßod und Bethlen. Ja, man lebte so wie immer schon. Jeder nach seiner Art, aber meist in Frieden. Ich sag nicht, dass alle Juden immer ehrlich waren, denn auch unsere Leute, die Sachsen, die Ungarn, die Rumänen, sind nicht immer ehrlich. Wie heißt es doch so richtig auf Rumänisch: ›Es gibt keinen Wald ohne vertrocknete Bäume.‹ Aber es gibt auch keinen Wald, in dem nur vertrocknete Bäume stehen.«

»Wart Ihr schon einmal in Wiesenau?«, wollte Beila wissen.

»Nein«, sagte Katharina. »Aber Vasile war einige Male dort. Es ist ein Marktflecken oben im Wassertal, wo mehr Deutsche und Juden wohnen. Und natürlich auch Rumänen, Ruthenen, Madjaren und andere. Die Deutschen dort sind streng katholisch, wir Sachsen aber sind evangelisch. So haben wir nichts miteinander zu tun. Sie nicht mit uns, wir nicht mit ihnen. Außerdem sprechen sie eine sehr komische Sprache, wie auch die Deutschen aus der Bukowina. Also nicht so wie Ihr beide oder wie ich. Das klingt ganz anders. Neben Bistritz gibt es einige Dörfer, wo solche Leute leben. Man nennt sie Zipser. Ein Mädchen aus Baiersdorf hat vor vielen Jahren dorthin geheiratet. Sie heißt jetzt nach ihrem Mann Hotzberger. Und mit dem Vornamen heißt sie so wie ich, Katharina. In Baiersdorf nannte man sie Schōster-Kathi, weil sie nach dem Vater Schuster hieß. Ja, die ist aber jetzt auch schon gut über die fünfzig, vielleicht auch mehr. Denn als sie von Baiersdorf wegzog, war ich noch ein kleines Mädchen und ging zur Schule. Was sie jetzt macht, weiß ich nicht. Die Zeit vergeht so schnell. Ich hab aber nicht gehört, dass sie vielleicht gestorben ist. Nein, das nicht. So etwas hört man dann, spätestens nach einem Jahr kommen solche Neuigkeiten von dort auch zu uns. Vielleicht geht es ihr gut, vielleicht nicht. Unser Pfarrer von damals nannte das eine ›Mischehe‹, weil der Zipser ja katholisch ist. Aber wenn Ihr dort niemanden habt, könnt Ihr nach ihr fragen. Und sie vielleicht besuchen. Und grüßt sie dann von mir, der Nösner-Kathi, denn so hab ich früher als Mädchen geheißen. Vielleicht erinnert sie sich noch an mich. Mein Vater war Kurator, und man nannte ihn Nösner-Mīrten, das heißt Nösner Martin, und meine Mutter war die Nösner-Lieschen …«

»Meint Ihr, dass die Schōster-Kathi, also die Frau Hotzberger, uns vielleicht weiterhelfen könnte?«, fragte Beila. »Wir müssen irgendwo wohnen. Und ich brauch eine Arbeit.«

»Vielleicht. Ich weiß nicht, was für ein Mann der Hotzberger ist. Und ich weiß nicht, wie sie in der Fremde geworden ist«, antwortete Katharina. »Denn der Mensch ändert sich, und vielleicht ist sie ja jetzt eine Zipserin geworden und katholisch. Und die Katholischen sind ja nicht so wie wir …«

Maria schlief schon, angekleidet auf einem breiten Bett, das in der Stube stand. Es war spät geworden, als sich Beila vorsichtig zu ihr legte. Doch sie blieb noch lange wach und dachte an die Ereignisse des vergangenen Tages. Diese Katharina Popa war die erste Siebenbürger Sächsin, die sie heute kennengelernt hatte, und Beila musste feststellen, es war eine liebenswürdige und höfliche Frau. Ganz anders als jene Zipserinnen in Leopoldsdorf und Marienthal. Katharina wirkte offen und war gesprächig. Und sie war auch sehr gastfreundlich, was eigentlich selbstverständlich ist bei den Bergbewohnern. Ob sie an den Prikulitsch glaubt? Und ob es auch hier die Kikimora und andere Dämonen gibt? Das wollte Katharina morgen fragen.

Dann schlief sie aber ein, und bald quälten sie wilde Träume.

Sie fuhr allein mit dem Schlitten durch den Wald, und hinter ihr liefen einige Wölfe. Der eisige Wind pfiff ihr um die Ohren, und sie hörte schon das drohende Keuchen der Verfolger. Plötzlich aber saß Jacob neben ihr, nahm ihr die Zügel aus den Händen und schlug verzweifelt auf die Pferde ein. Doch die Wölfe kamen immer näher, und es wurden immer mehr. Es war ein großes Rudel. Schließlich kamen sie so nah heran, dass Beila ihre Gesichter erkennen konnte. Und da sah sie: die Gesichter der Wölfe waren die von Pater Bondar, von Ortsgruppenleiter Lunatschek und von anderen Leuten aus den beiden Dörfern, mit denen sie manchmal zu tun gehabt hatte. »Wenn die uns erreichen, sind wir verloren«, rief sie zu Jacob. Maria, die auf ihrem Schoß saß und sich an ihr festklammerte, begann zu weinen. Sie presste das Mädchen schützend an sich. Und als der erste Wolf auf den Schlitten sprang – er hatte das rote, runde Gesicht von Pater Bondar und sah sie hasserfüllt an –, wachte sie zitternd auf. Neben ihr lag Maria und atmete ruhig. Doch in der Stube war es nicht dunkel. In der Tür zur Küche stand Katharina und hielt einen *sfeschnik* in der Hand, einen Leuchter, auf dem eine Kerze flackerte: »Ihr habt ein paar Mal im Schlaf laut geredet und gerufen. Eure Worte klangen sehr seltsam, ein wenig so wie Deutsch. Aber es war nicht Deutsch. Denn ich konnte nichts verstehen. Ich wollte nur sehen, ob es Euch gut geht.«

»Danke. Es geht mir gut. Ich hatte nur einen bösen Traum«, sagte Beila. Und auf die Bemerkung über ihre »seltsamen Worte« ging sie nicht ein, denn wahrscheinlich hatte sie Jiddisch gesprochen. Denn wenn sie träumte, sprach sie meist Jiddisch oder Rumänisch. Deutsch kam in ihren Träumen nicht vor.

»Es ist bald Zeit zum Aufstehen, wenn Ihr mit dem Zug nach Salva fahren wollt«, meinte Katharina.

Dann ging sie in die Küche, stellte den Kerzenleuchter auf den Tisch, machte Feuer im Herd und wärmte Milch, die sie aus einer irdenen Kanne in ein großes *teppa* schüttete. Dann aßen Beila und Maria Marmeladebrot und tranken dazu warme Kuhmilch. »Wie ist das«, wollte Beila noch wissen, »glauben die Sachsen auch an den Prikulitsch?«

»Manche ja, andere nicht«, sagte Katharina. »Ich selbst glaub nicht an den blöden Hund. Vasile auch nicht. Wenn ihm so einer in die Quere kommen würde, er tät ihn mit der Heugabel aufspießen. Es gibt aber alte Leute, die schwören, dass sie ihm begegnet sind. Mit dem Bösen ist es so: Es gibt es nur dann, wenn man dran glaubt. Denn wer an das Böse glaubt, der wird von ihm auch nicht verschont. Versteht Ihr, was ich mein? Also ich glaub nicht an den Prikulitsch und alle diese anderen Geister. Und deshalb läuft mir auch so ein Viech nicht über den Weg.«

»Ja, aber glaubt Ihr, dass es Wölfe gibt, die wie Menschen aussehen?«, fragte nun Beila.

»Nein. Wölfe schauen immer wie Wölfe aus. Es gibt aber manchmal Menschen, die wie Wölfe sind – also böse und gemein. Die find ich dann viel gefährlicher als die Wölfe im Wald. Denn diese ›Menschenwölfe‹ sind überall, und ihnen kann man nur schwer aus dem Weg gehen.« Katharina dachte ein bisschen nach, und dann fügte sie noch hinzu: »Auch der alte Pfarrer von Baiersdorf war eigentlich ein Wolf – ein Wolf im Priesterkleid. Denn eigentlich hat er mich von zu Hause vertrieben.

hinausgejagt mit seinen bösen Worten wie einen fremden Hund, nur weil ich den Vasile heiraten wollte.«

Darauf erwiderte Beila nichts mehr, denn sie musste an jenen Priester denken, der einfach nach ihr gegriffen hatte und sie dann selbstverständlich benutzte, wie ein Gefäß aus seiner Küche. Ein Gefäß, das er dann nachher einfach stehen ließ, und die Köchin musste es selbst abwaschen. »Du hast gut reden, Katharina, du gehörst einem Mann, der gut zu dir ist. Du bist kein Blatt im Wind, auf das man im Vorbeigehen treten kann«, dachte sie und sagte: »Aber Ihr habt ja einen Mann. Und dann kann Euch kein Wolf was anhaben.«

»Ja«, meinte Katharina. »Und es ist ein sehr guter Mann. Und ich danke unserem Herrgott, dass er ihn mir geschickt hat. Aber wir haben keine Kinder. Und in Baiersdorf sagt man, das ist ›eine himmlische Strafe‹. Sachs und *Blōch* sollen sich nicht mischen. Unser Herrgott will das nicht, sagen die Alten. Und auch evangelisch und katholisch soll sich nicht mischen, am allerwenigsten aber evangelisch und orthodox; das ist dann eine große Sünde, sagte man in Baiersdorf.«

»Meint Ihr, Gott selbst hat Euch Euren Mann geschickt?«, wunderte sich Beila.

»Ganz bestimmt, denn er allein entscheidet über uns, jeden Tag, jede Stunde, jeden Augenblick.«

»Und Gott entscheidet auch, ob man ein Kind bekommt oder nicht?«

»So ist es«, meinte Katharina. »Leider ist es so. ›Und wir müssen unser Kreuz tragen. Jeder mit seinem Schicksal.‹ Das hat noch unser Pfarrer in Baiersdorf gesagt. Es ist schon lange her. Aber ich hab es nicht vergessen.«

Darauf erwiderte nun Beila nichts mehr.

Sie verabschiedeten sich dann von Katharina, die ihnen noch ein bisschen geräucherten Käse und Speck und ein paar Schnitten Brot für unterwegs mitgab. Als sie sich bedankten, sagte Katharina: »Unser Herrgott wird Euch beschützen auf Eurem weiteren Weg.«

»Hoffentlich tut Er das«, meinte Beila.

»Ich werd für Euch beten«, fügte Katharina noch rasch hinzu.

»Ich danke Euch«, sagte Beila, und dann gingen die beiden rasch zum nahen kleinen Bahnhof, wo schon der Pendlerzug stand, der sie nach Salva bringen sollte. Diese Fahrt dauerte nicht lang. Doch es war kalt im Wagen, und durch die Fensterritzen blies ein scharfer Wind in das Abteil, wo es nach den Arbeitern roch, die ringsherum saßen, stinkige Zigaretten rauchten und sich laut unterhielten.

In Salva erfuhren sie dann, dass es seit Kurzem einen Bus gibt, der einmal am Tag bis hinauf nach Mosesdorf fährt. Und von dort wären es dann nur noch etwa zwölf Kilometer bis Wiesenau.

Um acht Uhr schon saßen beide in dem klapprigen Bus, eingepfercht zwischen Bauern mit Säcken und Taschen, und auch das Dach war vollgeladen mit verschiedenen Kisten und anderem Gepäck. Stöhnend kroch der Bus die geschotterte Landstraße hoch, die auf vielen Serpentinen im Salautzatal nach Marmatien führte. Einige

Male wurde zwischendurch angehalten, weil das Kühlwasser kochte und aus dem Motor dampfte. Dann stiegen alle Reisenden aus und schlugen sich sogleich seitlich in die Büsche. Die Männer nach links, die Frauen nach rechts. Und auch Maria musste dringend. Doch sie schämte sich vor den anderen Frauen, die ringsherum freimütig den Rock hochhoben und sich einfach hinhockten. Manchmal ohne dabei ein Gespräch zu unterbrechen, das sie gerade führten. Und so musste Beila mit Maria ein ziemliches Stück weitergehen und fürchtete, der Bus könnte vielleicht ohne sie abfahren.

Als man schließlich nach fünf guten Stunden in Mosesdorf ankam, begann Maria plötzlich zu weinen: »Mamale, Mamale, warum sind wir weg von zu Hause? Ich möchte wieder zurück!«

Das hörte ein Mann mit Schildmütze und einem schwarzen Bart, der in der Nähe stand. Er trat näher und fragte auf Jiddisch, ob sie vielleicht nach »Ojberwisno« fahren wollen. Beila wollte zuerst wissen, was das kosten würde. Der Mann meinte, zehn Pengő wäre ein guter Preis.

»Fimf«, sagte Beila.

»Fimf is gurnischts«, meinte er, »sogn mir acht.«

»Fimf«, antwortete Beila.

Schließlich einigte man sich auf sechs Pengő. Und weil sie so gut gefeilscht hatte, fragte der Fuhrmann: »Ihr seid Jidene?«

»Nein«, sagte Beila, »mir sein Daitschische.«

»Oj«, meinte er, »die Welt hot sich fardrejt.«

Es war nicht weit bis Wiesenau. Doch als Aaron, der Fuhrmann, den ersten Zipser nach der Katharina Hotzberger fragte, antwortete man ihm mit Gegenfragen: »Welche Kåthku Hotzberger? Kåthku tie Porzellantokn? Oder Kåthku tie Schwårzi? Oder Kåthku tem Rodn Seppi sajne?« Denn Frauen mit diesem Namen gäbe es mehrere im Ort. Nun sagte Beila, es müsse eine »Zugråste« sein, eine von unten aus Siebenbürgen. Und da meinte eine Frau, das könnte nur »Kåthku tie Taitsche« sein, weil die so anders spricht als die Leute von hier, eben deutsch, »tie herrischi Språch«.

Diese »Kåthku tie Taitsche« aber wohnte in einem kleinen Weiler, weiter oben im Wassertal, in einer Siedlung, die man Schradenthal nennt. Und bis hin wären es noch wenigstens sieben Kilometer. Nun aber wurde Aaron ungeduldig, denn er wollte rasch wieder zurück nach Mosesdorf, und es war vereinbart worden, dass sie bis Wiesenau fahren, aber nicht bis Schradenthal. So musste Beila nun doch noch einen Pengő mehr bezahlen. Und das Geld wollte er gleich haben, im Voraus: »Sollen mir kejnen Zores nischt hobn«, sagte er. Beila bezahlte, und nun ruckelte der Wagen weiter auf einer schmalen steinigen Straße, die sich am Fluss entlang das Tal hinaufschlängelte.

Schließlich waren sie im Weiler Schradenthal angelangt, und Beila hatte das Gefühl, dass hier wohl das Ende der Welt sein müsste. Das sagte sie dem Aaron, doch der beruhigte sie. Das Tal endet erst weiter oben, etwa vierzig Kilometer von hier. Wenn man hochfährt oder am Fluss entlangwandert, kommen noch viele kleine Orte. Aber dort wohnen meist nur Rußnaken, und das ist, meinte er, kein gutes Volk. Dann zeigte ihr eine Bäuerin, die zufällig vorbeikam, das Holzhaus der Kathku Hotzberger. Aaron hatte es jetzt sehr eilig, er wollte den nächsten Bus, der nach Borscha fuhr und ihm vielleicht einen Kunden brachte, nicht verpassen. Er sagte: »Bleibts gasind« und holperte mit seinem Wagen eilig davon.

12

Beila und Maria standen nun mit ihrem Gepäck auf der Straße, die am Ufer entlangführt, hinauf zu den Siedlungen, in denen, wie Aaron gesagt hatte, Rußnaken wohnen. Im alten Rutenkoffer und in der Trajsta befand sich ihr gesamter Besitz. Maria hatte sich auf den Koffer gesetzt und zeichnete mit einem Stock Figuren in den Sand. Beila aber lehnte sich an einen Baum und dachte: »Selbst die Cortorar, die Wanderzigeuner, haben mehr als wir. Die wohnen in ihrem Wagen mit Schilfdach und ziehen so durchs Land. Wir beide aber betteln um ein Zuhause, und wenn wir das heute nicht bekommen, wohin gehen wir dann? Wir sind nirgendwo daheim.«

Weiter oben sah man ein Gehöft, und von dort flog helles, frohes Kinderlachen herüber, begleitet von verspieltem Hundebellen. Dazwischen hörte man das gleichmütige heisere Schnarren einer Holzsäge. Es waren die einzigen Zeichen, dass hier auch Menschen und Tiere leben.

Von beiden Seiten des Tales starrten hohe Berge auf sie herab. Anmaßend und bedrohlich. Auf einigen schütteren Almwiesen stand noch ein verlassenes Stadel. Dazwischen sah man Laubwälder und ihre vom Herbst versengten Blätter. Es waren rostende Wunden, die erst im Frühjahr verschwinden. In den Kerben der Felsen verfing sich das späte Sonnenlicht. Und bald würde der Tag zu Ende gehen.

Beila blickte hinauf ins graue Gesicht dieser stummen, steinernen Riesen und verspürte ein Gefühl der Leere und Einsamkeit. Es schien ihr, als wäre sie plötzlich allein auf dieser fremden Welt. Allein mit ihrem Kind und der Erinnerung an ferne zärtliche Tage, doch auch an bittere Erlebnisse, die noch nicht so weit zurücklagen. »Das ist alles, was ich hab«, dachte Beila, »ein kleines Mädchen und die Erinnerung. Und da ist auch der Schmerz. Der Schmerz, dass etwas nicht mehr wiederkehrt, was man gern wiederhaben möchte. Und der Schmerz, dass etwas geschehen konnte, was man vergessen will und nicht vergessen kann.«

Neben dem Weg wucherte wildes Gesträuch. Und etwas weiter tobte ein ungezügelter Gebirgsfluss das Tal hinunter nach Wiesenau. Über ihn führte eine schmale Hängebrücke, eine Puntje, hinüber zum anderen Ufer. Dort gab es, wie man sehen konnte, eine kleine Siedlung mit acht Holzhäusern. »Die haben Schindeldächer wie in Klinitz und auch einen Radbrunnen im Hof«, dachte Beila. »Vielleicht wachsen auch hier Blumen im Sommer, und dann wird es nicht so einsam und trostlos aussehen wie jetzt, wenn der Winter vor der Tür steht.«

Dort drüben war auch das Gehöft der Katharina Hotzberger, und um dahin zu gelangen, musste man diesen hängenden Knüppeldamm überqueren. Beila hielt sich an dem dicken Drahtseil fest, das zu beiden Seiten hinüberführte. Sie machte einige zögernde Schritte vorwärts und kehrte dann mit zitternden Knien vorsichtig wieder um. »Wie gehen die Menschen über so ein wackliges Ding?«, sagte sie.

Plötzlich erschien am anderen Ufer ein Bauernbub mit einem kleinen schwarzen Hündchen. Die beiden liefen über die schwankende Puntje, als wäre das ein Gehsteig in der Stadt. Der Bub grüßte auf Rumänisch und fragte: »Wen suchen Sie?«

»Wir wollen hinüber zur Frau Hotzberger«, sagte Beila.

»Und warum gehen Sie nicht hinüber?«, fragte der Bub.

»Weil diese Puntje so schrecklich wackelt.«

»Die wackelt immer, aber es ist noch nie jemand in den Fluss gefallen. Man kann sich ja seitlich am Seil festhalten.«

»Wie sollen wir uns festhalten, wenn wir das Gepäck tragen müssen?«, meinte Beila.

»Ich trag Ihnen das Gepäck hinüber«, sagte der Bub, nahm den Rutenkoffer und lief damit über die schaukelnde Brücke auf die andere Seite. Dort stellte er ihn nieder, kam wieder zurück und trug auch den Zwerchsack und die Tasche hinüber. Dann sagte er: »Wenn Sie wollen, trag ich auch das kleine Mädchen huckepack hinüber.«

»Nein«, protestierte Maria. »Ich geh selbst über die Brücke.«

»Bitte sei vorsichtig und halt dich am Seil fest. Geh langsam«, mahnte Beila. »Wenn sie hinunterfällt in das eiskalte Wasser, verkühlt sie sich. Oder sie ertrinkt mir. Mein Gott, was mach ich dann?«, dachte sie, während Maria entschlossen über die wankende Puntje schritt. Langsam, mit zitternden Knien, doch mit dem Mut des Kindes, das eine Gefahr noch nicht ganz erkannt hat. Doch alles ging gut.

Als sie drüben war, sagte der Bub: »Sehen Sie, *doamnă*, die Kleine hat es geschafft. Das können Sie auch, aber Sie dürfen nicht hinuntersehn. Wenn man ins Wasser schaut, wird man schwindlig.«

Nun musste Beila es wagen, obwohl sie gern noch ein wenig gewartet hätte. Wenigstens bis der Bub fort ist. Doch der stand neugierig da, denn diese Szene wollte er sich nicht entgehen lassen. Er setzte sich sogar ins Gras, und der kleine Hund hockte sich neben ihn. Die beiden hatten anscheinend viel Zeit. Und nun begann Beila langsam, Schritt für Schritt die Puntje zu überqueren. Dabei schwitzte sie plötzlich an den Händen und hielt sich trotzdem immer wieder am kalten Drahtseil fest, denn manchmal schien es ihr, als würde sich alles im Kreis drehen, obwohl sie immer geradeaus sah. Doch sie wusste: »Da muss ich hinüber, denn einen anderen Weg gibt es nicht.«

Als sie am Ufer angelangt war, sagte Maria: »Schaust du, Mama, das war nicht so schwer.«

»So meint man, wenn man nicht selbst über diese Brücke gehen muss«, antwortet Beila, während der Bauernjunge noch etwas herüberrief, mit beiden Händen winkte und mit seinem Hündchen weiterlief.

Auf der Treppe vor dem Haus, wo die Kathku wohnte, lag ein großer weißer Hund. Er schien zu schlafen. Als die beiden näher kamen, hob er plötzlich den Kopf, sah sie verwundert an, knurrte ein wenig und blieb aber liegen.

»Frau Hotzberger!«, rief Beila, die es nicht wagte, den Hof zu betreten. Sie rief noch ein paar Mal, doch es rührte sich nichts.

Etwas weiter, aus einem Haus mit einem kleinen runden Vordach, trat eine Frau und fragte: »Sseins zu ter Kåthku kummen?«

»Ja«, antwortete Beila.

»Tie is aaf Wiesenau gangen. Und ter Frånzku kummt nur am Ssunntåg zahaus.« Und dann wollte sie noch wissen: »Vun wu seids kummen?«

»Aus Bistritz«, sagte Beila, weil sie dachte, dass diese Nachbarin nicht alles wissen muss. Doch damit war das Gespräch noch nicht beendet, denn die Frau kam jetzt näher und begann sogleich zu erzählen, dass sie auch einmal in Bistritz gewesen war.

»A gruße, a scheene Stådt«, sagte sie. »Wohnt ihr turtn?«

»Ja«, log Beila unbekümmert weiter.

Und Maria flüsterte: »Wir waren noch nie in Bistritz, Mama.«

»Ist schon gut, mein Kind«, beruhigte sie Beila.

Doch als die Nachbarin wieder in ihr Haus ging, sagte Maria: »Du hast gesagt, man darf nicht lügen. Und jetzt hast du der Frau gesagt, wir waren in Bistritz ...«

»Ich werd dir später erklären, warum ich das gesagt hab«, meinte Beila.

Und Maria antwortete: »Immer später, immer später. Und was ist, wenn du später vergisst?«

Beila und Maria setzten sich auf eine Holzbank, die neben dem Pfad stand, der zum Haus führte, und warteten. So verging einige Zeit, und manchmal kamen noch Dorfbewohner über die Puntje. Sie sahen neugierig herüber und grüßten auf Zipserisch: »A kudn Tåg!« Inzwischen erhob sich auch einmal der weiße Hund, gähnte, streckte seine Glieder und kam zum Tor. Er schnüffelte ein wenig, sah sich die beiden Fremden an und trottete dann langsam zurück zur Treppe.

»Mein Gott«, dachte Beila, »wieder sitzen wir vor einem Tor und warten, dass man uns einlässt. Werden wir aber hierbleiben dürfen? Oder müssen wir morgen weiterziehen?«

Und Maria fragte: »Mama, die Tante Else hat gesagt: ›Die Zigeuner haben kein Haus. Die ziehen immer umher. Sie betteln und stehlen.‹ Wir haben auch kein Haus. Sind wir dann Zigeuner?«

»Nein, mein Kind, wir sind keine Zigeuner«, entgegnete Beila. »Und nicht alle Zigeuner ziehen umher, wie die Tante gesagt hat. Viele von ihnen haben auch ein Haus, so wie die anderen Menschen. Die Marica, die uns immer Pilze und Waldbeeren brachte, die ist auch Zigeunerin, und sie hat ein Haus. Und auch der Fănică, der uns gestern nach Schantz geführt hat, ist Zigeuner. Der hat auch ein Haus und sogar ein Pferd und einen Wagen.«

»Und warum hat dann die Tante Else gesagt, die Zigeuner sind schmutzig, faul und stehlen?«, wollte Maria noch wissen.

»Weil sie wahrscheinlich keine Zigeuner kennt«, sagte Beila.

»Sie hat aber auch gesagt, die Juden sind faul und schmutzig. Die Juden sind schlecht, und sie hat sehr böse über die Juden geredet.«

»Das stimmt nicht, Maria. Die Juden sind nicht anders als die anderen Menschen. Sicher gibt es auch unter ihnen solche und solche. Aber die meisten Juden, die ich kenn, sind gute Menschen«, versuchte Beila das Gespräch zu beenden.

Doch Maria wollte noch etwas wissen: »Wir sind keine Juden, Mama, nicht wahr? Weil einmal hat der Pater gesagt: Du bist vielleicht eine Jüdin, weil du rotes Haar hast.«

Auf diese Frage konnte Beila damals nur eine Antwort geben, und bevor sie sprach, dachte sie noch rasch: »Ewiger, vergib mir, dass ich mein Kind anlügen muss!« Und dann sagte sie, während ihre Stimme ein wenig zitterte und ihr merkwürdig fremd klang: »Nein, wir sind keine Juden, das heißt, wir sind keine Jüdinnen. Wir sind katholische Deutsche aus der Bukowina. Du bist die Maria, und ich bin die Berta Altmann. Wir haben nichts mit den Juden zu tun.«

»Das ist gut, Mama. Denn ich möchte keine Jüdin sein. Und auch keine Zigeunerin. Am schönsten ist es, wenn man deutsch ist. Das hat die Tante immer gesagt.

Und ich bin ja auch arisch. Das hat auch die Tante gesagt«, schwatzte Maria munter weiter. Und Beila dachte: »Großer Gott, was hat diese meschiggene Schickse in der kurzen Zeit aus meinem Kind gemacht. Aber einmal wird der Tag kommen, wo ich ihr sag, was sie wirklich ist, mein kleines Mejdele …«

Dann aber fragte Maria wieder nach ihrem Vater: »Warum hab ich keinen Vater, Mama? Alle Kinder haben einen Vater. Wo ist mein Vater?«

»Er ist gestorben«, sagte Beila, »als du noch ganz klein warst. Viel zu früh hat er uns verlassen.«

»Und hat er mich lieb gehabt?«

»Ja, sehr lieb.«

»Hast du ein Foto?«

»Ja.« Und Beila holte ein Foto hervor, das sie immer bei sich trug. Es war ein Bild vor ihrer *chassene*, wo sie sich noch als *chossnkale*, als Verlobte, hatte fotografieren lassen. Das war damals in der Stadt bei Arnold Rosenbaum, dem besten und auch teuersten Fotografen in Focşani. Neben ihr stand Jacob und lächelte feierlich. Sein rechter Arm lag zärtlich auf ihren schmalen Schultern. Und ihre linke Hand hielt sie so, dass man das *farknaßfingerl*, den Verlobungsring, sehen konnte. Den hatte er vom Juwelier Hermann Schönfeld gekauft. Sie war damals sechzehn. »Mein Gott, wie war ich doch so jung, unbekümmert und glücklich, denn ich wusste nicht, was das Leben mir bringen wird«, dachte Beila. Und wie Nebelschwaden kam wieder die Erinnerung hoch an jene Tage, die Erinnerung an etwas, das nicht wiederkehrt, auch wenn man immer wieder davon träumt.

»Dus is der Tate majner…«, sagte Maria nachdenklich auf Jiddisch.

»Ja, das ist dein Vater«, wiederholte Beila auf Deutsch. »Und du sollst nicht wieder so reden wie Rebecca und Mojsche.

»Ja, Mama. Und warum ist er gestorben?«

»Die Wölfe haben ihn getötet.«

»Die Wölfe?«

»Ja, die Wölfe.«

»Und hat er mich auch auf dem Schoß gehalten wie Pater Bondar?«

»Nein, anders. Er hat dich gestreichelt und hat dir viele Kuschen gegeben«, sagte Beila und hoffte, damit das Gespräch beenden zu können.

Doch dann meinte plötzlich Maria: »Auch der Pater hat mich gestreichelt und mir dann Kuschen gegeben…«

»Was hat er gemacht?«, wollte Beila jetzt wissen, und plötzlich war wieder diese Unruhe da, die sie jedes Mal überkam, wenn er den Raum betrat. »Sag mir jetzt, was er gemacht hat!«

»Er hat mich gestreichelt und hat mir Kuschen gegeben…«

»Wohin hat er dich kuscht?«

»Her und her und her«, und Maria zeigte auf Kopf und Wange.

»Und auch anderswohin?«

»Nein. Warum fragst du, Mama?«

»Weil ein fremder Mann dir keine Kuschen geben darf.«

»Aber Pater Bondar ist kein fremder Mann.«

»Trotzdem. Hat dir auch jemand anders schon Kuschen gegeben?«

»Ja.«

»Wer denn?«

»Die Tante Else.«

»Die Tante Else? Wieso?«

»Na so.«

»Erzähl mir, wie es war.«

»Die Kinder sind dann gegangen. Und die Tante Else hat gesagt, ich soll noch bleiben. ›Bleib noch ein wenig‹, sagte sie. Dann hat sie mir viele Kuschen gegeben. Sie hat mich sehr lieb. Sie hat mich gestreichelt. Und sie hat immer gesagt: ›Mein schönes Mädchen. Mein arisches Kind …‹«

»Wohin hat sie dir Kuschen gegeben?«

»Her und her und her«, und Maria zeigte wieder auf Kopf und Wange. »Und dann einmal auch her«, und nun zeigte Maria auf ihren Hals.

»Und das war alles?« Beila hatte plötzlich einen trockenen Mund.

»Wenn ich Pipi mach, war sie auch da.«

»Was heißt, ›sie war auch da‹?«

»Wenn ich war Pipi machen, war sie auch da. Sie hat mir zugeschaut.«

»Und hast du dich nicht geschämt?«

»Nein. Warum?«

»Weil du nicht Pipi machen wolltest, als wir mit dem Bus herkamen. Du hast dich vor den Frauen geschämt.«

»Das waren Fremde. Die Tante nicht.«

»Und was hat die Tante noch gemacht?«

»Nichts. Mit mir nichts.«

»Aber mit den anderen Mädchen?«

»Ich weiß nicht. Vielleicht etwas. Mit den nicht so arischen.«

Beila hatte genug gehört, und sie dachte: »Wir waren beide im Vorhof der Hölle, und wir haben es nicht gewusst. Dem Ewigen sei Dank, dass ich gestern den Mut hatte fortzugehen. Was hätte alles noch geschehen können, wären wir weiter dort geblieben …«

Dann erinnerte sie sich aber auch, dass Bondar ihr einst geholfen hatte, einen Ersatzausweis zu bekommen. Es war ein provisorisches Dokument, ausgestellt vom Einwohneramt Lipótfalva, wie Leopoldsdorf jetzt offiziell hieß. Da wurde bestätigt, dass sie die Berta Altmann aus Arvinitza ist. Ihren eigentlichen Vornamen hatte sie verschwiegen und durch einen neuen ersetzt. Die Tochter, Maria, geboren 1933, wurde bei ihr eingetragen. Und ohne den zweiten Vornamen Esther. Mithilfe dieses Papiers, das sie gut aufbewahrt hatte, hoffte sie, einen richtigen Ausweis zu bekommen. Denn noch in Klinitz hatte sie gehört, dass man vielen Juden die Staatsbürgerschaft aberkannt hatte. »Wenigstens so viel hat er für uns getan«, dachte Beila, »doch um welchen Preis.«

Die Felsen warfen schon lange Schatten, und man konnte sehen, dass die Sonne bald hinter den Bergen verschwinden wird. Es wurde langsam kühl und unangenehm. Gerade fragte Maria: »Mama, müssen wir noch lange warten? Ich frier«, als eine schlanke, hochgewachsene Frau, die in jeder Hand einen großen Korb trug, langsam über die Puntje kam. Dabei blickte sie herüber, denn sie hatte bemerkt, dass jemand hier auf sie wartete. Der Hund bellte jetzt aufgeregt und gab freudige Laute von sich. Auch Beila hatte sich erhoben und war ihr ein paar Schritte entgegengegangen.

»Guten Abend«, sagte sie auf Deutsch.

»Guten Abend, kommt Ihr zu mir?«, antwortete die Frau, und Beila erkannte sofort den Tonfall, den sie auch bei Katharina in Schantz herausgehört hatte. Diese Frau sprach anders als die Zipserinnen, und so müsste sie die Katharina Hotzberger sein.

»Wir wollen zur Frau Hotzberger«, antwortete Beila.

»Die bin ich«, sagte die Frau, stellte die schweren Körbe nieder und reichte Beila die Hand.

»Ich heiß Berta Altmann. Und das ist meine Tochter Maria.« Und nun begann Beila schnell zu erzählen, dass sie eine Bekannte von der Nösner-Kathi sei, die Tochter vom Kurator Martin Nösner und der Elisabeth aus Baiersdorf. Sie tat so, als würde sie diese Kathi gut kennen. Und sie erzählte auch vom Vasile Popa, was für ein guter und freundlicher Mann der wäre.

Die Hotzberger hörte aufmerksam zu und lächelte manchmal ein wenig, dann aber sagte sie: »Kommt, wir gehen hinein. Hier draußen ist es schon sehr kalt am Abend, jetzt im Oktober. Aber wir hatten einen langen warmen Herbst. Umso kälter wird der Winter sein.«

Dann bereitete sie ein reiches Abendbrot vor. Rauchfleisch und Schafskäse, dazu schwarzes Hausbrot und Ziegenmilch. Bevor sie das Brot aufschnitt, machte sie mit dem Messer ein Kreuz auf den Brotlaib. Doch ein Tischgebet sprach man nicht, worüber Beila froh war. Denn das hätte sie dann wieder an die Zeit bei Pater Bondar erinnert.

Danach überzog die Hotzberger in der einen Stube ein breites Polsterbett und sagte: »Hier werdet Ihr schlafen. Ich schlaf mit meinem Mann drüben, in der anderen Stube. Hier sollten einmal unsere Kinder wohnen. Das Zimmer gehörte früher meiner Schwiegermutter, der Hotzberger-Bebu. Das hat noch ihr Vater gebaut. Die Zipser sagen Zimmer zum Haus und Stube zum Zimmer. Das ist hier so. Klingt ein wenig komisch für siebenbürgische Ohren. Und Bebu heißt bei den Zipsern Elisabeth. Ja, die Schwiegermutter, sie lebt nicht mehr. Auch der alte Hotzberger ist längst tot. Wir beide sind allein geblieben, Franzl und ich. Und wenn in der Nacht der Huhuretz manchmal schreit, denk ich immer: Hoffentlich ruft er nicht unseren Namen.«

Erst als Maria sich in der Küche gewaschen hatte und schon im Bett lag, fragte Beila: »Wer ist der Huhuretz?«

»Der Huhuretz ist der Totenvogel, der Waldkauz. Er sagt an, wann jemand stirbt.«

»Und Ihr glaubt an diesen Vogel?«, wollte Beila wissen.

»Eigentlich nicht. Dann aber doch, weil alle an ihn glauben. Und wenn alle das Gleiche glauben, dann glaubt man es auch. So ist das im Leben. In Baiersdorf hab ich nicht geglaubt, dass es den Prikulitsch gibt. Die Sachsen haben gelacht, wenn ein Rumäne von dem wilden Hund erzählte. Aber hier gibt es ihn vielleicht doch, weil alle an ihn glauben. Und viele haben ihn auch einmal gesehen. So sagen sie jedenfalls.«

Katharina hatte in einem alten holzgeschnitzten Ständer eine Kerze angezündet. Und die beiden Frauen saßen nun in der Küche, und jede erzählte aus ihrem Leben, wobei Beila verschiedene Episoden verschwieg oder auch ganz anders darstellte. Sie musste weiterhin die Rolle spielen, in der sie bereits bei Pater Bondar versucht hatte, sich einzuleben. Und manchmal glaubte sie selbst schon an das, was sie erzählte. Und so entstand an diesem Abend bald jene seltsame Vertrautheit zwischen zwei Frauen, die sich plötzlich einander offenbaren, ihre kleinen und großen Geheimnisse offenlegen, obwohl sie sich erst seit Kurzem kennen.

Das Ehepaar Hotzberger hatte keine Kinder, obwohl Katharina, die man hier auf Zipserisch Kåthku nannte, zum katholischen Glauben übergetreten war. Denn der Pfarrer von Wiesenau, Hochwürden Komka, hatte damals gesagt, dass eine »Mischehe« kinderlos bleibt, wenn die Frau nicht zum »einzigen rechten Glauben« zurückkehrt. Denn eine Ehe wird, betonte er immer wieder, auch »im Himmel geschlossen«, und »unser Herrgott« gibt seinen Segen nicht, wenn er sieht, dass ein guter Katholik eine

Ungläubige heiratet. Um diesen Herrgott nicht zu verärgern, war Katharina schon vor der Trauung zum Glauben ihres Verlobten übergetreten. Trotzdem wurde sie all die Jahre hindurch nicht schwanger, und die Ehe blieb kinderlos. Jetzt aber war sie schon zu alt, um noch an eigene Kinder zu denken. Wenn aber alles so gelaufen wäre, wie sie es sich gewünscht hatten, könnten sie jetzt Enkelkinder haben. Doch wahrscheinlich, meinte einmal Hochwürden Komka, hat »unser Herrgott« den beiden diesen Fehltritt nicht verziehen. »Wer weiß«, sagte Katharina, »warum wir so gestraft wurden. Und jetzt müssen wir ohne Kinder alt werden. Und eines Tages gehen wir von dieser Welt. Und an unserem Grab steht kein Kind oder Enkelkind. Wer weiß, warum das alles so gekommen ist.«

»Wart Ihr einmal deswegen bei einem Arzt?«, fragte Beila.

»Warum? Ich bin ja nicht krank«, antwortete Katharina.

»Bei einem Frauenarzt«, sagte Beila.

»Wir haben in Wiesenau nur einen Männerarzt, den Doktor Steingiesser, ein Jud. Wenn jemand sehr krank ist, geht er zu ihm. Er behandelt alle, die hier im Tal wohnen, auch die Rumänen und Rußnaken.«

»Wart Ihr einmal bei diesem Doktor und habt ihm gesagt, wie es um Euch steht: Ihr wollt Kinder haben, und Ihr könnt keine bekommen?«

»Nein.«

»Vielleicht hättet Ihr aber Kinder haben können. In der Stadt neben dem Dorf, wo ich früher gewohnt hab, gab es einen solchen Doktor. Auch einen Juden, wie den Steingiesser hier, und der hat manchen jungen Frauen geholfen. Sie haben dann Kinder bekommen. Vielleicht wär das hier auch möglich gewesen.«

»Das glaub ich nicht. Es ist etwas anderes. Wir beide haben eine große Schuld. Mein Franzl und ich. Wir haben etwas getan, was gegen den Willen unserer Kirche ist. Denn ›Öl und Wasser kann man nicht mischen‹, hat Pater Komka immer wieder gesagt. Das heißt: Katholische und Evangelische können nicht zusammenkommen.«

»Ihr seid ja aber vorher katholisch geworden«, versuchte Beila die Katharina zu trösten.

»Aber bis dahin ist bei mir alles evangelisch gewesen – die Taufe, die Konfirmation, das Glaubensbekenntnis. Und wenn ich zur Heiligen Jungfrau, zur Mutter Gottes, beten geh, hab ich immer so ein Gefühl …«

»Was für ein Gefühl?«, wollte Beila wissen, weil sie ahnte, wie die Antwort lauten könnte.

»Ihr seid mir nicht böse, wenn ich das sag, denn Ihr seid ja katholisch, wie Franzl. Aber er denkt manchmal auch so wie ich, und das ist eine große Sünde. Deshalb haben wir auch unsere Strafe bekommen und müssen unser ganzes Leben allein bleiben …«, meinte Katharina.

»Sagt mir, was für ein Gefühl das ist«, wiederholte Beila ihre Frage.

»Ich glaub nicht, dass die heilige Maria vor mir steht. Gott, verzeih mir die Sünde. Aber ich seh immer nur eine

Figur, die ein Holzschnitzer gemacht hat. Und alle sagen: Das ist die Jungfrau Maria. Aber auch in der Kirche drüben in Borscha und in anderen Kirchen in den Tälern gibt es eine Jungfrau Maria. Und da frag ich: Kann die Jungfrau Maria überall sein? Und einmal schaut sie so aus und einmal anders, einmal groß und einmal klein? Aber niemand darf diese Frage hören, weil es ist eine große Sünde, was ich da red. Und ich will nicht daran denken, und trotzdem ist die Frage da, wenn ich in der Kirche bin bei Hochwürden Komka.«

Beila nickte nur und sagte nichts. Sie musste auf diesem Weg weitergehen, auch wenn sie manchmal meinte, an ihren Füßen würden Gewichte hängen. Solche großen Eisenkugeln, wie sie sie bei Gefangenen gesehen hatte, als man die aus dem Gefängnis von Focşani zum Zug führte. Dann aber meinte sie: »Man kann auch zu Gott beten ohne die Jungfrau Maria. Denn Gott ist der Höchste, Er ist der Ewige, der König der Welt, und Er ist auch unser Vater. Und er ist überall. Nicht nur in der Kirche.«

»Das denk ich auch. Aber niemand darf es wissen. Und ich kann auch nicht glauben, dass Er einen Unterschied macht zwischen den Katholischen und den Evangelischen, wenn sie gut sind und fromm. Oder dass er nur eine Sprache versteht.«

Und dann erzählte Katharina, dass die Zipser Kinder jetzt ungarisch beten lernen, denn der Pfarrer hat gesagt, dass Gott nur Ungarisch verstehen würde. Und manche Eltern glauben das auch. »Woher kann aber

Hochwürden Komka wissen, dass unser Herrgott nur Ungarisch versteht? Hat er mit ihm einmal gesprochen?«

Das soll auch der Ortsgruppenleiter Stuppka gefragt haben, erzählte Katharina weiter, denn der will die deutschen Einwohner davon überzeugen, dass sie nicht mehr in die Kirche gehen. Vor einigen Wochen haben sich an einem Sonntag ein paar Männer in schwarzer Uniform vor die Kirche gestellt. Sie hielten eine große Spruchtafel hoch. Darauf stand: »Wir brauchen keinen Gott. Wir haben einen Führer – Adolf Hitler!« Daraufhin kamen mehrere Zipser mit Knütteln und Messern hinzu, und wenn nicht die Tschendern, die ungarischen Gendarmen, dagewesen wären, hätte es vor der Kirche eine blutige Schlägerei gegeben. Der Reisenbichler-Joschi, ein Nachbar, hat nachher gesagt: »Wånn tie Pledhåjt schmarzn tät, mechten tie schrein wie die Gäns am Himmel. Tie aanen wie tie åndern.«

Beila schlich sich ins Zimmer, wo Maria lag. Sie stellte den Kerzenhalter auf den Tisch und betrachtete ihre kleine Tochter. Der Schlaf streichelte ihr liebliches Gesicht. Sie atmete leise, ihr Mund war leicht geöffnet. Beila legte sich behutsam neben sie und blies das Kerzenlicht aus. Es war ein mühevoller Tag gewesen, und nun durfte sie hoffen, bei den Hotzbergers bleiben zu können. Denn Katharina hatte an diesem Abend einmal gesagt: »Wenn ich eine Tochter hätte, und das hab ich mir so gewünscht, die wäre dann so alt wie Ihr. Und ich hätte sicher auch ein Enkelkind. Vielleicht aber hat Gott Euch geschickt. Denn hierher nach Schradenthal kommt nie und nimmer jemand von anderswo.«

»Die Nösner-Kathi hat uns geschickt, sie hat mir von Euch erzählt, sonst hätte ich auch nicht hergefunden«, entgegnete Beila.

»Ich weiß. Aber das war kein Zufall. Solche Zufälle gibt es nicht«, meinte Katharina. »›Alles ist vorbestimmt und steht im Buch des Lebens‹, hat einmal unser Pfarrer in Baiersdorf gesagt. Das hab ich mir gemerkt. Und man muss sein Schicksal tragen wie einen schweren Sack. Die Leiter hinauf auf den Dachboden, wenn Maiskörner drin sind. Oder die Treppen hinunter in den Keller, wenn Kartoffeln drin sind. An einem Tag ist es schwerer: Man steigt hinauf. Am anderen Tag ist es leichter: Man geht hinunter. Und wenn Gott merkt, dass man nicht mehr die schweren Säcke tragen kann, bläst er einem die Lebenskerze aus, und dann geht man fort von dieser Welt. Meine Kerze flackert schon manchmal. Denn ich hab es mit dem Rücken. Und wenn die Schmerzen kommen, kann ich nichts mehr machen. Die Hühner, die Ziegen, der Hund, alle warten, dass ich ihnen was zu essen bring. Jeden Tag. Sie stehen da wie meine Kinder. Und einmal dachte ich schon: Jetzt geht die Kerze aus. Aber dann brannte sie weiter. Gott hat es so gewollt, doch er hat mir auch ein Zeichen gegeben: Katharina, bald ist es aus. Jeden Tag, wenn ich aufwach, sag ich: ›Ich dank dir, Herr, dass ich noch da bin.‹«

Beila konnte nicht gleich einschlafen, obwohl sie sehr müde war. Immer wieder gingen ihr die Worte durch den

Kopf, die sie am Abend von Katharina gehört hatte. Und sie musste an Rebecca und Mojsche denken. Die hatten Kinder, doch die waren schon längst aus dem Haus, und deshalb wurde sie von Rebecca gleich wie eine Tochter aufgenommen. »Vielleicht können wir hierbleiben«, dachte sie, »vielleicht nimmt sie mich als Tochter an. Und auch Maria hätte dann ein Zuhause.«

Dann sprach sie ihr Gebet und schlief schließlich ein.

13

Am Samstag gegen Abend kam Franz Hotzberger nach Hause. Er arbeitete die Woche über oben im Holzschlag. Den Weg hin und zurück ging er zu Fuß. Das waren achtzehn Kilometer, immer entlang des Flusses.

Beila war gerade beim Umgraben des Gemüsegartens neben dem Haus, als sie einen Mann über die Puntje kommen sah. Er hatte einen großen dunklen Schnurrbart und trug einen grünen Jägerhut. Als er Beila sah, blieb er kurz stehen, blickte erstaunt herüber, doch dann schritt er entschlossen weiter. Inzwischen ging Beila ins Haus, wo Katharina in der *kuchl* eine große *krumpirntokan* mit Fleisch und Zwiebeln kochte: »Ich glaub, Euer Mann kommt!«

Franz kam näher, und als er Katharina umarmte, sagte sie plötzlich: »Mir håben a Tochter kriegt und a Enkelin.«

»Vun wu kummt a Tochter«, wunderte sich Franz, »håt ter Storch ßie pråcht? Måchst a Spåß mit mir?« Und dann mit einem misstrauischen Seitenblick auf Beila und die kleine Maria: »Wer is tie Frau? Wer ßein tie peiden?«

»Kummst harein«, sagte nun Katharina zipserisch, »mir missen tes pareden.«

»Erst a Schnåps, tånn mecht i mich wåschen, tånn essen und tånn reden mir uns«, erwiderte er, ohne Beila weiter zu beachten, und ging ins Haus.

Katharina sah Beila an und schloss gleichzeitig kurz beide Augen. Das sollte heißen: Es ist schon in Ordnung, der Mann ist nur müde, aber später wird sich alles regeln.

Während Franz sich in der Küche wusch und Katharina sich um das Essen kümmerte, grub Beila verzweifelt weiter, und plötzlich kam eine lang angestaute Wut in ihr hoch. Gern hätte sie alles hingeworfen und wäre mit Maria einfach fortgegangen. Doch wohin hätte sie gehen sollen? Und während sie den Spaten in die Erde stieß und mit dem rechten Fuß dann fest draufstieg, dachte sie über die letzten Jahre nach.

Und da musste sie sich wieder an das erinnern, was einst Rabbi Mendel Baumstark von Focşani gesagt hatte, als er die einsamen Frauen mit einem Blatt am Weg verglich. Jeder Windstoß kann es wegblasen, wohin er gerade will. Jeder Fußgänger kann drauftreten. Oder einmal hatte auch eine jüdische Nachbarin gesagt, Frauen, die allein leben müssen, »sein wie a Luftl«, das heißt wie eine Pusteblume vom Löwenzahn. Jeder Mann kann auf so eine Blume lospusten und dann seinen Spaß haben, wenn die Blütensamen in vielen kleinen Teilen davonfliegen.

Doch sie war weder ein *luftl* noch ein Blatt am Weg gewesen, und sie war auch nicht von jenem seltsamen Schicksalswind fortgefegt worden, sondern von Nachbarn und Dorfbewohnern, die sie bedroht und vertrieben hatten. Sie war also eine *fartrajbte*, eine Vertriebene, wie es so zutreffend heißt. Denn sie hatte nicht freiwillig Arvinitza verlassen. Sie musste fortziehen, nachdem jene Männer eines Nachts an ihre Haustür gehämmert hatten und sie sich seither bedroht fühlte. Und sie wurde auch aus Klinitz vertrieben, weil man sie eines Tages auch dort bedrohte und mit Steinen nach ihr warf. Und schließlich musste sie auch aus Leopoldsdorf flüchten, weil Pater Bondar ihr das Leben zur Hölle machte.

Und jetzt grub sie gerade einen fremden Garten um, weil Katharina mit ihrem Rückenleiden das nicht mehr tun konnte. Maria nahm die trockenen Tomatenpflanzen, klopfte sie von der Erde ab und legte sie auf einen Haufen. »Ich hab nichts mehr außer meinem kleinen Mädchen«, dachte Beila, »und ich bin keine Jüdin mehr – nach außen hin. Denn ich bin jetzt katholisch – auch nach außen hin. Doch was bin ich nach innen hin? Ich weiß nicht, was ich eigentlich bin, doch ich weiß, was ich nicht sein will. Vielleicht ist das wichtiger: zu wissen, was man nicht sein will. Ich weiß jetzt jedenfalls, was ich nicht sein will. Und eines Tages muss ich Maria sagen, was wir nicht sind. Auch wenn wir es nach außen hin waren, weil wir es sein mussten.«

So hatte sie beim Umgraben versucht, ihre Gedanken ein wenig zu ordnen. Denn wenn sie eine eingeübte Arbeit tat, dachte sie oft über das nach, was sie in den letzten Jahren erlebt hatte. Diese Gedanken aber waren der Schlüssel zu den Türen ihrer Einsamkeit. Und dann kamen auch die Tagträume, manchmal nur für Minuten, dann aber auch für halbe und ganze Stunden. Sie waren oft ihr einziger Trost. Denn Träume und Wünsche sind die Tröstung einsamer Frauen. Sie geben ihnen jene Hoffnung, die manchmal als Strohhalm auf dem dunklen Wasser der Einsamkeit geschwommen kommt. Und so befand sich Beila wieder einmal in der Erinnerung. Die aber zog vorbei, diesmal wie eine sanfte Wolke, bis ein Windstoß aus der Wirklichkeit sie plötzlich zerriss.

»Berta und Maria«, rief Katharina, »kommt ins Haus! Das Essen ist fertig!«

Beila trug den Spaten in den Schuppen, und dann gingen die beiden in die warme Küche und wuschen sich die Hände im Lavor, einer großen Keramikschüssel, die neben dem Herd stand. Inzwischen schob Franz die verzinkte Blechwanne zu einem Abflusstrichter, der sich in einem Eck am Boden befand. Dort kippte er sie vorsichtig um und schüttete das seifige Wasser aus.

»So«, sagte er, »uns ßein mir ßich hungrig wie tie Welf. Krumpirntokan is a Delikatessn, wie tie Leit vun ter Stådt ßågen. Verzählt, vun wu seids kummen?«

Beila merkte sofort, dass Franz nicht nur ein sauberes Hemd angezogen hatte, sondern dass er auch sonst plötzlich ganz anders war. Und während sie aßen und zwischendurch auch immer wieder »a Schnåpsl« tranken, erzählte Beila das, was sie vor drei Tagen auch Katharina erzählt hatte. Und sie passte sehr auf, ihre Lebensgeschichte nicht zufällig zu verändern. Maria aber lobte das Essen und meinte, dass sie so eine feine Tokan noch nie gegessen hätte. Das aber hatte ihr Beila vorher eingeschärft, und Franz sagte: »Is a khudes Marl, tie Klaane. Gott pahiet Eich tås Kind.«

An jenem Abend beschlossen Katharina und Franz, die beiden »Marln«, wie er sagte, bei sich aufzunehmen. Sie könnten in dem Zimmer wohnen, das einst für ihre Kinder bestimmt war. Maria würde dann in die deutsche Volksschule gehen, die man vor Kurzem in der Siedlung Sachsenthal eingerichtet hatte. Und für Beila ließe sich vielleicht eine Arbeit im Forstamt Neuwetz finden, denn der Oberförster Brandstätter brauchte eine Hilfe, das heißt eine Frau für alles.

»Was heißt ›für alles‹?«, wollte Beila wissen.

»›Fir ålles‹ haaßt, a Frau, wås kånn putzen, wås kånn im Pfandl Eier mit Speck måchen, wås kånn aafschreiben, wie viel Paimer ßein hinuntergangen ins Tål, wås kånn reden am Telefon mit Wiesenau, jå, ålles, wås netig is, muß ßie kennen …«

»Ist er verheiratet?«, fragte noch Beila.

»Er is varheiråt, und er is a ånständiger Månn, a gleibiger und khuder Christ«, sagte Franz.

Nun hätte Beila gern hinzugefügt, dass sie bereits »mit guten Christen« ihre Erfahrungen gemacht hat, doch sie dachte: »Vielleicht gibt es ja auch unter ihnen gute, so, wie es auch Leute gibt wie die Katharina aus Schantz und diese hier. Warum auch nicht?«

Am nächsten Tag schien die Sonne, und man hätte meinen können, der Herbst ist noch nicht da. Doch die ausgebleichte Landschaft mit ihren leeren, nutzlosen Wiesen verriet die späte Jahreszeit. Der Winter stand vor der Tür. Man sah ihn noch nicht, doch man spürte ihn. Ein kalter Wind, der aus dem Osten kam, wirbelte die letzten Blätter von den Bäumen.

Es war Sonntag, und man hatte beschlossen, zusammen in die Kirche zu gehen. Es war ein weiter Weg bis Wiesenau, und so marschierten sie schon zwei Stunden vorher los. Unterwegs hielten sie einmal an bei Bekannten, die auch zum Gottesdienst gingen. Und Franz stellte Beila und Maria als ihre Ziehtochter und Enkelin vor.

Die Bekannten wunderten sich: »Vun wu håst af aanmol a Tochter und a Enkelkind?«

»Ssie håben ßich gelebt in Ssiebenbirgen. Jetzet ßein ßie zu uns kummen«, erwiderte Franz, »waal tie Kåthku håts mitm Kreiz, und ßie kånn nit måchen allan tie gånzi Årpeit.«

Mit dieser Antwort gaben sich die Leute zufrieden. Und nach dem Gottesdienst meldete Franz die beiden auch bei Pfarrer Komka an, als neue Mitglieder der katholischen Gemeinde. Dann machten sie sich auf den Weg zurück nach Schradenthal. Dabei kamen sie auch an der großen Synagoge vorbei, die in der Hauptstraße stand. Unwillkürlich ging Beila etwas langsamer. Vor dem Gotteshaus sah sie einige alte Juden, in Kaftan und mit Strejml, die ein eifriges Gespräch führten. Sie gestikulierten mit den Händen und erhoben manchmal die Stimme. Beila verstand einiges von dem, was sie sagten. Gern wäre sie zu ihnen gegangen, obwohl sich das für eine Frau nicht schickt. Sie hätte sie dann angesprochen und gefragt, wie es den Juden hier so geht.

Franz hatte anscheinend gemerkt, dass sie in die Richtung sah, und sagte: »Tes turten ßein Juden. Tie reden immer mit tie Händ. Aber spitzig ßeins ålli. Tie Zipser ßågen: ›Spitzig wie a Jud, faul wie a Waloch, schmutzig wie a Zigejner.‹ Ålli ßein, wie ßie ßein!«

»Und woher weiß man, dass die Juden spitzig sind?«, fragte Beila, die das jiddische Wort »spitzig« kannte, das so viel heißt wie »klug, schlau, einfallsreich«.

»Waal ter Jud håt mehr im Haapt wie mir, wie ter Zipser oder ter Daitsche, waaßt?«

»Ich dachte, die Juden sind wie die anderen, nicht besser, nicht schlechter«, meinte Beila.

»Tju«, sagte Franz, »wie tie åndern ja, aber spitziger.«

»Die Tante Else hat immer gesagt, die Juden sind schmutzig und faul«, meldete sich nun Maria zu Wort, die bisher schweigend zugehört hatte.

»Wer is tie Tante Else?«, fragte Franz.

»Das ist die Tante aus einem deutschen Kindergarten, wo Maria einige Zeit war«, antwortete Beila schnell, um so das Gespräch zu beenden.

»Tånn ßågst far tie Tante, ßie soll zum Tajbu ßeiner Måmå gehn. Turten geheert ßie hin!«, entgegnete Franz.

Und Beila fügte noch erklärend hinzu: »Tajbu ist der Teufel.«

»Aber gibt es den Teufel?«, wollte Maria wissen.

»I håb ihn noch nit gsehn. Meeglich es gibt ihn, meeglich es gibt ihn nit«, antwortete Franz nachdrücklich, als hätte er soeben etwas ganz Besonderes erkannt.

Und danach stellte Maria keine weiteren Fragen.

Als dieser Tag zu Ende ging, wusste Beila, dass nun für sie und Maria ein neues Leben beginnen wird. Sie fühlte sich ähnlich geborgen wie damals, als sie bei Rebecca und Mojsche bleiben durfte.

Am späten Abend lag sie noch lange wach im Bett, während neben ihr Maria ruhig atmete. Ihr helles Haar war wie eine Handvoll Licht in der halb dunklen Stube, und draußen konnte man den Mond sehen. Doch nur für kurze Zeit, denn bald verschwand er hinter den Bergen.

Franz hatte auf dem Heimweg von der Kirche einiges aus seinem Leben erzählt. Er war hier geboren, in Schradenthal aufgewachsen, in Wiesenau zur Schule gegangen und später als Handwerker mit anderen Zipsern bis nach Baiersdorf gekommen. Dort wurde damals gerade eine neue deutsche Schule gebaut, und die Zipser arbeiteten als Maurer und Schreiner. Da lernte er eines Tages ein sächsisches Mädchen kennen, das er später heiratete. Ein schönes, ein trauriges Land ist Siebenbürgen, meinte er, denn die Dörfer der Deutschen seien wie Blumen ohne Duft. Er konnte dort, fern der Heimat, nie richtig froh sein. Ob Beila das verstehe, fragte er. Doch die wusste nicht, was sie darauf antworten sollte, denn zum Wort Heimat fiel ihr nichts ein. Sie hatte keine Heimat, und sie dachte nun darüber nach, ob vielleicht Arvinitza einst ihre Heimat gewesen war.

Dabei wurde ihr bewusst, dass sie sich eigentlich schon immer in einem schmalen Niemandsland bewegt hatte. Und sie dachte: »Ich weiß, woher ich komm, aber ich weiß nicht, wohin ich geh.« Sie gehörte noch zu ihrem

Volk, und sie gehörte auch nicht mehr ganz dazu. Sie war eine seltsame Vertriebene und nur zeitweilig irgendwo zu Hause. Und sie fragte sich wieder, warum diese Vertreibung von einem Ort, wo sie meinte bleiben zu können, jedes Mal ohne ihre Schuld geschah.

Adam und Eva wurden auch einst vertrieben und mussten das Paradies schleunigst verlassen. Sie waren somit die ersten Vertriebenen der Menschheit. Doch das war eine Strafe des Ewigen, denn sie hatten sein Gebot missachtet und von der verbotenen Frucht jenes Baumes gegessen. Hier konnte man ganz eindeutig Ursache und Folge erkennen. Und auf der Suche nach einer Ursache wurde sich Beila langsam einer Sünde bewusst – jedenfalls meinte sie, es wäre eine gewesen –, und deshalb nahm sie ihr Schicksal schweigend an. Denn auch sie hatte unter jener alten Eiche von den verbotenen Früchten gegessen. So oft sie konnte, und sie hatte das niemals wirklich bereut. Das musste, dachte sie, der Grund ihres ruhelosen Lebens sein. Und so stand ihr Baum der Erkenntnis auf einem Feldweg bei Klinitz. Das war nicht im Paradies, doch in einer Welt, wo sie damals meinte, bleiben zu können.

Doch bevor sie aus Arvinitza vertrieben wurde, hatte sie noch keinen anderen Mann gekannt außer Jacob. Und sie hatte sich auch nicht einmal in Gedanken einem anderen Mann genähert. Und warum musste dann alles so kommen, wie es später gekommen ist? Und warum wurde immer auch die kleine Maria mitvertrieben? Hätte das Schicksal ihretwegen nicht einmal ein Auge zudrücken können? Auf diese Fragen fand sie, wie schon öfter, keine Antwort.

Und so wusste sie, dass dieses Land niemals ihre Heimat sein wird, weil dieses Land sie nicht haben will. Arvinitza, Klinitz, Leopoldsdorf waren Orte, wo sie bleiben wollte und gern geblieben wäre. Doch jeder dieser Orte zeigte ihr eines schönen Tages plötzlich sein wahres Gesicht und trieb sie zum Tor hinaus.

Wie zärtlich das auf Jiddisch auch klingen mag: *hejmland, hejmlech, vun der hejm.* Man kann sich vielleicht an solchen Worten berauschen wie an einem guten *bronfen.* Doch was danach kommt, sind das böse Erwachen und der Katzenjammer, wenn wieder ein Tor hinter einem dröhnend zufällt. »Ich will keine Heimat haben, ich bin schon froh und zufrieden, wenn ich für Maria ein Heim hab«, dachte sie und schlief ein.

Draußen bellte noch einmal der Hund in die gähnende Stille der Nacht. Es klang sehr nah und laut, weil er vor der Haustür saß. Das schüchterne Mondlicht war schon verschwunden. Und die kleine Siedlung stand jetzt ganz in einem schweren, eisigen Dunkel. Doch bevor der Morgen zögernd herabstieg ins Tal, war Franz schon längst aufgestanden und unterwegs zum Holzschlag in den Bergen.

In dieser Nacht hatte Beila einen merkwürdigen Traum. Sie ging mit Maria auf der Straße in einer fremden Stadt. Denn es war weder Focşani noch Czernowitz. Und bei anderen Städten hatte sie immer nur den Bahnhof gesehen, aus dem Zugfenster, auf der Durchreise. Es musste also eine Stadt sein, die sie noch nicht kannte. Sie ging mit Maria an der Hand auf dem Bürgersteig, vorbei an gleichgültigen Menschen, und die Kleine erzählte munter, was sich an dem Tag im Kindergarten ereignet hatte. Plötzlich erschienen zwei Polizisten in einer seltsamen Uniform. Sie trugen grüne Hüte wie die Tschenders, hatten aber oben am rechten Rockärmel eine Hakenkreuzbinde wie der Ortsgruppenleiter Lunatschek. Sie sprachen Rumänisch und sagten: »Gib her das Kind!« Beila wollte weitergehen, doch der eine Polizist griff nach Marias freier Hand. »Komm her«, brüllte er plötzlich, »lass die Mama los!« Beila protestierte und versuchte, mit aller Kraft die Kleine festzuhalten. Fußgänger blieben stehen, und bald hatte sich ein schaulustiger Pöbel versammelt. Man lachte und rief: »Gib her das Kind! Gib her das Kind!«

Und während Maria sich an ihre Mutter klammerte, prügelte plötzlich jemand von hinten auf Beila ein und versuchte, ihr gleichzeitig den Rock hochzuheben. Um das zu verhindern, drehte sie sich um und sah ins rosige runde Gesicht von Pater Bondar. Diesmal aber wollte sie sich wehren und ihn wegstoßen und ließ dabei Maria kurz los. Nun zerrten die beiden Polizisten das Kind weg, und Maria rief noch: »Mamale, Mamale!« Dann verschwanden sie in der Menschenmenge. Und vor den Augen der vielen Menschen, die laut lachten und begeistert in die Hände klatschten, drang Bondar wild in sie ein. »Nein! Nein!«, schrie sie verzweifelt und wachte dabei auf.

Sie tastete sich vor mit der Hand, und als sie Marias Kopf neben sich fühlte, atmete sie erleichtert auf. »Mein Gott, bis in den Traum verfolgt er mich«, dachte sie und lag noch lange wach. Sie konnte nicht mehr einschlafen und hörte dann, wie Katharina in der Küche Feuer machte und Milch wärmte. Bald danach verließ Franz das Haus. Und der Hund gab einige freudige Laute von sich, als er seinen Herrn ein Stück begleitete.

14

Maria besuchte nun die erste Klasse der deutschen Volksschule im Weiler Sachsenthal. Die Lehrerin war eine junge Siebenbürger Sächsin und sprach ein gutes Deutsch. Sie stammte aus Hermannstadt und war von einem Verein, der sich Deutsche Volksgruppe nannte, angeworben worden. Was Beila bald heraushörte – diese Lehrerin war nicht so eingestellt wie jene reichsdeutsche Kindergärtnerin in Leopoldsdorf. Bei ihr gab es keine »arischen« und »nicht ganz arischen« Kinder, bei ihr waren alle Schüler gleich. Wer gut lernte, bekam gute Noten. Die Haarfarbe oder sonstige Merkmale spielten überhaupt keine Rolle. Denn als Maria einmal erzählte, dass die Kindergärtnerin ihr gesagt habe, sie sei ein »arisches Mädchen«, antwortete Karin Hiemesch: »Ja, und?« Darauf sagte Maria: »Aber ich war das arischste von allen Kindern!« Fräulein Hiemesch lächelte nachsichtig und meinte: »Das ist nicht wichtig. Wichtig ist, dass du gut lernst, Maria.«

Am Morgen, nachdem Maria fort war, erzählte Beila ihren Traum. Katharina hörte zu und fragte: »Hat er das auch wirklich getan oder nur im Traum?«

»Er hat es wirklich getan.«

»Einmal oder mehrmals?«

»Viele Male.«

»Mein Gott, wie schrecklich«, sagte nun Katharina.

»Bei uns in Siebenbürgen waren die Pfarrer verheiratet, und da gab es so was nicht. Dem Pfarrer sagte man ›Härr Vuĕter‹, denn er war wie ein Vater für die Leute im Dorf. Und die Pfarrerin war die ›Frā Motter‹, die Mutter der Gemeinde. Bei den Katholiken ist das anders. Denn auch Hochwürden Komka treibt es hier im Ort mit einigen Frauen, sagt man. Nur sind das dann solche, die das auch wollen. Die tun es gern, es sind eben *kurwen*, wie es bei den Zipsern heißt. Auch ein Priester ist ein Mann, und deshalb braucht er eine Frau.«

»Das ist was anders, wenn die Frau es auch will. Aber wenn sie es nicht will, dann darf er es nicht tun«, sagte Beila.

»Nein, dann darf er es nicht tun. Aber wer kann ihm das verbieten? Und wer sagt ihm, was er darf und was nicht? Er ist ein Mann, und er ist der Priester. Und ein Priester ist der Herr über eine Gemeinde. Ich mein, so ist es hier, und so war es auch bei dem Priester, von dem du erzählt hast. Er ist der Herr über alle Frauen im Ort. Das heißt über jene, die keinen Mann, also keinen Herrn haben. Da kann man nichts machen als fortzulaufen, so wie du.«

Dann aber meinte Katharina, es wäre vielleicht gut, wenn Beila zu einer Wahrsagerin gehen würde. Es gibt da eine Rußnatschka, wie man die Rutheninnen nennt, die auch Rumänisch und Ungarisch spricht. Denn ihre Kunden kommen aus allen Bevölkerungsgruppen. Nicht aber von den Juden. Denn die glauben nicht an Zauberei, erzählte einmal der Förster Alois Feldigel, ein sehr kluger Mann, der oft mit jüdischen Fuhrleuten zu tun hat. Ein Besuch bei dieser Wahrsagerin kostet allerdings einen Forint, oder wer kein Geld hat, bringt dann sieben Hühnereier mit, oder fünf Gänseeier, oder ein frisches Brot, oder ein, zwei Kilo Kartoffeln. Man kann mit Geld bezah•len oder mit etwas anderem.

»Es ist wirklich so«, sagte noch Katharina, »die Juden glauben an Geister und Gespenster, sie glauben auch an den Teufel wie die Zipser. Nur heißt er bei ihnen Sched. Aber sie glauben nicht an Wahrsagerei. Und wenn sie von der Theresa Faitschuk hören, sagen sie: ›Alles Schmonzes, dus sajn Bobemaises.‹ Also Gerede oder Geschichten von einer alten Baba.«

Am nächsten Tag ging Beila zur Theresa Faitschuk, die weiter unten im Tal wohnte, in der Nähe der Flößerklause von Wiesenau. In einer ungelüfteten, muffigen Küche, wo es nach gebratenem Speck roch, warteten noch zwei ältere Bäuerinnen und ein junger Mann. Die Frauen saßen unbeweglich da, sprachen kein Wort und starrten still vor sich hin. Der Mann rauchte eine Zigarette, die in einer geschnitzten Holzspitze steckte, und sah zum Fenster hinaus. Sie warteten geduldig, um an die Reihe zu kommen. Am offenen Herd glühten noch einige Kohlen in einem großen Aschehaufen, und es war angenehm warm. In der Stube nebenan saß die Wahrsagerin und sprach zu jemandem, der ihr anscheinend gerade etwas erzählt hatte. Dann hörte man plötzlich eine kreischende Frauenstimme: »Nein! Das darf nicht wahr sein! Das kann nicht sein! Das will ich nicht!«

Und eine andere Frauenstimme, die ruhig und beschwichtigend klang: »Da kann man nichts machen, meine Liebe. Das Schicksal ist uns gegeben von jemandem, der hoch über uns steht.« Nun ging die Tür auf, und eine junge, städtisch gekleidete Frau stürmte heraus und eilte grußlos davon.

»Der oder die Nächste«, sagte die Wahrsagerin mit sanfter, feierlicher Stimme.

Schließlich kam auch Beila an die Reihe, und als sie ihren Traum erzählt hatte, schloss Theresa die Augen, als müsse sie sich konzentrieren, und flüsterte dann auf Rumänisch, so leise, dass man ihre Worte jenseits der Tür nicht hören konnte: »Du bist nicht du, aber du bist auch nicht eine andere. Du willst eine andere sein, aber das kannst du nicht. Jeder bleibt das, was er ist. Niemand kann aus seiner Haut schlüpfen. Einmal aber wirst du wieder das sein, was du eigentlich bist. Doch dann holt dich der Tod. Darum hüte dich, zu zeigen, was du bist. Bleib, solange du kannst, eine andere. Auch wenn es dir schwerfällt. Und erzähl niemandem, dass du nicht die andere bist, die andere, für die man dich jetzt hält. Verschweig alles, was dich an jemanden bindet, der nicht mehr lebt. Und vermeide die Menschen. Geh nicht hin, wo viele von ihnen sind. Denn wo viele sind, gibt es auch die Bösen, die mit den Wölfen heulen. Verstehst du, was ich dir soeben gesagt hab?«

»Nicht ganz«, antwortete Beila, weil sie die Worte der Wahrsagerin nicht gleich deuten konnte.

»Dann sag ich dir alles noch einmal…«, und Theresa wiederholte genau dieselben Sätze betont langsam. Beila aber konnte es nicht fassen, dass diese Frau, die sie vorher nie gesehen hatte, anscheinend alles zu wissen schien, was sie zu verschweigen versuchte, nämlich, dass sie jüdisch ist. Und darum fragte sie: »Und was geschieht, wenn ich das bleiben will, was ich bin – also eine andere?«

»Nicht du wirst bestimmen, wie lange du das bleiben darfst, was du eigentlich nicht bist«, sagte Theresa.

»Und wer ist das, der über mich bestimmen wird, was ich bleiben darf? Gott vielleicht?«, wollte Beila noch wissen.

»Nein, nicht Gott, sondern die Menschen.«

»Meint Ihr, dass irgendwelche Menschen mein Schicksal bestimmen können?«

»Ja. Auf dieser Welt haben die Menschen das Sagen. Gott ist oben im Himmel, weit weg von hier. Er schaut nur zu. Wie es auf der anderen Welt sein wird, wo Er allein regiert, kann ich dir nicht sagen.«

»Und was kann ich tun, damit ich diesen Menschen, die mit den Wölfen heulen, niemals begegne?«, fragte noch Beila.

»Nichts kannst du tun. Es kommt, wie es kommen muss. So oder so. Wohin du auch immer gehen wirst, dein Schicksal wird sich erfüllen. Niemand kann davonlaufen«, sagte Theresa, und damit war das Gespräch mit Beila beendet.

Zu Hause wollte Katharina gleich wissen, was die Wahrsagerin zu dem Traum gemeint hatte. Doch Beila log ein wenig und erzählte, dass dieser Traum eigentlich nichts bedeuten würde. Weil die Sache von damals noch nicht vergessen ist, muss sie immer wieder davon träumen. Das wäre alles.

Und Katharina sagte: »Schade um die sieben Eier.«

15

Beila arbeitete nun seit einem guten halben Jahr im Forstamt Neuwetz, wo sie von in der Früh um acht bis gegen Abend anwesend sein musste. Und wenn Oberförster Brandstetter nach seinem Rundgang vorbeikam, machte sie ihm schnell ein Essen, so, wie er es haben wollte. Das war meist »Umdrahti Ochsnogen mit Kranzln und Zwiefln« im heißen Pfandl. »Umgedrehte Ochsenaugen« nannte man Spiegeleier, die beidseitig gebraten wurden; dazu gehörten eingekerbte Speckscheiben, wo die Schwarte dranblieb und mitgeröstet wurde. Diese Scheiben mussten dann in der heißen Pfanne »ßich zammbiegn«, das heißt halbkreisförmig werden. Die gehackten Zwiebeln, glasig gedünstet, nahm man aus der Pfanne wieder heraus und verteilte sie ganz zuletzt auf die fertigen »Ochsenaugen«. Wenn diese Reihenfolge eingehalten wurde, dann stimmte alles. Kranzln, die sich beim Braten nicht wie gewünscht gekrümmt hatten, aß Brandstetter nicht und gab sie seinem Hund.

»Tes is a grußi Kunst, Berta«, pflegte er zu sagen, »richtigi Ochsnogen måchen. Månchi Leit kennen tes keinmål nit lernen.«

Und Berta antwortete wie eine Schülerin: »Ich werd es schon lernen, Herr Brandstetter. Ich geb mir Mühe.« Dabei dachte sie: »Deine Sorgen möchte ich haben, du alter Haloznik.« Ihr fiel kein besseres Wort ein, denn *halo-*

zes nannte man einst in Klinitz jene beliebten jiddischen Witze, wo in der Regel ein dummer Goj von einem Nichtgojschen, einem *haloznik*, hereingelegt wurde.

Einmal brachte Brandstetter Gänseleber mit, die in einer Zeitung eingepackt war. Beila sollte die Leber »mit håckti Zwiefln« im Pfandl braten. »Tie håb i vum Juden«, sagte er, »vum Schächter, vum Schamu, tem Schochet. Ter håt ßågt, tie is nit koscher, waal ßie håt awås. Wås ßie håt, waaß i nit, håt er ßie mir schenkt. Und håt er ßågt aaf Jiddisch: ›Wunn man dir gebt, nemm, wunn man dir nemmt, schrei.‹«

Darauf antwortete Beila nichts.

»Håst schon mit tie Judn awås ghåbt?«, fragte er.

»Nein. Ich kenn keine Juden«, sagte Beila.

»Ssig, tes is a jiddischi Zeitung, a Najes, wie tie ßågen. ›Unsere Schtime‹ haaßt tie Zeitung. Mir, tie Zipser und tie Taitschen, håben ka taitsche Zeitung nit. Mir lesen tie madjarische Zeitung. Ter Jud håt a Zeitung. Ssigst, tes is ter Jud.«

Auch darauf sagte Beila nichts. Beim Auspacken der Gänseleber hatte sie bereits gelesen: »Kolenu – Unsere Schtime«. Und als später Brandstetter gegangen war, nahm sie das feuchte und verfärbte Papier und versuchte zu lesen. Rasch war sie wieder drin im Jiddischen. Die Tür zu dieser Sprache war nur angelehnt gewesen, sie öffnete sich wie von selbst, als Beila sie berührte. Und nun erfuhr sie, dass man von überall aus den marmatischen Dörfern und Städten jüdische Männer in Arbeitslager deportiert hatte.

So also sah es aus draußen in der Welt, jenseits der weiten und dunklen Wälder. Es war eine Welt, von der man wenig wusste, weil sie weit weg lag. Doch nun rückte sie immer näher, denn auch aus Wiesenau waren über vierhundert junge Männer zur Zwangsarbeit deportiert worden. Und so erfuhr Beila, dass in diesem Marktflecken über fünftausend Juden lebten. Und am Abend fragte sie Katharina: »Wie viele Deutsche gibt es eigentlich in Wiesenau?«

»Der Ortsgruppenleiter hat einmal gesagt, es sind über fünftausend«, antwortete Katharina, »wenn man die in Wieseanu und in den vielen Weilern zusammenrechnet. Überall in den Bergen gibt es kleine Siedlungen und Höfe, wo Zipser leben.«

»Mehr als Juden?«, fragte Beila weiter.

»Ich glaub, im Ort gibt es mehr Juden als Deutsche«, meinte Katharina.

»Und andere?«

»Du meinst Rumänen, Ruthenen, die man hier Rußnaken nennt, und Ungarn? Franz hat einmal gesagt, alle zusammen, ich mein, nur diese hier, sind es etwa dreitausend.«

»Dann machen die Deutschen und die Juden zusammen zehntausend Seelen aus?«, wunderte sich Beila.

»Ja. Aber Stuppka hat gesagt, man soll nicht mehr Deutsche und Juden zusammenzählen. Und wenn man von Juden redet, soll man nicht auch von Deutschen reden. Das hat er gesagt. Ich mein, das ist so ein Blödsinn vom Stuppka. Denn wo ist der Unterschied zwischen uns und den Juden? Ja, es ist die Religion, das weiß ich. Aber sonst arbeiten die meisten auch als Handwerker wie unsere Leut. Die Schneider, Kürschner, Bäcker, Schuster und die Händler im *gewelb* sind alles Juden. Und auch die Fuhrleute. Ohne die Schneider und Bäcker aber gibt es kein Gewand und kein weißes Brot. Und wer nicht selbst Brot bäckt, kauft es beim Juden. So war das immer schon hier gewesen, hat einmal Franzl erzählt.«

Beila wusste nun, dass im Weiler Schradenthal nur Zipser lebten. In Neuwetz gab es auch Ruthenen. In Wiesenau aber hatten die Juden ein eigenes Viertel, das man Schtetl nannte. Es umfasste viele kleine Gassen und reichte vom sogenannten Judnpergl bis ins Ortszentrum, wo die große Synagoge stand. Ihr gegenüber wirkte die katholische Kirche etwas schüchtern und bescheiden. Dafür aber hatte sie einen hohen Turm. Von dort kann man, sagte Katharina, weit nach Westen sehen, bis zu den ruthenischen und rumänischen Dörfern.

Die Synagoge war älter als die christliche Kirche, die man erst um die Jahrhundertwende anstelle einer kleinen Holzkirche errichtet hatte. Seither starrten sich die beiden Gotteshäuser unentwegt an, selbstbewusst und immer auch irgendwie misstrauisch. Und wenn man sich in dem einen Gotteshaus zum Abendgebet, zu *Ma'ariv* und *Mincha*, versammelte, hörte man vom anderen die Glocken läuten, die zur Vesper riefen. Doch es gab noch vier andere *schuln*, das heißt kleine Synagogen, und ebenso viele Bethäuser im *schtetl*. Und an den Feiertagen tänzelte das Jiddische lieblich und beschwingt in vielen Stimmen durch die Gassen, denn da waren Hunderte von Menschen unterwegs, *schabesdik* und festlich gekleidet.

Das Schtetl war eine Welt für sich, eine Welt, die sich dem Fremden selten öffnete, und dann auch nur zögerlich. Das Geheimnis dieser engen, in sich gekehrten und einander vertrauten Gemeinschaft aber lag im gemeinsamen Schicksal, das Armut und verbindende Frömmigkeit einschloss. Was aber hier verbindend war, wurde mit der Zeit auch bindend. Und als dieses Band dann eines Tages zerrissen wurde, erging es dem Schtetl wie in jener Geschichte von der schönen Halskette der Malke, einer Königin. Die vielen kostbaren Perlen fielen zu Boden, rollten davon und konnten nachher nicht mehr gefunden werden.

An einem Sonntag, es war im Sommer, zog eine merkwürdige Prozession am Fluss abwärts zu einer Stelle, die man »Hexenzuber« nennt. Der »Zuber« war ein breites, rundes Loch im flachen Uferfelsen. Hier, sagte man, hausen Wassermänner und allerlei Dämonen und böse Geister, die kleine Kinder in die Tiefe ziehen. Der Ort war seit jeher verrufen, und niemand ging dorthin fischen oder baden.

Der Zug kam von oben aus den Bergen. Es waren vielleicht hundert Männer und Frauen, die laut und eintönig beschwörende Lieder sangen. Voran ging ein junger ruthenischer Pope und schwenkte von Zeit zu Zeit eine rauchende Kadelnitza. Ihm folgten einige festlich gekleidete Männer, und die trugen eine große Stoffpuppe, die auf einem Lattengerüst stand und mit Stroh gefüllt war. Die Puppe hatte langes offenes, rotes Haar, eine große gebogene Nase, die wie ein Schnabel aussah, und einen schwarzen, fetzigen Rock. Das sollte die Dschuma sein, die oberste Hexe der Wälder, wie Katharina erklärte, als die beiden Frauen aus dem Fenster hinuntersahen. »Um Gottes willen, geh nicht hinaus«, sagte Katharina schnell, als Beila, um besser zu sehen, vor das Haus treten wollte. »Wenn die dich bemerken mit deinem roten Haar, glauben sie gleich, du bist eine Tochter von der Dschuma. Du weißt, ich hab dir gesagt, in Neuwetz sollst du immer ein ›Haapttichl‹ tragen. Damit man dein Haar nicht sieht.«

»Dort ja«, meinte Beila, »aber hier sind wir doch bei uns zu Hause.«

»Und wenn jemand in der Nacht kommt und ein Feuer legt, brennt das Haus ab. Und die Tschender aus dem Ort werden niemals erfahren, wer gezündelt hat. Denn wer ein Wort sagt, ist am nächsten Tag tot. Und dann kann man nicht erfahren, wer ihn getötet hat. Auch wenn der Pope es vielleicht weiß, redet er nicht. So ist das hier bei den Rußnaken. Aber sonst gibt es auch unter ihnen ganz gute Leute. Nur bei ihren Bräuchen verstehen sie keinen Spaß. Da sind sie ganz anders als wir. Oder als die Juden. Wenn die Purim haben, das ist ein lustiges Fest, da laden sie auch Christen ein. Vielleicht gehen wir einmal zu den Juden, wenn sie lustig sind.«

»Ich würde gern einmal dabeisein, wenn die Purim haben«, sagte Beila zögernd.

»Ja, dann gehen wir einmal hin.«

Als die Prozession beim »Hexenzuber« angelangt war, stiegen der Pope und die Männer mit der »Dschuma« hinunter zum Wasser, und während der Pope mit klagender Stimme beschwörende Worte sprach, zündeten die Männer die seltsame Puppe an. Und beim wilden Freudengeschrei der Frauen brannte die bald lichterloh. Große Funken flogen, getragen vom Luftzug, das Tal hinunter, bis sie schließlich ins Wasser fielen. Der Pope schwenkte nun singend die Kadelnitza, und die Männer riefen verschiedene Sprüche in ihrer Sprache. Es war eine laute und wilde Zeremonie, und niemand von den Einwohnern in der Nähe, Rumänen, Ungarn oder Zipser, verließ das Haus. Erst später, als die Ruthenen wieder abgezogen waren, kamen einige Leute zögernd hervor und gingen neugierig zum Fluss, wo das Wasser die verbrannte »Dschuma« langsam fortspülte.

16

In jenem Sommer lernte Beila einen Mann kennen. Sie arbeitete immer noch im Forsthaus oben in Neuwetz. Und Brandstetter brachte oft verschiedene Bekannte mit, die hier auf die Jagd gingen. Manche kamen sogar aus der fernen Stadt, aus Szegszárd, das war dann der Präfekt oder ein ungarischer Landadliger. Und jedes Mal musste Beila für die Gäste kochen und Fleisch braten. Dazu gab es Haluschken, eine Art Knödel, die aus Kartoffeln, Mehl und Eiern zubereitet wurden, und Mamaliga, also Maisbrei, der scheibchenweise in der heißen Pfanne geröstet wurde. Die Herren aßen sich dann voll, erzählten zwischendurch unglaubliche Schweinereien, lachten laut und ungezügelt, und wenn sie schließlich betrunken waren, schliefen sie oft auf den Stühlen ein. Manche legten sich noch rechtzeitig auf eine der Pritschen, die in der sogenannten Gästestube standen. Diese Gelage begannen immer um die Mittagszeit, und gegen Abend waren dann die Herren wieder halbwegs nüchtern und fuhren mit einem Pferdewagen, der meist schon seit Stunden wartend bereitstand, zurück nach Wiesenau.

Dann musste Beila rasch noch abspülen und saubermachen. Denn während die Herren schliefen und manche von ihnen erschütternd schnarchten, sollte sie sich ruhig verhalten, hatte ihr Brandstetter gesagt.

An einem Freitag, es war Ende Juni, kam Brandstetter in Begleitung eines jungen Mannes, den er Beila vorstellte: »I håb mitpråcht ten Herrn Forståssessor Josef Kleinhuber, wås wird hier årpeitn, wånn i nit tå bin, waal i fåhr aaf Budåpest. Ter Herr Kleinhuber is jetzet fir a Monåt ter aanzige Chef hier, Berta.«

Der Mann war schlank und hoch, er trug einen grünen Jägeranzug und einen Hut mit Gamsbart, wie auch Brandstetter. Doch er hatte nur einen kleinen Schnurrbart und keinen Vollbart wie Brandstetter, in dem manchmal kleine Speisereste zurückblieben, und sein schwarzes, krauses Kopfhaar glänzte und war seitlich gescheitelt. Das sah man, als er den Hut abnahm und Beila die Hand reichte.

»Grüß Gott, Frau Berta«, sagte er und sah sie dabei lächelnd an.

Beila spürte, wie sein Blick ihren Körper berührte, und das schien sie zu erregen. Denn plötzlich überkam sie wieder jene unerklärliche Sehnsucht wie damals, als sie Franz Brettschneider kennengelernt hatte. Doch inzwischen war sie erfahrener und reifer geworden, und so wehrte sich etwas ganz entschieden in ihr, sich noch einmal mit einem Mann einzulassen. Und sie sagte kühl und höflich: »Grüß Gott, Herr Forstassessor Kleinhuber.«

»Ach, lassens den Forstassessor weg und nennens mich einfach bei meinem Namen«, meinte er in wohltuendem Deutsch und immer noch lächelnd.

»Gut, Herr Kleinhuber«, erwiderte Beila und freute sich, dass der Mann nicht auch Mundart sprach, denn es gab nur zwei Menschen, mit denen sie sich deutsch unterhalten konnte: Maria und Katharina. Kleinhuber war wie die meisten Förster in dieser Gegend Österreicher, das heißt sein Vater war Österreicher gewesen und noch in der Zeit vor dem Ersten Weltkrieg auf dem Dienstweg hergekommen, in ein fernes Eck des großen k.u.k. Reiches.

In den darauffolgenden Wochen kam Kleinhuber jeden Tag um die Mittagszeit zu Beila, oft brachte er frische Schwammerl mit, die er während seines Rundgangs im Wald gesammelt hatte. Waren es Steinpilze oder Hahnenkamm, machte Beila eine Schwammerltokan. Große Schirmpilze panierte sie, und dann sagte Kleinhuber, sie würden besser als Wiener Schnitzel schmecken. Feldchampignons und Milchschwämme belegte sie mit Käsescheibchen und briet sie in der Pfanne. Oft hatte er auch einige Forellen dabei, die er von einer Fischzucht brachte. Dann gab es gebratene Fische, gefüllt mit gehackten Möhren und Knoblauchzehen.

Kleinhuber bestand von Anfang an darauf, dass sie sich zu ihm an den Tisch setzen und mit ihm essen soll. Zuerst war Beila ein wenig verunsichert. Denn bei Brandstetter und den anderen Herren hatte sie immer nur bedient und musste dann nebenan in der Küche warten, bis vielleicht jemand nach ihr rief. Dann wurden noch Haluschken verlangt oder ein Stück Fleisch, denn das Essen sollte die ganze Zeit am Ofen stehen, damit es warm blieb.

Und noch etwas war ungewöhnlich für Beila. Kleinhuber legte, wenn er aus dem Wald kam, seinen grünen Rock ab, krempelte die Ärmel hoch und half ihr beim Feuermachen, spaltete Holz, holte Wasser von der Quelle, wusch die Pilze. Er schälte auch Kartoffeln für die Tokan, während Beila die Zwiebeln hackte. So standen sie nebeneinander in der kleinen Küche und bereiteten gemeinsam das Essen vor. Das Schicksal hatte ihr eben eine neue Rolle vermittelt, und sie versuchte, sich darin zurechtzufinden. Denn sie war jetzt nicht mehr die Magd, nach der man rief und die ständig bedienen musste, sondern eine Art Hausfrau und Tischgefährtin. Jedenfalls die kurze Zeit, wenn Kleinhuber bei ihr war. Und das machte sie glücklich, und sie wartete ungeduldig, bis sie ihn auf dem Weg kommen sah, der seitlich zu den Kuliben, den Zipser Holzfällerhütten, führte.

Sie hatte sich auch eine Art Sonnenuhr erdacht, denn wenn der Schatten einer bestimmten Tanne bis zum Zaun reichte, wusste sie, dass er bald kommen wird. Dann stand sie am Fenster und sah hinaus. Erst wenn er sich dem Haus näherte, nahm sie rasch einen Besen und tat so, als würde sie die Stube fegen. Er sollte nämlich nicht wissen, dass sie auf ihn gewartet hatte.

»Grüß Gott, Frau Berta«, sagte er dann, »sehens, was ich mitgebracht hab.« Und Beila erwiderte seinen Gruß und freute sich jedes Mal, dass er ihr gegenüber so höflich und respektvoll war. Denn er sprach sie mit »Sie« an, wie es in der Stadt üblich war, und nicht mit »Ihr« wie bei den Sachsen und Zipsern.

Einmal, als sie wieder Zwiebeln hackte, fasste er ihre linke Hand und sagte: »Das sollens nicht mehr machen. Das mach jetzt ich. Schade um die schönen Hände, wenn die nach Zwiebel riechen.« Dann küsste er ihre linke Hand, ergriff dann ihre rechte Hand und küsste sie auch, er küsste auch gleichzeitig beide Hände, die er behutsam übereinanderlegte. Und Beila stand willenlos da, ein Schauer lief ihr den Rücken hinunter. Es war wie ein Schüttelfrost, und sie musste sich mit der Hüfte an die Tischkante lehnen. Ihr wurde richtig schwindlig. Doch dann ließ er ihre Hände langsam wieder los, nahm das Messer und hackte selbst die Zwiebeln, während Beila sich kurz auf den Küchenhocker setzte.

»Ist Ihnen nicht gut?«, fragte er, während das Messer rhythmisch über das Zwiebelbrett hüpfte.

»Nein«, sagte sie, »es ist nichts. Ich schneid jetzt die Schwammerl.« Und als sie schon damit begonnen hatte, fügte sie noch neckisch hinzu: »Dann riechen meine Hände nur noch nach Wald und Pilzen.«

Nun lachten beide. Und es war das erste Mal, dass Beila in Gegenwart eines Mannes wieder richtig lachen konnte. »Sie haben ein schönes Lachen, und Sie haben eine schöne Stimme«, sagte er. »Aber das wissen Sie sicher schon.«

»Nein, ich weiß es nicht«, erwiderte sie, »weil ich hör mich nie reden. Wie soll ich da wissen, wie meine Stimme klingt.«

»Sie klingt wie eine Glocke, besonders wenn Sie lachen.«

Darauf wusste nun Beila nichts zu antworten, und so sagte sie nur: »Wirklich?« Denn der Vergleich mit einer Kirchenglocke gefiel ihr eigentlich nicht. Sie wollte nichts zu tun haben weder mit der Kirche noch mit deren Glocken.

Dann bedankte sich Kleinhuber wie immer für das Essen, doch diesmal sagte er noch: »Küss die Hand, Berta«, nahm ihre beiden Hände und küsste sie abwechselnd, wobei seine Küsse immer länger und zärtlicher wurden.

Beila spürte seinen Atem und dachte: »Wenn er jetzt etwas von mir will, ich geb ihm alles, ich möcht es tun, ich will es tun ...« Dabei sah sie ihn schweigend an, und er verstand ihren Blick, und nun küssten sie sich auf den Mund. Es war ein langer Kuss, und es schien, als würde dieser Kuss kein Ende nehmen, denn Beila erwiderte alle Zärtlichkeiten seiner Lippen.

Und es war wie ein selbstverständliches Ritual, was nun folgte, als sie sich gegenseitig langsam auszogen. Dann stand sie nur noch im Taghemd da, doch er sagte: »Ich will dich so haben, wie du bist. Ich will die Berta allein haben. Nur die Berta.«

»Da bin ich«, flüsterte sie, und ihre Stimme bebte, denn die Erregung machte sie unfähig, noch etwas zu sagen. Und auch das Taghemd fiel zu Boden. Zuletzt streifte er ihr das Kopftuch ab, und ihr volles rotes Haar glitt wie erlöst auf die weißen nackten Schultern.

Kleinhuber nahm sie in die Arme, hob sie behutsam hoch und trug sie in die Stube, wo die Pritschen waren.

Beila aber schloss die Augen und ließ sich forttreiben von der Leidenschaft, die wie eine schäumende Welle über sie kam.

Es dauerte nicht lang, und schon brach es aus ihr heraus, was sich in vielen schlaflosen Nächten angestaut hatte. Ihr ganzer Körper öffnete sich. Sie musste schreien, und sie schrie ihre Freude hemmungslos hinaus. Es war der Höhepunkt, es war die Befreiung. Dann aber flüsterte sie: »Bitte, noch ein wenig, es soll nicht gleich vorbei sein …«

Er küsste sie und sagte: »Ich lieb dich, Berta, ich lieb dich, weil auch du das willst, was ich will …«

Und erst beim zweiten Mal, als sie sich ganz verausgabt hatte und ihr Schrei in ein heftiges Schluchzen überging, hatte auch er seinen Höhepunkt. Jetzt aber weinte sie still in seinen Armen und hielt dabei die Augen geschlossen. Es war die intensivste erotische Erfahrung, die sie gerade erlebt hatte. Ein neues Gefühl, eine unbekannte Erfüllung machte sie schwach und willenlos.

Jacob, geprägt von religiösen Vorstellungen, war ein guter und treuer Ehemann gewesen. Doch er war kein Liebhaber, und dass es auch Liebhaber gibt, wusste sie bis zu dieser Begegnung nicht.

Jetzt aber begann ein zärtliches Nachspiel, dem sie sich verwundert und erfreut hingab, und er fragte: »Was ist? Warum hast du zuvor geweint?«

»Ich weiß es nicht, Josef. Es ist zu viel Glück auf einmal«, meinte sie und wischte sich mit dem Handrücken die Tränen aus den Augen.

Zwischen dankbaren Küssen, mit denen er in Bereiche ihres Körpers kam, die solche Zärtlichkeiten noch nicht kannten, sagte Kleinhuber: »Warum heißt du eigentlich Berta? Das ist ein so harter Name: Berrrta. Brrr, wie eine Knarre. Ein anderer Name möcht besser zu dir passen. Ein Name, der so klingt wie deine Stimme. Ein Name, der so schön ist wie dein Körper, wie die vielen kleinen Sommersprossen unter deinen blauen Augen. Bist du mir bös, wenn ich dir sag, dass dein Name nicht zu dir passt?«

Beila verneinte und fragte mehr zum Spaß: »Wie möchtest du, dass ich heißen soll? Lea, Liesa, Eva, Lara, Leila, Beila … Welcher Name würde dir besser gefallen?«

»Der letzte, Beila, der letzte. Denn Beila ist ein schöner Name, ein jüdischer Name, und er klingt wie eine Glocke, wie eine Doina, wie ein Nigun«, sagte Kleinhuber. »Weißt du, was ein Nigun ist?«

»Ein Lied«, antwortete Beila, ein wenig verwundert, denn sie hatte diese Frage nicht erwartet.

»Richtig, ein Nigun ist ein Liedl, ein Gsangl. Und in Reen, wo ich zur Schule gegangen bin, hab ich einmal jüdische Musikanten spielen gehört. Das war in einem ungarischen Gasthaus, wo ich mit meinem Vater war. Man konnte dort sehr gut essen. Ich weiß auch jetzt noch, was es damals gegeben hat: Kolosvári Káposta, Klausenburger Kraut. Meine Stiefmutter war damals gerade in Maitingen bei ihren Eltern. Und so gingen wir jeden Tag auswärts essen. Einer von den Juden sang auch Lieder. Er hatte eine sehr helle Stimme und trug einen schwarzen Bart. Er sang natürlich auf Jiddisch, und ich konnte nichts verstehen. Mein Vater aber lachte einige Male, und manchmal wurde er sehr nachdenklich und ernst. Und dann sagte er, dass ein Nigun entweder sehr fröhlich oder sehr traurig ist. Seither hab ich nie wieder jüdische Musik gehört... Ich möcht dir jetzt aber gern einen anderen Namen geben. Einen Namen, den nur wir beide kennen. Ich möcht dich Beila nennen. Darf ich dir Beila sagen und nicht mehr Berta? Natürlich nur, wenn wir allein sind. So hat nämlich auch meine Mutter selig geheißen.«

»Aber Beila ist doch ein jüdischer Name«, sagte Beila.

»Ja. Meine Mutter war Jüdin, mein Vater nicht. Das weißt jetzt nur du, und ich hab es dir gesagt, weil wir uns so gesehen haben, wie wir sind. Ganz nackt. Und als wir uns geliebt haben, waren wir ein Körper, und wir waren auch so, wie wir sind.«

»Aber dann bist du ja ein Jud?«

»Ja.«

»Aber man sieht es nicht«, sagte Beila zögernd, und sie schämte sich ein wenig, weil sie das festgestellt hatte, und sie ärgerte sich, weil sie plötzlich spürte, dass sie deshalb errötete.

»Ich weiß, was du meinst. Ich bin nicht beschnitten.«

»Aber dann bist du kein richtiger Jud.«

»Doch, ich fühl wie ein Jud, und ich leb wie ein Jud. Für mich ist das sehr wichtig. Meine Jüdischkeit ist alles, was ich hab, mein größtes Gut und mein Geheimnis. Ich bin froh, dass ich ein Jud bin, und ich möchte niemals was anders sein.«

»Dann werd ich dir, wenn wir allein sind, Jossele sagen«, lachte Beila.

»Jossele hat mir auch meine Mutter selig gesagt. Aber das ist schon lange her. Sie starb, als ich gerade zehn Jahre alt war. Und dann heiratete mein Vater eine Christin, eine Schwäbin aus Maitingen, ein Dorf bei Sathmar. Und ich wuchs so auf, wie es meine Stiefmutter wollte. Ich bin aber nicht gefirmt worden, weil wir gerade damals fortzogen aus Sathmar«, erzählte Josef. »Aber woher weißt du das mit der Beschneidung?«

»Weil ich eine Jüdin bin«, sagte Beila, »und weil ich tatsächlich Beila heiß. Doch das darf niemand wissen, und deshalb schäm ich mich manchmal vor mir selbst, weil ich eine andere sein muss und weil ich eigentlich keine andere sein will. Und nur wenn ich bete, bin ich dann das, was ich bin …«

»Du bist also keine Deutsche aus Siebenbürgen oder von sonst wo, wie man hier meint. Du bist eine andere, und du musst eine andere sein, auch wenn du das nicht sein willst … Das hab ich mir gleich gedacht. Nein, das hab ich schon am ersten Tag irgendwie gespürt. Und ich hab auch bemerkt, dass du unter dem dunklen Kopftuch rotes Haar hast. Und dann bist du auch so anders als die Frauen hier. Ich mein, die Zipserinnen, die Sächsinnen oder die Schwäbinnen. Jetzt aber weiß ich, warum das so ist. Und von nun an nenn ich dich, wenn wir allein sind, bei deinem richtigen Namen, Beila. Es ist ein Name, der zu dir passt. Wie dein rotes Haar und deine blauen Augen. Und ich bin der Jossel.«

Und dann erzählte Josef seine Geschichte, während sie nackt in seinen Armen lag und sich an ihn schmiegte. Er roch nach Mann, und sie roch nach Frau. Und beide erkannten den Körper des anderen. Denn sie hatten auch ihren leidenschaftlich feuchten Geruch ausgetauscht. Und so war auch plötzlich jene Vertraulichkeit da, die sich nach einem Liebesakt einstellt, wenn man dem Partner über sich selbst alles sagen möchte. Man hat das Bedürfnis, Erlebnisse und Gedanken auszubreiten wie eine Sommerwiese, sich ganz zu öffnen, so, wie man es vorher auf eine andere Weise getan hatte. Die graue Kotzendecke roch nach altem Stroh und war rau und kratzig. Doch das hatten sie bei der Umarmung nicht gespürt, und jetzt fühlten sie sich wie in einem Himmelbett.

Josef war in Sathmar geboren, als Sohn eines österreichischen Forstbeamten aus der kaiserlich-königlichen Zeit und einer jüdischen Mutter, die als Mädchen Elfriede Beila Binder hieß. Später besuchte er dann das deutsche evangelische Gymnasium in Sächsisch-Regen, einer Stadt in Nordsiebenbürgen, im sogenannten Reener Ländchen. Als er achtzehn war, kam er zur Assentierung, wo die Rekruten einzeln nackt vor eine ärztliche Kommission treten mussten. Wenn einer beschnitten war, schickte man ihn in einen Nebenraum. Als die Musterung beendet war, sagte der Kommissionsvorsitzende, ein Major: »Die fünf Judenbengel an die frische Luft. Sie sollen ein wenig ihre schmutzigen Ärsche lüften, damit sie nicht mehr so stinken. Zwei Mann zur Bewachung. Läuft einer weg, wird er erschossen!«

Es war im Februar, und es hatte die Nacht hindurch geschneit. Fünf junge Männer standen eine Zeit lang völlig nackt im Innenhof der Kaserne und durften sich nicht von der Stelle rühren. Als der Erste von ihnen umfiel und reglos im Schnee lag, erstattete einer der Wachtposten Meldung, und der Major befahl, die Aktion abzubrechen. Jener, der im Schnee gelegen hatte, hieß Andor Ehrenstein und stammte aus dem Marktflecken Tekendorf. Sein Vater war Schneider. Andor starb bald danach an Lungenentzündung. Die fünf anderen kamen in ein Arbeitslager. Was aus ihnen geworden ist, weiß man nicht.

»Damals habe ich Gott gedankt, dass ich nicht beschnitten bin«, sagte Josef. »Denn die Berit Mila, der Bund mit Abraham und daher der Bund mit Gott, wäre auch der Bund mit dem Tod gewesen. So wie heute, wo ich meine Herkunft verbergen muss. Niemand weiß, dass meine Mutter mit dem deutschen Namen eigentlich Jüdin war. Viele siebenbürgische Juden haben deutsche Namen, das heißt auch Ehrenstein ist ja eigentlich ein deutscher Name. Ich meine aber die Namen, die auch viele Sachsen hier im Land führen, wie Schuster, Binder, Gross, Weiß und Roth. Diese Namen findet man auch auf den jüdischen Friedhöfen in Sathmar oder Szegszárd.«

Als Josef geboren wurde, war er so schwächlich, dass Dr. Grünbaum, der Gemeindearzt in Sathmar, davon abriet, die Beschneidung vorzunehmen. Es vergingen einige Monate, und der Vater, Andreas Josef Kleinhuber, wurde dienstlich nach Neumarkt und dann nach Sächsisch-Regen versetzt. Nun blieb alles so, wie es war, denn der Vater wollte nicht irgendwie auffallen, und Mutter Elfriede Beila lebte nicht mehr. Ihr Grab ist auf dem jüdischen Friedhof in Neumarkt.

Beila hatte, während er sprach, ihr Ohr an seine Brust gehalten, und so klangen seine Worte, als kämen sie aus seinem Körper. Es war ein wunderbares Gefühl, ihm zuzuhören.

Und nun sollte ihre Geschichte folgen. Und da sagte sie zuerst, dass sie Witwe ist und eine kleine Tochter hat, die Maria heißt. Dann erzählte sie auch von der Zeit in Arvinitza, in Klinitz und in Leopoldsdorf. Doch sie verschwieg die Demütigungen, die sie von Pater Bondar ertragen musste. Sie schämte sich zu sehr, und diesem Mann konnte sie das nicht sagen. Sie befürchtete, er würde sie vielleicht deswegen verachten. Sie verschwieg auch, dass Maria nicht die Tochter von Jacob ist. Doch ihre Geschichte klang sonst glaubwürdig, und Josef war sehr gerührt.

Als Brandstetter in Urlaub fuhr, hatte Beila gerade ihre Tage, und so konnte sie nun in der ersten Zeit sich unbekümmert ihrer Leidenschaft hingeben. Und das an jedem Tag. Und noch vor dem gemeinsamen Mittagessen. Denn als Josef nach dem ersten Mal wiederkam, rief er: »Ich hab einen sehr großen Hunger, Beila.«

»Das Feuer im Herd brennt schon, wir können gleich das Essen machen, Jossele«, sagte sie nach einem langen, zärtlichen Kuss.

»Nicht Hunger nach Essen hab ich, Beila. Ich hab Hunger nach dir!« Josef umarmte sie und begann schon die Schlaufen ihrer Schürze zu lösen. Diesmal ging alles sehr rasch, etwas beschleunigte diese Zeremonie, als hätten sie das vorher schon eingeübt. Sie streiften ungeduldig und in großer Eile die Kleider vom Körper, und wenig später umarmten sie sich auf der Pritsche, die nach Schweiß und Stroh roch. Doch das nahmen sie nicht mehr wahr, denn sie saßen schon in einem sinnlichen Kahn, der heftig über wilde Wellen schaukelte. Und als sie dann am Ufer ihrer Sehnsucht langsam erwachten, lagen sie noch einige Zeit schweigend nebeneinander und gingen so ihren Gedanken nach. Und die führten in ganz verschiedene Richtungen.

Er dachte darüber nach, dass er bisher niemals so glücklich gewesen war wie mit dieser Frau. Und er wünschte sich jetzt schon, immer mit ihr sein zu können. Eigentlich auch ein Leben lang. Sie aber wusste, dass er viel jünger war. »Viel jünger schon«, dachte sie und versuchte, sich selbst zu täuschen, »vielleicht aber nicht zu jung.« Doch mehr als zehn Jahre standen zwischen ihnen wie eine stumme, mahnende Schranke, die man noch nicht sah, die auch niemand sehen konnte, nicht einmal er. Denn Beila bewegte sich flink und anmutig wie ein junges Mädchen, und wenn sie lachte, sah sie aus wie zwanzig, und auch an ihrem hellen nackten Körper gab es keine sichtbaren Anzeichen, dass sie älter wurde. Doch sie wusste, dass dieses Tor zur Leidenschaft nicht mehr lange offenstehen würde, jedenfalls nicht so wie jetzt.

Ein paar Jahre noch konnte sie Kinder kriegen, und er hatte vor Kurzem gesagt, dass er einen Sohn oder auch mehrere Söhne und vielleicht auch Töchter haben möchte. Er liebte Kinder und wollte einmal eine Familie gründen. »Einmal…«, hatte er gesagt. »Doch wann würde das sein?«, dachte Beila. Einmal – das müsste sehr bald sein, wenn sie die Mutter seiner Kinder werden sollte. Denn eines Tages wäre es zu spät. Dieser letzte Zug ihres unfassbaren Glücks würde dann abfahren, er stand schon in der Station. Und sie wusste: Danach kam eine Endstation, eine von vielen, die später noch folgen würden, wenn man langsam älter wird. Denn darüber hatte sie von anderen Frauen, als sie noch in Arvinitza lebte, so manches erfahren.

Doch jetzt war sie noch jung, auch weil sie jung sein wollte. Und in den Tagen, die nun folgten, versuchte sie manchmal, die Umarmungen durch kleine Gesten und Stellungen aufregender zu gestalten. Während sie auf ihn wartete, kamen ihr die seltsamsten Gedanken, und oft fragte sie sich, wie solche Wünsche entstehen. Wünsche, die sie vorher nicht gekannt hatte. Und eines Tages, als sie schon nackt dastand, zog sie plötzlich rasch wieder ihr Kleid über und lief barfuß hinaus und hinunter zum Bach. Dabei rief sie: »Fang mich, Jossele, fang mich!«

Josef war auch schon völlig nackt. Doch er zögerte nicht und lief ihr sofort nach. Am Bach zog sie geschwind ihr Kleid wieder aus, und im warmen Ufergras trieben sie ein verrücktes Liebesspiel. Es war am späten Vormittag, und um diese Zeit kam hier kein Mensch vorbei. Als sie sich nachher bückte, mit beiden Händen Wasser schöpfte und ihr heißes Gesicht kühlte, musste Josef laut lachen: An ihrem Gesäß und am Rücken hatten sich seltsame Konturen von Gräsern und Blumen eingepresst. Das Liebesbett ihrer Umarmung zeichnete sich ab, rosig und zart auf der feuchten hellen Haut.

Was Beila nach so einem Tag wunderte, wenn sie abends spät im Bett lag, während Maria still neben ihr schlief, war die Tatsache, dass sie nach den hemmungslosen Umarmungen, denen sie sich Stunden vorher hingegeben hatte, nicht mehr an Jacob denken konnte. Es schien ihr, als würde Jacob einem anderen Leben in einer anderen Zeit angehören, einer Zeit, die langsam immer mehr verblasste und aus ihrer Erinnerung schon beinahe verschwunden war. Und sie machte sich dann Vorwürfe, warum das so ist, warum Jossele nicht nur von ihrem Körper und ihren Sehnsüchten Besitz genommen hatte, sondern auch vom *gedechenisch*, vom verschwiegenen Gedächtnis, vom stillen Erinnern an die Vergangenheit. Eine Vergangenheit, die sie bisher beinahe ständig begleitet hatte, als sie versuchte, in der Erinnerung Kraft zu finden. Doch darüber wollte sie vor dem Einschlafen nicht weiter nachdenken, denn ein anderer Gedanke, der ihr jetzt auch zu schaffen machte, beschäftigte sie jeden Tag. Es war die Frage, was geschehen wird, wenn Brandstetter wieder da ist. Die Liebe hatte sie süchtig gemacht. Und sie wusste, wie unberechenbar manchmal das Schicksal sein kann, und fürchtete darum die Zukunft. Die Zukunft aber war ein Wunschtraum, den sie sich immer wieder selbst ausdachte.

Inzwischen hatte ihr Josef erzählt, was in den letzten Monaten in Wiesenau geschehen war. Viel war das nicht, und vielleicht wollte er auch nicht alles weitergeben, was er hörte und manchmal auch sah. Denn Beila, wie auch Katharina und andere Einwohner, die hier oben im Tal abgeschieden lebten, erfuhren kaum etwas von dem, was sich draußen in der Welt zutrug. Schradenthal und die anderen kleinen Siedlungen und Gehöfte oben in den Bergen lagen sozusagen hinter Gottes Angesicht.

Man hatte gehört, dass Deutschland einen großen Krieg führt und beinahe alle Länder Europas schon erobert waren. Wie aber diese Länder hießen, wussten vielleicht einige Kinder, die noch zur Schule gingen. Ihre Eltern hatten keine Schule besucht, und sie wussten meist nur, dass es westlich von Wiesenau eine Stadt gibt, die Szegszárd heißt. Eine sehr schöne und große Stadt, wo meist Ungarn, Juden und Schwaben leben. Nur wenige Zipser waren einmal dort gewesen, und dann erzählten sie jahrelang immer wieder von den unvergesslichen Eindrücken, die sie bei jenem Besuch gesammelt hatten.

Josef wohnte während der Woche im Gästehaus des Forstamts, und das stand weiter unten im Tal, und da hörte er so manches von den neuesten Ereignissen. Außerdem fuhr er einmal im Monat dienstlich nach Szegszárd, wo er dann manchmal sogar einige Tage blieb. Auch er hatte Beila von jener wunderbaren Stadt erzählt, wo es damals mehrere prächtige Synagogen gab und auch eine große katholische Kirche. Auf der Straße fuhren Kaleschen, in denen vornehme Leute saßen, und man sah sogar manchmal ein Auto, das laut hupte, wenn es vorbeiratterte. Es war eine andere, eine vornehme Welt, dieses ferne Szegszárd. Und Beila musste an Focşani denken und an Czernowitz. Doch die Erinnerung an diese großen Städte war verdunkelt durch Ereignisse, die sie verdrängt hatte und nun möglichst rasch vergessen wollte.

17

Dann hieß es eines Tages, dass der Krieg bald zu Ende gehen wird, denn die deutschen Armeen seien jetzt auf dem Rückzug. Das hatte Josef von ungarischen Polizisten gehört, die freimütig über die Verluste Deutschlands sprachen und meinten, Ungarn sollte sich von diesem Verbündeten schleunigst trennen. Doch Budapest und Berlin waren sehr weit von hier, und auch der Krieg spielte sich anderswo ab, sodass man immer noch wie auf einem anderen Planeten lebte. Mitte April hatte man in Wiesenau plötzlich ein Getto errichtet. Es war viel kleiner als das Schtetl. Und hier wurden nun in wenigen Tagen mehr als zehntausend Menschen eingepfercht, darunter auch viele Bauern aus den umliegenden Dörfern, erzählte Josef. Es heißt, es wären sogar dreizehn- oder siebzehntausend Juden, die dort hinter dem Stacheldraht auf ihren Abtransport mit den Güterzügen warteten. Eines frühen Morgens trieb man sie dann auf den Bahnhof, wo schon die Viehwagen bereitstanden. Und in nur sechs Tagen waren alle fort.

»Und wohin hat man sie geführt?«, fragte Beila.

»Ich weiß es nicht genau«, sagte Josef. »Der Förster Seeigl meinte, nach Kaschau ›auf Arbeit‹. Aber was mich wundert: Warum haben sie auch alte Menschen und Kinder wegtransportiert? Das hab ich den Seeigl gefragt. Und er hat sich beim Ortsgruppenleiter Stuppka erkundigt. Der Stuppka aber hat zuerst gefragt, warum er das wissen möchte. Hat er vielleicht einen Verwandten unter den Juden? So was hat der *schejgez*, der Bauernlümmel, ihn gefragt. Seeigl aber ist arisch, und das weiß man. Dann hat Stuppka gemeint, man hat auch die Kinder und die alten Leute zu den anderen transportiert, damit die Familien nicht getrennt sind. Er nannte das ›Familienzusammenführung‹. ›Wenn der Vater auf Arbeit ist, möchte er halt am Abend mit seiner Familie zusammensein‹, hat der Stuppka dem Seeigl gesagt. Es ist unser Glück, Beila, dass niemand weiß, was wir sind. Aber einmal musst du deiner Tochter sagen, dass sie nicht katholisch ist. Du musst sie aufklären.«

»Nach dem Krieg, wenn alles vorbei ist.«

»Nein, Beila, jetzt schon, denn mit zwölf Jahren ist sie nach dem religiösen Gesetz volljährig.«

»Aber dann kann sie nicht mehr zur Firmung gehen. Sie hat jetzt Religionsunterricht in der Schule. Was sag ich Pater Komka?«

»Nichts. Das ist unwichtig, was der Komka macht. Wichtig ist nur, was du deiner Tochter sagst«, meinte Josef. »Sie wird immer ein jüdisches Mädchen bleiben, auch nach der Firmung. Dass sie aber jüdisch ist, musst du ihr selbst sagen.«

Es war an einem Sonntag Anfang Juni. Die Sonne stand weithin leuchtend am Himmel, und eine friedliche, feierliche Trägheit lag über dem Tal. Das Getto und das Schtetl waren immer noch abgesperrt und von Soldaten und Polizisten bewacht. Sie sollten verhindern, dass nachts Plünderer kamen. Und es hieß auch, dass bald die Juden wieder zurückkehren würden. Deshalb dürfe niemand das Getto betreten. Doch jene, die nun als Wächter dastanden, hatten schon alle Häuser durchsucht und weggeschafft, was ihnen wertvoll schien.

Beila und Maria waren zusammen mit Katharina und Franz im Gottesdienst gewesen. Und nun standen sie mit anderen Zipsern am Platz vor der katholischen Kirche, als plötzlich Josef vorbeikam. Er blieb stehen, verbeugte sich höflich und sagte: »Grüß Gott, Frau Berta.«

Und sie antwortete: »Grüß Gott, Herr Kleinhuber. Warum waren Sie nicht in der Kirche?«

»Ach, wissens«, meinte er, »ich hab heut verschlafen, weil ich bin erst spät am Abend vom Forstamt heimgegangen.«

»Sie sind sehr fleißig, Herr Kleinhuber«, lächelte Beila. »Dies ist meine Tochter Maria. Und das sind unsere liebsten Freunde, bei ihnen wohnen wir.« Und sie machte Josef mit den Hotzbergers bekannt.

Maria knickste artig und sagte wie die Zipser Kinder: »Tschokolom«, was auf Ungarisch eine Kurzform von »Küss die Hand« ist. Dann standen sie noch ein bisschen beisammen. Josef streichelte über Marias blonden Kopf und sah dabei kurz ihre Mutter an. Es war ein zärtlicher Blick, den niemand bemerkt hatte. Dann erzählte er eine lustige Geschichte von einem Bärenjungen, das ein Förster im Wald gefunden hatte.

Nachdem er sich verabschiedet hatte und gegangen war, sagte Katharina: »Ein fescher Mann, noch sehr jung. Und gute Manieren hat er auch. Könnte unser Sohn sein.«

Und Franz meinte: »Warum brauchen wir einen Sohn? Wir haben ja eine Tochter.« Dann lachten sie.

Nur Maria wollte noch wissen: »Mama, wer ist der Onkel? Der kann so schön erzählen!«

Doch Beila beendete das Gespräch und sagte: »Er ist ein Forstassessor.«

Maria aber ließ nicht locker: »Was ist das?«

»Ein Mann, der oben im Wald arbeitet.«

»Und kennst du ihn gut?«

»Ein wenig.«

Und Katharina meinte noch: »Warum sollst du den eigentlich nicht gut kennenlernen? Der ist doch ein fescher Mann.«

Darauf erwiderte Beila nichts, denn sie befürchtete, sich zu verraten, als sie Katharinas prüfenden Blick bemerkte.

Katharina und Franz gingen nun voraus, und Beila sagte, sie wolle mit Maria noch einen kleinen Spaziergang machen auf den Ersten Berg, von dem man hinunter ins Tal sehen kann.

Katharina rief noch: »Kommt nicht zu spät. Heute gibt es Kwåsteni Hålupzi!« Das waren gefüllte Krautblätter mit Schmetten und Pallukes.

Oben am Ersten Berg aber ging Beila voran auf einem schmalen Seitenweg, der zum »Judnpergl« führte. Hier, auf einem weiten Abhang, lag der Gute Ort, Bet Olam, der Friedhof von Wiesenau. Hunderte von Grabsteinen standen da und blickten grau und stumm nach Osten.

»Was sollen wir hier, Mama?«, fragte Maria.

»Hier sind wir bei unserem Volk«, sagte Beila. »Hier schlafen die toten Juden und warten auf den Messias, der einst kommen wird.«

»Wer ist das? Warum warten sie auf ihn?«, wollte jetzt Maria wissen.

»Das werd ich dir gleich alles erklären. Denn ich muss dir etwas sagen, und du sollst mir versprechen, dass du das niemandem weitersagst. Versprichst du mir das?«

»Ja, Mama.«

»Du und ich – wir beide sind eigentlich jüdisch, wir sind nämlich Jüdinnen«, sagte Beila leise, als könnten die vielen, die hier in der Erde ruhen, sie hören. »Wir sind nicht das, was du denkst ...«

»Wieso? Ich bin doch katholisch?«

»Jetzt, Maria, jetzt. Aber eigentlich bist du jüdisch. Und ich wollte dich Mirjam taufen. Doch das ging damals nicht, deshalb heißt du Maria. Dein zweiter Name aber ist Esther.«

»Aber ich bin ja arisch«, sagte Maria, und ihre Stimme zitterte ein wenig. »Ich will nicht jüdisch sein, Mama. Ich will das bleiben, was ich bin. So wie alle anderen Kinder!«

»Du wirst so lange das bleiben, wie du willst. Ich musste dir das aber jetzt sagen. Bald wirst du zwölf. Du bist schon ein großes Mädchen. Und du sollst wissen, dass deine Mutter Jüdin ist. So wie Rebecca, wenn du dich an die noch erinnerst.«

»Ja, ich erinner mich noch an sie. Aber ich bin katholisch. Und ich will nicht was anders sein, Mama. Warum soll ich jetzt was anders sein?«, schluchzte sie. »Warum kann ich nicht das bleiben, was ich bin, Mama?«

»Gott, ich hab mit dieser Lüge uns retten wollen. Und mit deiner Hilfe ist es mir bisher gelungen. Hilf mir jetzt, in dieser schweren Stunde«, dachte sie, es war wie ein stummes Stoßgebet. Und dann sagte sie zu Maria: »Du sollst dir merken, dass du eigentlich jüdisch bist. Und niemand wird es wissen außer uns beiden. Das ist nämlich unser großes Geheimnis.«

»Ich will kein Geheimnis haben, Mama. Alles war so gut bis jetzt. Warum kann es nicht so bleiben? Ich will keine Jüdin sein. Die Juden sind böse und schmutzig. Wir aber sind nicht böse und schmutzig. Warum sollen wir jetzt was anders werden. Ich will das nicht, Mamachen. Bitte, bleiben wir das, was wir sind. Es ist so schön, das zu sein, was wir jetzt sind …«

Maria konnte nicht weitersprechen, denn sie weinte plötzlich wie noch nie in ihrem Leben, und sie umschlang ihre Mutter mit beiden Händen, als wollte jemand sie voneinander trennen. Beila drückte sie fest an sich und schwieg. Später, auf dem Heimweg, sprachen sie darüber kein Wort mehr. Und Beila dachte: »Jetzt weiß sie es, und dieses Wissen kann ihr niemand mehr nehmen; es wird sie begleiten auf ihrem Lebensweg. Und eines Tages wird sie selbst entscheiden, was sie sein will. Und wenn ich ihr das nicht gesagt hätte, würde sie niemals vor dieser Entscheidung stehen können.« Damit gab sie sich nun zufrieden.

Doch nach einigen Tagen, als sie zu Bett ging, war Maria noch wach und fragte: »Darf ich jetzt nicht mehr ›Vater unser‹ beten?«

»Du darfst, bis du ein anderes Gebet gelernt hast«, flüsterte Beila, »ein Gebet, das ich spreche. Aber es gibt nur einen Gott, nur einen ewigen Vater, zu dem beten alle Menschen. Jeder in seiner Sprache. Du wirst das in unserer Sprache auch eines Tages lernen. Nach dem Krieg, wenn Frieden ist. Gute Nacht, mein kleines Mädele …« Sie küsste sie auf die Stirn, und Maria schlief bald ein. Beila aber lag wie immer noch lange wach.

Seitdem Brandstetter wieder zurück war, konnten Beila und Josef sich nicht mehr jeden Tag so wie bisher sehen. Denn Josef war zurück nach Szegszárd delegiert worden. Doch manchmal kam er noch dienstlich nach Wiesenau und auch zum Forstamt ins Tal. Er versuchte es dann so einzurichten, dass er lange vor Brandstetter dort eintraf, und so konnte er sich mit Beila, die sehnsüchtig auf diese Begegnung wartete, rasch und heftig lieben. Nach der Umarmung aber mussten sie sich gleich wieder ankleiden, denn Brandstetter hätte vielleicht einmal etwas früher erscheinen können von seinem Rundgang durch das weite Forstareal, das ihm unterstand.

Nun aber hatte Josef sie für einen Tag nach Szegszárd eingeladen und ihr auch das Geld für den Autobus gegeben. Sie nahm es an, weil er ausdrücklich darauf bestand und weil sie sonst die Fahrkarte nicht hätte bezahlen können.

Es war an einem Freitagmorgen, und Beila hatte Brandstetter gesagt, sie müsse nach Szegszárd zu einem Arzt fahren. In Wiesenau gab es nämlich keinen Arzt mehr. Und auch keinen Apotheker. Dr. Adolf Steingiesser hatte man zuerst ins Getto gesteckt und dann mit den Alten, den Frauen und Kindern deportiert. Ebenso die beiden Apotheker, Josef Kahn und Emmanuel Fischler. Nun betrieben wieder wie einst die alten *babe*, die Gesundbeterinnen und Kräuterhexen, ihr geheimnisvolles Handwerk, und manche Menschen starben plötzlich dahin, und niemand wusste, warum.

An jenem Morgen verließ Beila schon um halb sechs Uhr das Haus und sagte, sie müsse heute etwas früher oben im Forstamt sein. Als sie die Puntje überquert hatte, schritt sie jedoch, so rasch sie konnte, in die andere Richtung, hinunter nach Wiesenau. Sie erreichte noch den einzigen Bus, der einmal in der Früh um sieben nach Szegszárd fuhr und am Abend gegen neun wieder zurückkehrte.

Sie würde also einen ganzen Tag mit Josef zusammen sein, der sich sonst ein Zimmer mit einem ungarischen Kollegen teilen musste. Doch diesmal war jener kurz verreist, und Josef nutzte die Gelegenheit, mit Beila wieder allein zu sein. Während der Fahrt konnte sie an nichts anderes mehr denken als an diese Umarmung ohne die ständige Angst, es könnte plötzlich Brandstetter erscheinen. Sie malte sich seine Zärtlichkeiten aus und schloss dabei die Augen, während der Bus über die holprige Landstraße fuhr.

Als sie am Busbahnhof in Szegszárd ausstieg, standen da viele Soldaten herum und auch Gendarmen. Eine laute, geschwätzige Menschenmenge drängte nach vorn zum Hauptplatz. Dort in der Nähe sollte sie sich im Kleinen Stadtpark mit Josef treffen. »Gleich neben der reformierten Kirche«, hatte er gesagt. Da steht eine Bank unter einem Kastanienbaum, und dort wollte er auf sie warten.

Sie fragte eine Frau, was da los sei. Die sagte ihr, dass man jetzt die letzten Jüdinnen fortführen wird. Jene, die sich bisher versteckt hatten und nicht erkannt werden konnten. Denn manche Jüdinnen schauen gar nicht wie richtige Jüdinnen aus, sagte sie. Aber jetzt hat man alle zusammengetrieben, die sich auf den ruthenischen Dörfern verbergen konnten.

Beila trug wie immer ein Kopftuch, das sie nach der Art der rumänischen Bäuerinnen im Nacken zusammengebunden hatte. So konnte man nicht ihr Haar sehen. Ohne zu wollen, trieb sie im Menschenstrom mit, doch sie hoffte, sich irgendwann daraus befreien zu können, um zum Kleinen Stadtpark zu gelangen.

So stand sie plötzlich mit anderen Menschen auch am Rande des Bürgersteigs an der Hauptstraße, als ein großes Geschrei losging. Ein Zug mit Frauen, ebenjene Jüdinnen, die man bisher »nicht erkannt« hatte, wurde vorbeigeführt. Zu beiden Seiten marschierten Soldaten mit Gewehr und manche sogar mit aufgepflanztem Bajonett. Viele der Frauen hatten blaue und blutige Male im Gesicht, man sah, sie waren misshandelt und geschlagen worden. Einige hinkten. Die meisten blickten schweigend zu Boden, eine weinte vor sich hin und wischte sich ständig mit dem Handrücken über das blutverschmierte Gesicht. Doch manche schritten vorbei mit erhobenem Kopf und sahen stolz über die Menschen hinweg.

»Zsidó kurva! Jüdische Huren, zum Teufel mit euch!«, kreischte eine Frauenstimme aus der Menge. Daraufhin flogen böse Worte und Verwünschungen, die Beila bis dahin noch nicht gehört hatte. Sie stand da und kämpfte mit den Tränen. Da gingen sie, die Frauen, die nicht katholisch waren, die nicht »arisch« waren wie ihre kleine Maria, die aber anders waren als die andern, und das war ihnen jetzt zum Verhängnis geworden. Wohin ihr Weg führte und was nun folgen würde, stand in ihren verängstigten Gesichtern. Für sie gab es keine Hoffnung mehr. »Mein Gott, Ewiger«, dachte sie, »wo bist du? Warum darf das hier geschehen?«

In diesem Augenblick krachten plötzlich zwei Schüsse. Sie zerfetzten das Geschrei, das vom Pöbel hochwirbelte. Eine Jüdin hatte versucht auszubrechen, um in der Menschenmenge zu verschwinden. Sie hatte gehofft, diese Menge würde sich ein wenig öffnen, sie einlassen und dadurch vor den Verfolgern schützen. Doch die Menschen schrien und wichen nicht beiseite, und der Soldat schoss sofort aus nächster Nähe. Nun lag die Frau in ihrem Blut am Boden. Und ihre weit aufgerissenen Augen starrten zum Himmel, von dem teilnahmslos die Sonne schien.

Der Zug kam zum Stehen. Die Soldaten bildeten einen Kordon, legten an und zielten auf die Frauen. »Wenn jemand sich bewegt, wird er sofort erschossen!«, rief ein Offizier, der bis dahin auf einem Pferd vorangeritten war. Nun kam er zu dem Soldaten, der geschossen hatte, und sagte: »Du Idiot, du hättest sie nicht töten sollen. Wozu hast du das Bajonett? Die sind ja abgezählt. Und jetzt fehlt uns eine!« Dann ritt er fluchend zurück, und der Zug setzte sich wieder in Bewegung.

Der Soldat aber sah sich um, und weil er zufällig Beila erblickte, fasste er sie am Arm, riss sie weg vom Gehsteig und stieß sie in die Reihe: »Los, vorwärts, marsch!«

Doch Beila schrie, so laut sie konnte, auf Ungarisch, es war jener Satz, den sie einst in Schantz gelernt hatte: »Én nem vagyok zsidó asszany! (Ich bin keine Jüdin!)«

»Most az vagy! (Jetzt bist du eine!)«, sagte der Soldat unbeeindruckt und versetzte ihr zur Bekräftigung mit dem Gewehrkolben einen Stoß in den Rücken. Beila schnappte nach Luft. Und da erhielt sie gleich noch einen Schlag auf die Brust, und nun taumelte sie ein wenig.

»Vielleicht träum ich das nur«, dachte sie, »hoffentlich wach ich gleich auf.« Und sie rief immer wieder jenen Satz auf Ungarisch, dass sie keine Jüdin sei. Es war wie in jenem Albtraum, als sie von Bondar vor den vielen Menschen vergewaltigt wurde. Doch diesmal gab es kein Erwachen mehr. Und es kam ihr auch niemand zu Hilfe. Sie dachte an Josef, der jetzt irgendwo auf einer Bank saß und vergeblich auf sie wartete. Und sie dachte an Maria, die jetzt in der Schule war. Die Welt schien sich plötzlich zu drehen wie in einem wilden Karussell. Eine Frau, die neben ihr ging, stützte sie und sagte: »Wenn du jetzt hinfällst, erschießen sie dich gleich hier!«

An jenem Abend wartete Katharina vergeblich auf Beila. Und Maria merkte erst am Morgen, dass sie in der Nacht allein im Bett gelegen hatte. Sie warteten noch einige Tage, denn niemand wusste, dass Beila nach Szegszárd gefahren war. Als Franz Hotzberger sich bei der Gendarmerie in Wiesenau nach dem Verbleib von Berta Altmann erkundigte, sagte man ihm, dass eine Frau mit diesem Namen nirgendwo registriert worden sei. Ein Unfall mit ihr im Zusammenhang ist nicht gemeldet worden. So war Beila plötzlich wie vom Erdboden verschwunden. Und Josef Kleinhuber kam bald danach zu Katharina und erzählte, dass er stundenlang auf sie gewartet hatte. Und er sagte auch, dass er an jenem Freitag Beila fragen wollte, ob sie seine Frau werden will. Doch nun weiß niemand, wohin sie verschwunden ist. Und wieso sie einfach so fortgehen konnte, ohne eine Nachricht zu hinterlassen? Für ihn ist das unverständlich. Auch bei der Polizeistelle in Szegszárd konnte er im Zusammenhang mit »Berta« nichts in Erfahrung bringen.

Beila wurde nie wieder gesehen. Und so endet hier ihre Geschichte.

Nein, eigentlich endet sie anderswo, nicht weit weg von jener Stadt. Doch das wusste man damals noch nicht. Das wurde erst später bekannt.

18

Jahrzehnte später, im Sommer 1965.

Da kam eines Tages eine junge Frau aus Deutschland nach Szegszárd. Sie fuhr ein rotes Auto und parkte es vor dem katholischen Stadtpfarramt. Im Tor des Hauses nebenan stand ein unauffälliger junger Mann, in grauem Anzug mit blauer Krawatte, und notierte etwas. Sie hatte ihn bemerkt, lächelte und nickte ihm kurz zu, als würde sie ihn kennen. Rasch trat er zurück in den Schatten des Tores.

Ein Flur mit breiten Holzstiegen führte in die erste Etage zu Hochwürden János Eberlein, einem jungen Priester, der sie freundlich empfing. Sie hatte sich telefonisch angemeldet und wurde von ihm schon erwartet. Es gab Kaffee und Kuchen. Man führte ein höfliches Gespräch über alltägliche Dinge. Dann aber erkundigte sich die Deutsche nach einem Mann, der Josef oder Jozsef Kleinhuber heißt oder so geheißen hat. Eberlein suchte im Gemeinderegister und in den Matrikeln. Er sagte, dass ein Mann dieses Namens niemals Mitglied der römisch-katholischen Gemeinde in Szegszárd gewesen sei. Kleindorfer, Kleinmájer, Kleinmüller, Kleinstádler, Kleinwirt, alle diese Namen und viele andere hatte es einst hier, vor der Deportation der Schwaben und der anderen Deutschen im Januar 1945, gegeben. Doch keinen Kleinhuber. Jedenfalls nicht in der katholischen Kirchengemeinde und nach dem Jahr 1900.

Es gab damals einige jüdische Familien, die sich taufen ließen und auch ihren deutschen Nachnamen änderten. Sozusagen im Schnellverfahren. Dafür mussten sie allerdings eine nicht unbescheidene Summe Geld bezahlen, das heißt »spenden«. Und selbstverständlich ohne Quittung. Diese Konvertiten oder »Neuchristen«, wie man sie manchmal in kirchlichen Kreisen spöttisch nannte, zogen dann bald in eine andere Stadt, wo man sie nicht kannte, und tauchten so unter. Sie haben, heißt es, die Verfolgungen überlebt. Und es ist anzunehmen, dass manche von ihnen nach dem Krieg wieder zum mosaischen Glauben zurückgekehrt sind. Auch unter den »Neuchristen« gibt es laut vorliegenden Eintragungen keinen Mann namens Kleinhuber. Vielleicht ist er, sollte er Jude gewesen sein, nach Israel ausgewandert, oder er ist nach Ungarn gezogen.

»Wissen Sie, nach dem Krieg ist hier so viel passiert«, sagte Eberlein. »Leute wurden verhaftet, oder sie verschwanden einfach. Oft wusste man nicht, ob der Nachbar vielleicht schwarz über die Grenze nach Ungarn gegangen ist, um von dort irgendwie nach Österreich zu entkommen, oder ob er gerade irgendwo erschossen wurde. Dann folgte 1951 der große Schauprozess gegen den ›Schwabenbischof‹ Augustin Pacha und weitere neun Geistliche. Sie waren angeklagt worden ›wegen Spionage für den Vatikan und die Amerikaner‹ und wurden zu je achtzehn Jahren Gefängnis verurteilt. Auch einige Priester von hier sind damals eingesperrt worden, und manche haben jene Zeit nicht überlebt.«

»Ich habe nur einen katholischen Priester gekannt, als ich ein kleines Mädchen war. Aber der ist sicher mit den Deutschen aus der Bukowina umgesiedelt worden, damals, 1940. Über jene Zeit las ich vor Kurzem ein Buch – von der Vertreibung der Polen aus dem Wartheland, der Ansiedlung der Bukowinadeutschen in den ehemals polnischen Dörfern und von der Vertreibung der volksdeutschen Siedler vor Kriegsende. Da musste ich an meine Kindheit denken und an den katholischen Priester aus einem kleinen Zipser Dorf in den Karpaten«, erinnerte sich die Deutsche.

»Wissen Sie vielleicht noch, wie jener Priester geheißen hat?«

»Ja, natürlich: Bondar. Es war Pater Bondar. Den Vornamen aber weiß ich nicht mehr.«

»Pater Wenzeslaus Bondar aus Leopoldsdorf?«

»Ja, aus Leopoldsdorf. Dort haben wir damals einige Zeit lang gelebt, meine Mutter und ich. Er war ein sehr guter und frommer Mensch. Er hat uns aufgenommen wie ein Vater. Meine Mutter war seine Wirtschafterin. Wir wohnten im Pfarrhaus, und es war dort sehr schön. Ich besuchte damals den deutschen Kindergarten. Und ich erinnere mich gern zurück an jene Monate im Sommer 1940. Auch an seine Religionsstunden. Lebt Pater Bondar noch?«

»Nein, er lebt nicht mehr. Man hat ihn nach der Wende verhaftet und eingesperrt, und er ist im Gefängnis gestorben. In Aiud, falls Ihnen der Name was sagt. Ein Ort des Grauens, erzählen jene, die dort waren. Es gab einen inszenierten Prozess, denn ihm wurde vorgeworfen, er hätte Kinder missbraucht, was natürlich nicht stimmte. Eine Anklage, die man damals auch gegen andere katholische Geistliche erhob. Es fanden sich rasch ein paar lügnerische Zeugen, die das bestätigten. Und das Gericht glaubte ihnen gern, denn es ging ja um den guten Ruf eines Priesters und somit auch um das Ansehen der Kirche. Und man verurteilte Pater Bondar dann zu zehn Jahren Haft. Nach drei Jahren aber war er tot. Was genau im Gefängnis geschehen ist, wird man vielleicht niemals erfahren. Kriminelle haben ja bekanntlich kein Erbarmen mit Verurteilten, die wegen Kindesmissbrauchs eingesperrt werden. Wir wollen jetzt eine Dokumentation zusammenstellen, um sein Andenken post mortem von den Anschuldigungen zu säubern. Er wird in die Reihe der Märtyrer aufsteigen, an deren unsichtbarer Galerie wir gerade arbeiten. Und da ist jede unmittelbare Aussage eines Zeitzeugen für uns sehr wichtig und wertvoll. Darf ich Sie fragen, ob Sie bereit wären, schriftlich zu erklären, dass Pater Bondar aus Leopoldsdorf ein guter, christlicher Mensch war, ›wie ein Vater‹, wie Sie sagten?« Eberlein sah sie bittend an.

»Aber selbstverständlich«, erwiderte die deutsche Frau. »Das ist ja nur die Wahrheit. Für meine Mutter und mich war er immer wie ein gütiger Vater.«

Und dann diktierte ihr Pater Eberlein eine kurze, doch aussagestarke Erklärung, die sie »mit gutem Wissen und

Gewissen« niederschrieb und unterzeichnete und somit bestätigte, dass Pater Bondar sich ihr und anderen Kindern gegenüber immer tadellos und »wie ein Vater« benommen habe. Auch sei er ein großer Menschenfreund gewesen.

Doch bevor sie sich verabschiedete, fragte sie noch, ob Eberlein vielleicht zufällig auch etwas über das Schicksal einer Jüdin wisse, die 1944 an einem bestimmten Tag hier in Szegszárd war und dann plötzlich verschwunden ist.

Das sei lange vor seiner Amtszeit gewesen, sagte er, doch es gäbe da einen jüdischen Schriftsteller, Wilhelm Bruckstein, der die Geschichte der Szegszárder Juden aufgezeichnet hat. Vielleicht könnte der ihr weiterhelfen.

»Sehen Sie, ich bin Ungar«, sagte Eberlein beim Abschied, »doch befasse ich mich auch mit dem Schicksal der Schwaben, die einst hier gelebt haben, im ehemals deutschen Stadtteil, in der Svábuca, der Schwabengasse. Dort stehen auch das Haus meiner Eltern und die beiden Häuser meiner Großeltern. Von ihnen lebt niemand mehr. Meine beiden Eltern wurden zur Zwangsarbeit in die Sowjetunion deportiert. Sie starben im Lager Rowinki im Donezgebiet, zuerst meine Mutter, dann mein Vater. Als ich das erfuhr, wusste ich: Es gibt nur noch einen Beruf für mich – ich muss Priester werden. Ein guter Priester, ein Menschenfreund, so wie Hochwürden Bondar und viele andere …«

Bruckstein freute sich über den Besuch aus Deutschland. »Meist kommen junge Leute aus Israel und den

USA, die nach ihren Ahnen forschen. Ganz selten ist auch jemand aus Deutschland unter ihnen«, sagte er. Es sind Kinder der Überlebenden. Die führt er dann zuerst auf den Friedhof. Dort sprechen sie ein Kaddisch und fotografieren nachher die Gräber ihrer Vorfahren. Dann wollen sie immer auch wissen, wo das Haus ihrer Eltern steht oder gestanden hat, wo die Eltern zur Schule gegangen sind. Oft haben sie kleine Tonbandgeräte mit und nehmen alles auf, was er ihnen unterwegs erzählt. Manchmal, habe er gehört, kommen auch ältere Menschen her, ehemalige Szegszárder. Die aber brauchen seine Hilfe nicht. Sie kennen alle Wege. Auch den zum Guten Ort, dem Friedhof, wo jene liegen, die ein Grab haben. Diese Besucher bleiben nur ein, zwei Tage; sie gehen still und unbemerkt durch die Gassen ihrer Erinnerungen und fahren dann wieder fort. An jenem Tag, als die letzten jüdischen Frauen von einer Sammelstelle zum Güterbahnhof geführt wurden, gab es zwei Vorfälle, die mündlich überliefert sind. Mehrere Augenzeugen, die er selbst befragte, haben das Gleiche berichtet. Einmal hat eine Jüdin, als der Soldat, der seitlich vor ihr schritt, gerade wegschaute, einer Frau am Bürgersteig rasch ihr Kind gegeben. ›Bitte, sorg auf es!‹, soll sie gesagt haben. Mehr nicht. Dann ging sie im Zug weiter, ohne sich umzusehen. Der Soldat hatte nichts bemerkt, und die Frau verschwand sofort mit dem Kind im Arm in der gaffenden Menge. Jenes Kind war ein Mädchen. Es dürfte keine zwei Jahre alt gewesen sein und wusste nur seinen Vornamen: Erika. Der Name klingt zwar ein wenig deutsch.

Doch wenn man ihn ungarisch ausspricht, ›Ärikå‹, ist es ein ungarischer Name. Außerdem hatten viele Juden deutsche Vornamen, wie Adolf, Otto, Hermann, Alfred oder Martha, Paula, Ilse. Diese Erika wurde nach dem Krieg von einem älteren Ehepaar, das die Deportationen überlebt hatte, adoptiert. Denn die leibliche Mutter meldete sich nicht mehr. Später wanderte die Familie nach Israel aus. Und dann war noch etwas. Eine Frau, die damals zufällig am Bürgersteig stand, als die Jüdinnen vorbeigingen, wurde plötzlich verhaftet und musste mit den anderen mitmarschieren. Zuvor hatte man eine Jüdin erschossen, als die ausbrechen und davonlaufen wollte. Und dann wurde willkürlich diese Frau verhaftet und musste anstelle der andern mitgehen. Sie war aber anscheinend keine Jüdin gewesen. Denn sie hat immer wieder geschrien, auf Ungarisch und auch auf Deutsch, dass sie keine Jüdin sei. Doch die Faschisten hat das nicht beeindruckt. Der Transport ist dann aber aus irgendeinem Grund nicht mehr abgegangen, und man hat die Frauen auf eine Wiese getrieben, nahe der Theiß. Dort wurden sie erschossen und in den Fluss geworfen. Wer genau ihre Mörder waren, ist, wie so viele andere Verbrechen, noch nicht eindeutig geklärt. Einmal heißt es, die ungarischen Faschisten wären es gewesen, doch dann wird behauptet, eine SS-Einheit, die sich auf dem Rückzug hier kurz aufhielt, hätte das getan. Doch letztendlich ist es unwesentlich, durch wessen Kugel man stirbt. Und jene Täter sind sowieso längst über alle Berge. Den Frauen aber hat man nicht nur das Leben genommen, sondern auch den Tod, denn sie haben kein Grab, und niemand kennt den Ort, wo sie liegen. Die Exekution soll nur ein paar Minuten gedauert haben. In der Nähe gibt es ein rumänisches Dorf. Einige Bauern haben die Schreie und die Schüsse gehört. Und als sie am nächsten Tag hingingen, fanden sie jede Menge Patronenhülsen. Im Ufersand waren noch überall Blutlachen, doch keine von den toten Jüdinnen. Später haben Kinder diese Patronenhülsen eingesammelt und damit gespielt. Doch darüber wurde damals nicht gesprochen. Die Bauern schwiegen, aus Angst vor dem Militär und den Gendarmen. Erst sechs Jahre später begann man, nach dem Schicksal jener Frauen zu forschen. Die Zeiten hatten sich geändert. Die Kommunisten waren an die Macht gekommen. Und nun rückten auch die Bauern mit der Sprache heraus und erzählten, was sie damals gehört hatten.«

»Doch auch diese Zeit, muss man sagen, hält sich manchmal die Ohren zu, wenn es um das Schicksal der Juden geht«, sagte Bruckstein. »Denn dann kommt auch die Rede auf die jüdischen Besitztümer, auf Häuser und Grundstücke. Die wurden nämlich in den letzten dreißig Jahren gleich zweimal gestohlen. Einmal waren die Räuber die Faschisten und ihr Staat. Das nannte man dann ›Arisierung‹. Beim zweiten Mal, 1947, nahm man jenen Räubern das Raubgut wieder weg. Nun waren es die Kommunisten. Und sie nannten das ›Enteignung‹ oder ›Verstaatlichung‹. Was die Faschisten ›arisiert‹ und gestohlen hatten, wurde nun ›Volkseigentum‹. Ob einst jemand auch die Kommunisten bestehlen oder beerben wird, steht in den Sternen. Es könnte aber sein, dass dann, sollten sich diese Zeiten tatsächlich einmal ändern, die ehemaligen Faschisten, wenn sie noch am Leben sind, die Rolle der Verfolgten spielen werden. Die ehemaligen Faschisten, unter ihnen auch jene Räuber und Mörder, wären dann die Opfer des heutigen Regimes … Denn das Rad der Geschichte dreht sich immer weiter, wie in jenem alten jüdischen Nigun, dem Lied ›Von den Jahren, die dahingehn‹.«

Maria hörte nur mit halbem Ohr zu. Sie musste an jene Frau denken, die man damals, 1944, vom Bürgersteig weg verhaftet hatte. Es war ein Zufall, doch der führte sie in den sicheren Tod.

»Wie hat jene Frau, die keine Jüdin war, ausgesehen?«, fragte Maria, und ihre Stimme zitterte, denn sie ahnte die Antwort.

»Das weiß ich nicht. Eine Gewährsperson erzählte aber, als der Soldat auf sie einschlug, löste sich ihr Kopftuch und fiel zu Boden. Dann sah man, die Frau hatte rotes Haar. Mehr weiß ich nicht.«

Maria schwieg und blickte zum Fenster. Draußen zeigte sich der Tag von seiner schönsten Seite. Denn die Zeit altert nicht, die Jahre gehen und kehren immer wieder, und damals wird der Himmel ebenso unbeteiligt gelächelt haben wie heute. Und sie dachte daran, dass an jenem Tag ihre Mutter das Haus verlassen hatte, ohne sich von ihr zu verabschieden. Denn Maria schlief noch, als Beila sich leise aus der Stube schlich. Und als sie verhaftet wurde, saß Maria gerade in der Schule.

Und nachdem Maria mit den anderen Kindern schwatzend und lachend nach Hause gekommen war, aß sie wie immer in der Küche zu Mittag. Danach machte sie, wie immer, zuerst ihre Schulaufgaben. Und als sie damit fertig war, ging sie hinunter zum Bach und spielte dort mit den Nachbarskindern. Am Abend aß sie wieder, wie immer, in der Küche, und Katharina leistete ihr Gesellschaft. Sie erzählte von der Schule, was sich an jenem Tag so ereignet hatte. Es gab, wie immer, Butterbrot mit Zwetschkenleckwar, wie man bei den Zipsern die hausgemachte Pflaumenmarmelade nennt, und dazu einen Becher warme Ziegenmilch. Dann legte sie sich, wie immer, schlafen. Alles war so wie immer an jenem Tag, als ihre Mutter wie zufällig in den Tod ging.

Vielleicht fielen die Schüsse gerade damals, als sie unten am Bach lachte und Dreh-dich-nicht-um spielte. Ob die Mutter dieses helle Lachen gehört hat, als sie plötzlich diese Welt verlassen musste? Es heißt ja, dass die Sterbenden in den letzten Sekunden ihres irdischen Daseins noch einmal alle ihre Lieben kurz sehen und hören können, auch wenn diese weit weg sind. »Als ich lachte, hat sie vielleicht zum letzten Mal meinen Namen gerufen«, dachte Maria und merkte, dass ihr angesichts dieser Wahrheit keine Tränen kamen.

Sie hatte noch nie einen Menschen auf seinem letzten Weg begleitet. Und sie hatte auch nie an einem offenen Grab gestanden, um von einem Menschen Abschied zu nehmen. Wie ist das aber, wenn man so fortgehen muss für immer, allein und ohne ein gutes Wort, das man mitnimmt in die andere Welt? Nun aber wusste sie, dass ihre Mutter doch nicht ganz allein auf diesem Weg zum Fluss gegangen ist. Und sie wusste auch, dass es kein Grab gibt, in dem ihre Mutter liegt. Kein Ort, den man manchmal besuchen kann, um sich zu erinnern. Nicht einmal eine alte Eiche, an die man sich anlehnt im stillen Gedenken. Denn niemand weiß, wohin die Leichen dieser Frauen vom trägen, trüben Wasser fortgeführt wurden. »Die einen stiegen auf im Rauch«, dachte Maria, »die andern verschwanden im Wasser. So hinterließen sie keine sichtbare Spuren. Außer den Schmerz in uns, und den kann man nicht sehen. Doch man fühlt ihn jeden Tag, denn ihre Gräber sind eigentlich in unseren Herzen.«

Maria hatte die Hände gefalten und krallte die Finger jetzt fest ineinander, um sich zu beweisen, dass dieses kein Traum ist. Manchmal kommt der Schmerz zu plötzlich und ist dann so unfassbar und groß, dass man sich davon nicht mehr mit Tränen befreien kann. So wie man manchmal keine Worte findet, findet man manchmal auch keine Tränen. Der Schmerz macht einen hilflos und stumm.

»Kannten Sie vielleicht jene Frau mit dem roten Haar?«, fragte Bruckstein.

»Es war meine Mutter«, sagte Maria und merkte, dass sie jetzt an jedem weiteren Wort ersticken würde. So schwieg sie und starrte reglos vor sich hin. Denn mehr wollte sie eigentlich nicht wissen. Und auch Bruckstein sagte nichts. Es war nicht das erste Mal, dass jemand dasaß, in seinem kleinen Archiv, und er Auskunft geben musste über ein Schicksal. Dabei dachte er oft, dass vielleicht eines Tages niemand mehr kommen wird, um nach einem Angehörigen zu fragen. Einmal könnte ja auch diese lange Liste von Namen und Schicksalen zu Ende gehen, wenn alle Fragen beantwortet sind. Doch selbst dann wäre er nicht befreit vom Auftrag, den er als Überlebender vom selben Schicksal, wenn auch aus einer anderen Hand, erhalten hatte. Denn dieser Auftrag, aufzuzeichnen und zu berichten, endet niemals. Zeit seines Lebens nicht.

Als Bruckstein hörte, dass Maria bis Oktober 1944 oben im Tal, in der Nähe von Wiesenau, gewohnt hat und dort zur Schule gegangen ist, berichtete er über die Ereignisse, die sich in jenem einst vergessenen Winkel Marmatiens zugetragen haben. »Man lebte dort friedlich und fern vom Zeitgeschehen sozusagen hinter Gottes Angesicht«, meinte Bruckstein, »bis man dann eines Tages merkte, dass es kein ›Angesicht‹ gab, hinter dem man sich verstecken konnte. Und da war es zu spät …«

So erfuhr Maria, dass Ende April 1944 Adolf Eichmann, in Begleitung von László Ferenczy, das Wiesenauer Getto besichtigt hatte. Die deutschen Einwohner aber wussten weder, wer Eichmann war, noch hatten sie von Ferenczy gehört. Der einzige Mann im Ort, der wohl dabeigewesen war, als die beiden in Begleitung anderer hochkarätiger Faschisten einen kurzen Besuch im Ort machten, dürfte der Ortsgruppenleiter Stuppka gewesen sein. Doch den konnte man nach dem Krieg nicht mehr fassen. Der verschwand mit den deutschen Truppen, als diese sich von der Karpatenukraine her zurückzogen. Das war damals, als der Ortskommandant von Wiesenau die deutsche Bevölkerung zwang, das Land fluchtartig zu verlassen.

Ein Teil von jenen, die zurückblieben, weil sie ihre Heimat nicht aufgeben wollten und meinten, sie hätten nichts zu befürchten, wurden im Januar 1945 in die Sowjetunion deportiert. »Zur Aufbauarbeit«, hieß es damals. Sie sollten das wiederaufbauen, was die deutschen Truppen während des Krieges zerstört hatten. Was man heute nicht mehr weiß: Die »Volksdeutschen« aus Marmatien saßen in denselben Viehwaggons, in denen man ein Jahr vorher die Juden über Kaschau nach Auschwitz deportiert hatte. In manchen dieser Waggons waren noch die Namen eingeritzt von jüdischen Nachbarn.

»So schließt sich hier ein seltsamer Kreis«, sagte Bruckstein, »doch die einen fuhren in den sicheren Tod, die anderen aber zur Zwangsarbeit. Und aus den sowjetischen Arbeitslagern sind viele wieder zurückgekehrt. Doch wir wollen nicht aufrechnen, wie viele tote Deutsche es danach gegeben hat und wie viele toten Juden. Denn schon ein Toter ist zu viel. Und menschliches Leid kann man nicht in Zahlen und Statistiken ausdrücken. Wir aber wollen nur, dass jenes Leid nicht vergessen wird und im stummen Fluss der Zeit nicht wegschwimmt wie damals jene unbekannten Frauen.«

Und dann erzählte Bruckstein, wie es im Getto Wiesenau in jenen Wochen, 1944, zugegangen ist, als Maria noch ahnungslos und friedlich mit ihrer Mutter oben im

Tal wohnte. Niemand durfte sich dem Getto nähern, alles war abgeschlossen und bewacht, denn man sollte nicht erfahren, was dort tagtäglich geschah. Doch es gibt Berichte von Überlebenden und auch Aussagen von deutschen Einwohnern, von Nachbarn und Augenzeugen, die nicht weggeschaut haben. Auch wenn sie schweigen mussten. Und es gab auch einige Einwohner, die nachts Brote über den Stacheldrahtzaun warfen. Es war eine Geste von großem Mut, doch geholfen hat das wohl kaum, denn im Getto gab es damals über dreizehntausend hungernde Menschen.

Noch unerträglicher als Hunger, Durst und Kälte waren die täglichen Grausamkeiten des Militärs und des Wachpersonals. Berüchtigt war ein ungarischer Faschist namens Lajós Fellner, genannt »Lajtschi«. Der riß den jüdischen Mädchen und Frauen die Ohrringe einfach aus den Ohren mitsamt der Haut. Nach dem Krieg gab es noch einige Überlebende mit solchen »zerteilten Ohren«. Dieser »Lajtschi« aber hat sich dann im Herbst 1944 rechtzeitig davongemacht. Er besitzt jetzt eine große Firma in Hamburg, und es geht ihm gut, heißt es. Andere, wie Bajtási, Funkenhauser, Schiesser, Roman, die haben die Leute zuerst erschossen, bevor sie ihnen Schmuck oder Uhren abnahmen. Von Funkenhauser, sagt man, soll der Ausspruch stammen: »Ich kann keinem lebenden Juden was antun, deshalb muss ich ihn vorher erschießen.«

Jüdische Eltern wurden vor ihren Kindern von Gendarmen und SS-Männern, wie Julius Fellner und anderen, geschlagen und gedemütigt. (Der »deutsche Fellner«

war übrigens nicht verwandt mit dem »ungarischen Fellner«, dem »Lajtschi«.) Man zwang sie, Urin zu trinken oder Hundekot zu essen. Wenn sie sich dann erbrachen, mussten sie das Erbrochene wieder aufessen. Aber nicht das eigene, sondern das von einem anderen. Frauen und Mädchen wurden vor ihren Ehemännern und Eltern vergewaltigt. Wer sich wehrte, wurde sofort erschossen. Bei den »Kontrollen« der Intimbereiche, wo man vermutete, dass die Betreffenden Gold versteckt hätten, wurden viele Frauen schwer verletzt. Ebenso Männer, denen man den Anus aufriß. Manche nahmen sich nachher das Leben. Andere quälten sich dahin und starben schließlich an den Verletzungen. Diese »Kontrollen« wurden meist in Gegenwart der Kinder durchgeführt. Sie mussten zusehen, wie man ihre Eltern »dort unten, vorn und hinten kontrollierte«, und sie sollten hören, wie diese vor Schmerz schrien.

»Genug! Bitte erzählen Sie nicht weiter!«, sagte Maria. »Ich kann das nicht hören … es ist zu furchtbar.« Und dann versuchte sie vergeblich, die Tränen zurückzuhalten, zu verdrängen, hinunterzuwürgen. Sie schluckte ein paar Mal, doch sie schaffte es nicht, und es schüttelte sie plötzlich ein Schluchzen. Und sie wusste, so viele Tränen hat man gar nicht, um diesen Schmerz fortzuweinen. Er wird immer dasein, ein Leben lang.

19

Am 10. Oktober 1944 mussten die deutschen Einwohner Wiesenau fluchtartig verlassen. Auf Befehl des Ortskommandanten der deutschen Wehrmacht sollte der Marktflecken in wenigen Stunden geräumt werden. Denn von oben im Tal rückten schon die russischen Truppen vor, und man konnte ihre Geschütze hören. Die Holzfällersiedlungen Feinen, Kuselwies und Barthau hatte man bereits aufgegeben und verlassen, und inzwischen waren sie von den Russen besetzt worden.

Am Bahnhof wartete schon ein langer Güterzug, und die Menschen strömten herbei in großer Eile und zwängten sich in die Wagen hinein, niemand wollte zurückbleiben. Zwischendurch hörte man immer wieder das russische Artilleriefeuer, und es schien schon sehr nahe zu sein. Deutsche Soldaten rannten aufgeregt hin und her, schleppten große Kisten zu einem Lastwagen, und ein Offizier brüllte ständig neue Befehle. Es herrschte allgemeine Panik, und es war ein unheilvolles Durcheinander. In einem dieser Güterwagen hatten auch Franz und Katharina, zusammen mit Maria, Platz gefunden. Man kauerte auf dem Boden, jeder auf einer Kotzen, einer dicken Decke aus Schafwolle, die man mehrfach gefaltet hatte. Diese Decken und einen Rucksack mit Brot, Schinken, Speck und Käse hatten sie in der Eile mitnehmen können. Den Rucksack hielt Franz zwischen den Beinen. Sein Inhalt war ebenso lebenswichtig wie die Wolldecken, denn man wusste nicht, wohin die Fahrt gehen würde.

Die Nacht war eisig kalt und hell erleuchtet. Der Mond starrte bleich und seltsam still hinunter ins laute Tal, und am Himmel über den dunklen Karpaten blühten wie immer zahllose Sterne. Katharina versuchte, ihre Tränen zu unterdrücken. Sie würgte ein paar Mal und sagte dann: »Die Sterne der Heimat, wann werden wir sie wiedersehen?«

»Tie Sterne ßieht mån iberåll aaf ter Welt, tie ßein iberåll tie gleichen«, antwortete Franz, »und meglich werden mir aach aanmål unser Tål wieder ßehn.«

Den Hund hatten sie freigelassen und sich von ihm verabschiedet. Er war ihnen dann bis auf den Bahnhof gefolgt. Dort traf er aber andere herrenlos gewordene Hunde, und wahrscheinlich hat er sich ihnen angeschlossen, denn plötzlich war er verschwunden.

Nun fuhr der Zug langsam los. Die Lokomotive pfiff ein paar Mal, es sollte ein Abschiedsgruß sein, das Echo aus dem Tal trug ihn fort. Dann folgten bald mehrere Zwischenstationen, wo immer wieder deutsche Einwohner versuchten aufzusteigen, obwohl es eigentlich kaum noch Platz gab. Man hatte unterwegs alles an die schnaufende Lokomotive angehängt, was in den Depots noch vorhanden war. Und so wurde der Zug immer länger. Güterwagen, Transportwagen, einen alten Postwagen und auch Viehwagen, die in der Eile nicht einmal richtig ausgekehrt wurden. Doch das war jetzt unwichtig, denn jeder wollte nur rasch fortkommen, weil man sich vor den heranrückenden Russen fürchtete.

Wochen vorher schon hatten die Ortsgruppenleiter in den deutschen Siedlungen immer wieder über unvorstellbare Grausamkeiten berichtet. »Die Bolschewiken kennen kein Mitleid mit uns«, hieß es. Deshalb hatten sich diese Ortsgruppenleiter und die verschiedenen braunen Parteibonzen, zusammen mit ihren Familien, auch alle rechtzeitig in Sicherheit gebracht. Und zurückgebliebenen waren jene vielen, die an die tägliche Parole »Haltet aus, wir kommen!« geglaubt hatten. Sie ahnten nicht, dass aus den »Volksempfängern«, den kleinen Bakelitradios, die in den »Deutschen Häusern« standen, nur noch aufgeblasene Lügen marschierten, eingekleidet in große Worte und begleitet von tobsüchtiger Marschmusik.

Nun aber kam die Vergeltung wie ein Bumerang. Denn das, was deutsche Soldaten in den Jahren vorher auf ihrem Vormarsch in der Ukraine, in Weißrussland und anderswo angerichtet hatten, wiederholte sich jetzt in den Karpaten. Der Krieg, der einst in deutschen Stiefeln in den Osten marschiert war, kehrte nun in russischen Stiefeln zurück. Es war die Folge einer Ursache, obwohl die nun Betroffenen die Ursache selbst nicht verursacht hatten.

Doch es gab noch keine bewertenden Abstufungen des Stigmas Kollektivschuld, und so wurden Unschuldige wie auch Schuldige in gleicher Weise gestraft. Nur mit einem kleinen, doch wesentlichen Unterschied, denn

Unterschiede hatte es zwischen den »Volksgenossen« auch vorher schon gegeben. Die tatsächlich Schuldigen konnte man inzwischen nicht mehr fassen. Sie waren sich ihrer Schuld bewusst gewesen und hatten sich darum unbemerkt aus dem braunen Staub gemacht. Und so traf es, wie schon oft, jene, die gutgläubig und unbedarft dem volksdeutschen Schicksal vertraut hatten. Und dieses Schicksal, das Jahrhunderte hindurch ihre Wege bestimmt hatte, ließ sie nun einfach allein und schicksalhaft an einem Bahnhof zurück.

Dort standen sie an jenem 11. Oktober mit Frauen und Kindern, und ihr einziges Gepäckstück war oft nur ein Rucksack und vielleicht eine bäuerliche rumänische Wolldecke, eine Tscherga. Die alten Einwohner aber, solche, die nicht mehr gut laufen konnten oder krank waren, blieben zurück in den leeren Ortschaften. Sie hofften auf ein Wunder, doch eigentlich warteten sie auf den Tod. Und den konnte man schon hören. Er meldete sich an mit schwerem Geschütz.

Kleine verschlafene Bahnhöfe, wo bisher meist nur einmal am Tag ein Zug durchfuhr und sonst die Hühner des Stationsvorstehers gackerten und Hunde in der Sonne lagen, waren plötzlich erfüllt von seltsamem, lautem und gespenstisch wirkendem Treiben. So etwas hatte man bisher noch nie erlebt.

Als der Zug vorsichtig einfuhr, warteten überall Menschen. Sie drängten sich heran. Es war eine graue Lawine der Angst und Verzweiflung. Männer schrien, Frauen flehten: »Nehmt uns mit! Bitte, nehmt uns mit!« Man hörte

Kinder weinen, Hunde bellen und die scharfen Stimmen der deutschen Soldaten, die in einem eigenen Wagen mitfuhren, um den Zug zu bewachen. Doch die anderen Wagen, wo die »Volksdeutschen« saßen oder standen, waren schon überfüllt. Unbeeindruckt pfiff die Lokomotive, ließ zischend Dampf ab, setzte sich wieder langsam schnaufend in Bewegung und fuhr los.

Die Fahrt führte dann über Leordinen, Petrowa, Bystrau – ruthenische Ortschaften, wo nicht mehr angehalten wurde – bis nach Wischauthal, wo der große Bahnknotenpunkt ist. Doch von hier ging es plötzlich nicht mehr weiter. Und niemand wusste genau, warum. »Alles aussteigen!«, brüllten die Soldaten, so lang, bis sich die Wagen vollständig geleert hatten. Dann musste jeder schauen, wie er zu Fuß weiterkam.

Unter den Flüchtlingen, einem endlos scheinenden grauen Menschenstrom, sah man jetzt auch viele Bauern aus Liptschau und Apschitz, meist Ruthenen. Die hatten ihr Hab und Gut auf Ochsenwagen geladen, und obendrauf saßen ihre Kinder. Die Eltern gingen neben den Wagen her und riefen ständig, man solle ihnen Platz machen.

Doch die Straßen waren so verstopft von Menschen, die in westliche Richtung drängten, dass Franz gleich hinter dem Bahnhof einen Feldweg einschlug.

»Wu tie Sunnen untergeht, turten is Westen. Hin missen mir uns moring gehn«, sagte er.

»Mit Gottes Hilfe werden wir weiterkommen, hoffentlich nicht zu den Russen«, antwortete Katharina. Darauf erwiderte Franz nichts, er marschierte rasch voran, und Maria hatte Mühe, Schritt zu halten. Katharina führte sie an der einen Hand, in der anderen trug sie zwei Wolldecken. Die dritte Decke hatte Franz am Rucksack befestigt.

Plötzlich hörten sie das warnende Pfeifen einer Lokomotive und sahen, wie ein langer, dunkler Lastzug von Trebusch her langsam näher kam. »Kummts schnell zurick!«, rief Franz, und nun liefen sie zurück zum Bahnhof.

Als der Zug einfuhr, sah man, dass er auch einige Personenwagen mitführte, in denen sich bereits viele Menschen befanden. Doch da gab es anscheinend noch freie Plätze. Denn drin saßen meist Frauen und Kinder, und die Männer hockten oben, auf den breiten Dächern der Viehwaggons. Auf diesen Zug versuchten nun Zipser und Ruthenen, Bauern und Städter, hinaufzukommen. Man drängte sich vor und stieß einander unbarmherzig beiseite. Frauen kreischten, Männer fluchten und wurden handgreiflich, Kinder weinten. Es war wieder ein rücksichtsloses Durcheinander, bis schließlich niemand mehr hochkommen konnte, da viele schon auf den Treppen standen und sich krampfhaft am Geländer festhielten, um nicht von anderen, die noch unten waren, heruntergezerrt zu werden.

Doch Franz hatte es rechtzeitig geschafft, Maria hochzuheben und zusammen mit Katharina hineinzudrängen in den Wagen. Er selbst stand oben auf der letzten Stufe, als der Zug sich langsam in Bewegung setzte, begleitet von den Schreien und Flüchen jener, die unten geblieben waren.

So fuhren sie über Großbotschko vorbei an Weißkirchen an der Theiß und dann im Karpatenland das Theresiental hoch bis nach Teutschenau. Da hieß es plötzlich, dass alle aussteigen müssen, denn die deutschen Truppen hatten auf ihrem Rückzug kurz zuvor die Brücke bei Bustenhausen zerstört. So bewegte sich jetzt ein langer Menschenstrom von Flüchtlingen zu Fuß weiter in Richtung Chusst und Rotmarkt. Doch auch von Rotmarkt und Beregszász gab es keine Zugverbindung mehr. Und so mussten Franz, Katharina und Maria wieder zu Fuß weitermarschieren bis nach Tschopp. Dort verbrachten sie einen Tag und eine Nacht auf dem Bahnhof, in der Hoffnung, es könnte vielleicht doch noch ein Zug vorbeikommen, und der würde sie dann mitnehmen.

Hier sah es ähnlich aus wie in Wischauthal und auf den anderen Bahnhöfen. Überall warteten Menschen. Oft Familien mit mehreren Kindern, die auf den Gepäckstücken hockten. Das musste so sein, denn wenn jemand nicht aufpasste, wurde er sofort bestohlen. Auf dem Bahnsteig brannten ein paar Feuerchen, und man versuchte, sich ein wenig die Hände zu wärmen. Es waren meist Ruthenen, Frauen, Kinder und auch einige Männer, anscheinend Ungarn, die auf irgendeine Weise dem Wehrdienst entkommen waren. In einem Warteraum saßen sechs SS-Leute, fünf Soldaten und ein Offizier. Sie rauchten, lachten und tranken etwas in kleinen Schlucken aus einer Flasche, die immer wieder reihum ging.

Sie schienen guter Laune zu sein. Wahrscheinlich glaubten sie immer noch an den »Endsieg«.

Plötzlich erhob sich der Offizier, sagte etwas und kam in Begleitung von zwei seiner Soldaten heraus. Er hatte nämlich unter dem Volk draußen einen Mann erspäht, als der zufällig mit einer Frau und zwei kleinen Buben am Fenster vorbeiging.

»He, du! Herkommen!«, rief er.

Der Mann blieb stehen, zeigte auf sich, nickte mit dem Kopf und sah den Offizier fragend an.

»Ja, du! Herkommen!«

Der Mann sah aus wie ein Bauer. Er hatte einen kurzen schwarzen Bart, trug schwarze Stiefel, eine Schildmütze und einen dunklen Rock.

»Bist du ein Jud?«, fragte der Offizier.

»Nein«, antwortete der Mann, »ich bin ein Volksdeitscher.« Und sein Gesicht wurde dabei weiß wie die getünchte Hauswand hinter ihm. Die Frau und die beiden Buben standen daneben, sie starrten den Offizier ängstlich an und sagten nichts. Rasch hatte sich ein neugieriger Kreis gebildet, und jene, die weiter hinten standen, beklagten sich, dass sie nicht sehen können, was da vorn geschieht.

»Ein *Volksdeitscher*?«, lachte der Offizier. »Dann sag das ›Vaterunser‹ auf, hier vor dem Christenvolk. Na, los!«

»Ich kann nicht beten vor die Leite«, erwiderte der Mann mit kläglicher Stimme.

»*Vor die Leite* kannst du nicht beten?«, höhnte nun der Offizier. »Dann Hose runter. Schnell!«

»Bitte nicht, Herr. Nicht hier vor die Leite, bitte nicht«, flehte der Mann.

»Hier, *vor die Leite*, lässt du die Hose herunter, du Judenschwein. Und deine beiden kleinen Ferkel auch! Na, wird's bald!«, brüllte der Offizier.

Als der Mann immer noch zögerte, kamen die Soldaten und rissen ihm einfach die Hose herunter. Und nun sah man, dass sein Glied beschnitten war. Und auch die beiden kleinen Buben waren beschnitten. Sie standen hilflos da, weinten und schämten sich vor den lachenden Menschen, die sich über sie lustig machten.

»Hosen hoch und ab!«, befahl der Offizier. Dann wurden die vier zur Wand eines Schuppens geführt.

Der Mann sagte noch: »Wir mechten vorher beten. Bitte lassens uns noch beten, gnädiger Herr!«

»Hier wird nicht gebetet!«, rief der Offizier. »Wir sind hier nicht in einer Kirche!« Dann legten die Soldaten an. Es krachten ein paar Schüsse, und die Familie sank schweigend in die Knie. Sie hatten sich vorher an den Händen gefasst. Die Buben waren in der Mitte und zu beiden Seiten die Eltern. Und sie hielten sich immer noch aneinander fest, als sie schon stumm am Boden lagen. Der Offizier aber und seine Soldaten gingen zurück in den Warteraum, und kurz danach konnte man wieder sehen, wie sie die Flasche kreisen ließen und lachten. Vielleicht war es aber schon eine andere, die sie inzwischen geöffnet hatten.

Erst als die Menschen sich verteilt hatten und zu ihren Feuerchen zurückgekehrt waren, sah Maria die toten Juden. Ein alter Ruthene mit langem, weißem Bart stand bei ihnen. Er nahm die Fellmütze vom Kopf und strich mit der rechten Hand langsam über ihre angstvollen offenen Augen, sodass sie nicht mehr in diese Welt blicken mussten. Dann schien es, als würde er beten. Es war sicher nicht jenes Gebet, das vorher die Juden sprechen wollten. Doch sollte es wirklich einen Gott geben – und in diesen Zeiten konnte man auch daran schon zweifeln –, dann würde er sicher dieses Gebet hören, denn letztendlich war es unwichtig, ob man hebräisch, ukrainisch oder sogar deutsch zu ihm sprach.

Katharina fragte: »Wieso konnte der Offizier vorher schon wissen, dass das Juden sind?«

Neben ihr saß eine junge reichsdeutsche Lehrerin, Elfriede Spähnle, die sich ihnen in Rotmarkt angeschlossen hatte. Und die meinte: »Daran hab ich zuvor auch schon gedacht. Ich hätte die nämlich nicht erkannt. Aber die SS, das sind geschulte Männer. Die merken das sofort. Die haben einen Blick dafür. Die wissen gleich, wer Deutscher ist, wer Jud, wer Zigeuner.« Das sagte sie so, als würde sie vom Wetter sprechen. Doch ein seltsamer, verächtlich scheinender Beiklang färbte diese Worte. Es war ein Ton, der verhalten mitschwang, erbittert und zornig, und der war ganz neu und ungewöhnlich. Katharina horchte auf, und bevor sie weiterdenken und vielleicht etwas fragen konnte, fügte die Lehrerin noch ein einziges Wort hinzu: »Leider ...«, als würde sie es bedauern, dass es Männer gibt, die man auf solche Art »geschult« hatte.

Und plötzlich rückte die Lehrerin näher an Katharina heran und sagte rasch und leise, so, als müsse sie schnell etwas loswerden: »Gnade uns Gott, wenn der Führer diesen Krieg verliert, habe ich mir manchmal gedacht, als ich noch in Unterschönborn an der deutschen Schule war. Unterschönborn ist eine von vielen deutschen Gemeinden oben im Karpatenland, bei Uschgorod, das einmal Ungersmarkt hieß. Und jetzt ist der Krieg tatsächlich verloren. Es ist aus, Frau Hotzberger. Was wir jetzt erleben, ist der Anfang vom bitteren Ende. Und bald folgt das Ende vom Ende. Das ganze Ostdeutschtum wird untergehen. Und auch die vielen Ukrainer und Ungarn mit deutschen Familiennamen, deren Kinder ich deutsch unterrichtet habe, um sie zurückzuholen zur volksdeutschen Gemeinschaft. Einige dieser Familien sind inzwischen geflüchtet, andere sind zurückgeblieben. Und wenn sie den Krieg überleben, werden sie wieder das sein, was sie waren, als wir von unserem Institut aus Stuttgart hingeschickt wurden: Ukrainer, Ungarn, Polen, Russen – aber mit deutsch klingenden Familiennamen …«

»Ich kenn nur die Siebenbürger Sachsen und die Zipser in der Maramuresch. Hier weiß niemand, dass es auch dort deutsche Dörfer gibt«, sagte Katharina ein wenig verwundert über das, was sie soeben gehört hatte, denn ihre Welt lag in einem vergessenen Tal in den rumänischen Waldkarpaten.

»Gegeben hat, wird man bald sagen müssen, gegeben hat, denn auch die Einwohner von Oberschönborn, Pausching, Birkendorf, Mädchendorf, Bartdorf, Lallendorf, und wie sie alle heißen, sind auf der Flucht. Das halbe Palanoker Land ist schon geräumt. Alles verloren, alles dahin …«

»Aber warum tun diese hier das dann, wenn alles schon verloren ist. Warum haben sie diese armen Leute erschießen müssen? Warum? Das versteh ich nicht«, flüsterte Katharina mehr für sich.

Doch die Lehrerin hatte diese Worte gehört und meinte: »Weil Himmler das so verlangt hat in seinen ›Zwölf Geboten‹. Es heißt da ganz klar, dass ›die Juden ausgerottet werden müssen‹ und dass ›dieses Volk von der Erde verschwinden muss‹.«

»Wer ist der Himmler?«, fragte Katharina, und es war ihr ein wenig peinlich, dass sie das nicht wusste.

Und Franz sagte: »Vun tem håb i aa kejnmål nit awås gheert. Mir wissen nur vum Hitler, tem Fiehrer, ter immer ßo schreit, wånn er redt.«

»Der Reichsführer SS Heinrich Himmler. Na ja, Sie haben bisher irgendwo in den Karpaten gelebt, weit weg vom Krieg. Und so können Sie auch nicht wissen, wer alles hinter dem steht, was wir hier täglich sehen müssen. Auch ich habe auf dem Lande gelebt und deutschstämmige Kinder in ihrer vergessenen Muttersprache unterrichtet, doch ich habe Zeitung gelesen, den ›Völkischen Beobachter‹ und das ›Südostdeutsche Tageblatt‹, das in Hermannstadt erscheint. Und ich wusste Bescheid, was so im Osten geschieht. Als ich sah, was die mit den Juden machen, ahnte ich: Das kann kein gutes Ende nehmen … Ich glaube nicht an Gott, aber es gibt sicher eine höhere Gerechtigkeit, und einmal kommt jeder vor dieses unsichtbare Gericht und muss Rede und Antwort stehen. Ich hatte eine Kollegin, die war zu Besuch in Wischnitz. Das ist ein Marktflecken oben in Transkarpatien, eigentlich schon im Buchenland. Dort hat die SS an einem Feiertag die große alte Holzsynagoge angezündet. Die war damals gerade voll mit Menschen. Männer, Frauen, Kinder. Die ganze Gemeinde hatte sich zu dem Fest versammelt. Und die ganze Gemeinde ist dann in ihrem eigenen Gotteshaus verbrannt. Denn die Türen hatte man vorher von außen mit Brettern zugenagelt. Einige, die durch die Fenster springen wollten, wurden erschossen … Eine Stunde lang konnte man die Schreie der Menschen hören. Meine Kollegin, auch Reichsdeutsche wie ich, hat das selbst erlebt. ›Man muss sich immerzu schämen, dass so etwas geschehen konnte‹, hat sie nachher zu mir gesagt. Und dann wollte sie nicht mehr unterrichten und ist heimgereist. Ich habe ihr noch gesagt: ›Deutsch ist nicht nur die Sprache des Führers und seiner Leute. Sie ist auch die Sprache von Goethe und Schiller.‹ Doch sie hat gemeint: ›Jetzt ist sie nur noch die Sprache von diesen, die Gotteshäuser in Brand stecken. Denn das haben sie ja auch schon in der Reichskristallnacht gemacht.‹«

Weder Katharina noch Franz hatten jemals etwas von einer »Reichskristallnacht« gehört. Doch sie schämten sich, ihre Unwissenheit zu zeigen, und schwiegen.

Dann fragte Katharina: »Und was wird sein, wenn der Krieg zu Ende ist?«

Darauf aber antwortete nun Franz, und Maria musste sich später immer wieder an diese Worte erinnern: »Ter Herrgott wird ßie stårk åbstråfen. Aanmol håt ßeini Geduld a Eck!« Das sollte heißen, dass einmal auch seine Geduld zu Ende ist.

»Manche wurden schon ›abgestraft‹, Herr Hotzberger«, sagte die Lehrerin. »Und es werden immer mehr sein, die ›abgestraft‹ werden. Ganz gleich, wo sie sich befinden – draußen an den Fronten oder daheim im Reich, wo jede Nacht die Bomben vom Himmel fallen … Ich hatte zwei jüngere Brüder; der eine ist in Afrika gefallen, der andere in Russland, im fernen Ural. Und heute frage ich mich: Warum? Warum mussten sie nach Afrika gehen oder in den Ural? Was hatten sie dort zu suchen? Und warum mussten sie sterben? Sie waren so jung, gesund, fröhlich und ahnungslos, als sie fortzogen in den Tod. Und jene, die sie in den Tod schickten, leben alle noch und reden immer wieder vom ›Endsieg‹, wie der Goebbels in Berlin … Mein einziger Trost ist, dass meine Brüder nicht bei der SS waren. Denn dann würden sie auch zu diesen gehören, die wir zuvor hier gesehen haben. Aber letzten Endes zählt nur das eine: leben oder sterben. Zu Hause im Bombenhagel oder draußen im Schützengraben. Ob es dann ein ›Heldentod‹ war oder nicht, ist für den Toten unwichtig. Und auch für die Angehörigen, die zurückbleiben – die Mütter, die Ehefrauen, die Verlobten, die Verliebten. Und auch für die vielen Waisenkinder. Und dieser hinkende Goebbels mit seiner Stimme, die wie eine Keule klingt, der wird niemals in den Krieg ziehen müssen ... Mein Vater ist ein harter Mann, und er war früher vom Führer sehr begeistert. Der Führer war sozusagen sein ›lieber Gott‹. Doch als er dann die Nachricht erhielt, dass auch sein zweiter Sohn gefallen ist, ›für Führer und Vaterland‹, so ähnlich hieß es, da hat er zum ersten Mal geweint. Mein selbstbewusster, strenger Vater hat richtig geweint. Wie ein kleiner Junge. Er hielt meine Mutter fest in den Armen, und beide heulten laut und hemmungslos. Ich kann den Anblick nicht vergessen. Und ich werde auch niemals vergessen, was sich zuvor hier zugetragen hat ...«

Zufällig kam jetzt ein Mann vorbei, blieb kurz stehen, sah herüber, und Elfriede redete nicht weiter. Sie sagte aber auch nichts mehr, als jener Unbekannte sich wieder entfernt hatte. Selbst in dieser aussichtslosen Lage gab es immer noch Spitzel und Denunzianten. Sie horchten auf das, was der geschwätzige Volksmund manchmal unbedacht sagte, und meldeten das sogleich dem nächsten Soldaten. Und dann konnte es geschehen, dass Menschen verhaftet und sogar erschossen wurden, die vorher nicht die Hosen herunterlassen mussten.

Katharina schämte sich, nochmals zu fragen, diesmal: »Wer ist der Goebbels, der immer noch vom ›Endsieg‹ spricht?« Und Franz saß schweigend und nachdenklich da.

Maria dachte: »Wie gut, dass niemand weiß, was mein Mamale wirklich war.« Und sie stellte sich vor, wie es wäre, wenn sie jetzt dort auf dem Boden liegen würde, zusammen mit ihrer Mutter, Hand in Hand. Dieser Gedanke beschäftigte sie und ließ ihr keine Ruhe, auch in den nächsten Tagen und später nicht. Was jedoch die Ruthenen und Ungarn, die in der Nähe gestanden hatten, nun so zueinander sagten, konnte sie nicht verstehen. Es schien ihr, dass es unter ihnen welche gab, die nicht einverstanden waren mit dem, was soeben geschehen war.

Als am nächsten Tag immer noch keine Aussicht auf eine Zugverbindung war, entschied Franz: »Uns gehn mir ßich zu Fuß weiter!« Und so führte sie ihr Weg in die Zips, woher ihre Ahnen einst, vor etwa hundertfünfzig Jahren, hinunter nach Marmatien gewandert waren, um Wiesenau zu gründen. Und in der Zips, einem Gebiet, das die Ungarn wieder ihrem Land angeschlossen hatten, ging es dann weiter – über Preschau, Kaschau, Rosenberg, Sillein, Olmütz, Königsgrätz bis nach Reichenberg, der Hauptstadt des Sudetenlands. Oft hatten sie Glück und konnten ein kurzes oder längeres Stück fahren. Immer wieder kamen Lastautos vorbei, auf denen deutsche Soldaten saßen, die sie mitnahmen, und einmal fuhren sie auch stundenlang auf einem offenen Lastzug.

In Reichenberg wurden sie zu einer Barackensiedlung neben Liebenau zugeteilt. Hier wohnten damals zeitweilig deutsche Flüchtlinge aus vielen Ostgebieten. Meist Frauen, junge und ältere, mit Kindern und Enkelkindern. Und es hieß immer noch, dass Deutschland diesen Krieg gewinnen würde, was Franz und Katharina besonders komisch fanden, denn man war ja vor Kurzem erst dem russischen Vormarsch entkommen. Und sie hatten selbst gesehen, was sich gerade im Osten abspielte. Hier aber schien man davon nichts zu wissen, überall hingen Bilder vom »Führer«, der angeblich noch eine »Wunderwaffe« bereithatte. Wenn die zum Einsatz kommen würde, wäre der »Endsieg« da, hieß es. Und es waren eigentlich jene Worte, die auch Monate vorher Ortsgruppenleiter Stuppka herausgebrüllt hatte, wenn er seine zündenden Reden hielt, bevor er eines Nachts plötzlich wortlos verschwunden war.

Es kam der Dezember, und man feierte in einem Gemeinschaftsraum Weihnachten wie einst in Wiesenau. Freilich, es gab keine zwölf Gänge wie sonst am Heiligabend und auch keinen »Gänspråden« mit »Prådeni Krumpirn« oder mit gekochten Bulbes und Schmetten wie an den Feiertagen vor dem Krieg, und es gab auch kein richtiges Weihnachtsgebäck, sondern nur einen seltsamen Kuchen aus Maismehl, beschichtet mit Marmelade. Dafür aber spielte eine Gruppe kriegsinvalider Musiker alte, vertraute Lieder, die man vorher all die Jahre gesungen hatte. Trotzdem war es recht ungewöhnlich, denn da saßen fünf junge Männer, so um die zwanzig, und von denen hatten nur drei ihre eigenen beiden Beine, und bei zwei anderen sah man nur noch kurze Stümpfe, wo vorher die Oberschenkel waren. Und da gab es zwei, die trugen dunkle Brillen, und jemand sagte, die beiden wären blind. Der eine von ihnen spielte Akkordeon und der andere Blockflöte.

Die Musik klang schön, und anscheinend war sie auch ergreifend, denn viele Frauen wischten sich immer wieder Tränen aus dem Gesicht. Maria schloss die Augen, sie hörte zu, doch hinsehen konnte sie nicht. Denn da saß ja der Krieg und machte Musik, als wäre nichts geschehen, als könnte es noch einmal eine Weihnachtszeit geben wie früher in Schradenthal, wo die Sternsinger anwünschen gingen und dafür mit Backwerk, Nüssen und Äpfeln belohnt wurden. Diese Musikanten hatten ihren Lohn vom Schicksal bereits erhalten. Alle Menschen, die da saßen und feuchte Augen hatten, konnten das sehen. Doch sie sahen nur die Folge und erkannten nicht die Ursache, weswegen diese jungen Soldaten vom Schicksal so gezeichnet wurden.

Maria aber blickte in Gedanken etwas weiter zurück, bis nach Tschopp, wo auf dem Bahnhof von anderen Musikanten, die noch eine Uniform trugen, gerade eine Familie ausgelöscht wurde. Ihre Instrumente klangen ganz anders als diese hier. Doch auch diese Musikanten hatten wahrscheinlich vor nicht allzu langer Zeit auf den gleichen Instrumenten, aus denen damals die Kugeln kamen, dem Tod ein Lied gespielt.

20

Bei dieser Weihnachtsfeier lernte Maria einen Jungen kennen, der gerade siebzehn war. Er hatte sich von der Schulbank weg zum Fronteinsatz gemeldet, denn er wollte »wie jeder deutsche Mann« gegen die Russen und »den Bolschewismus« kämpfen, wurde aber wegen eines Augenleidens zurückgestellt. Nun arbeitete er als Sanitäter im Lazarett des Flüchtlingslagers. Heinz stammte aus Bessarabien, genauer gesagt aus einem deutschen Dorf südlich von Tarutino, einer Stadt, in der einst Rumänen, Juden, Deutsche, Russen, Tataren und Gagausen lebten. Doch das war noch vor dem Krieg, der mit Vertreibungen und Umsiedlungen begonnen hatte und sich nun wieder mit Vertreibungen dem Ende näherte.

Als Maria mit ihm zum ersten Mal sprach, erzählte er: »Ich bin in Paris geboren. Wir wurden dann 1940 umgesiedelt ins Wartheland, das sollte ›polenfrei‹ und eingedeutscht werden. Darum hieß es: ›Polenpack raus, dies wird jetzt unsere neue Heimat!‹ Dann aber haben uns von dort die Polen wieder vertrieben, nach nur drei Jahren, und jetzt warten wir hier auf das, was noch kommen wird.«

»Bist du wirklich in Paris geboren?«, fragte Marie.

»Ja«, entgegnete Heinz.

»Dann bist du ja ein Franzose.«

»Nein, ich bin ein Bessarabiendeutscher«, lachte er, »aus Paris am Kogalnikfluss, achtzehn Kilometer südlich von Tarutino, gegenüber von Katzbach und nördlich von Teplitz ...«

Maria gefiel der Junge mit dem kurzen, gescheitelten Haar, obwohl seine selbstbewusste, großdeutsche Art sie ein wenig verunsicherte. Er trug eine Brille, die er aber immer gleich abnahm, wenn sie irgendwo beisammensaßen. Nur wenn er sich erhob, um zu gehen, setzte er sie sofort wieder auf. Was Maria beeindruckte, war seine reiche Sprache. Heinz verwendete Wörter und Ausdrücke, die sie noch nicht kannte, sich aber merkte, und aus dem Gespräch ihre Bedeutung zu erraten versuchte. Denn sie schämte sich, ihn danach zu fragen.

Außer jenen Zipser Jungen und Mädchen, mit denen sie bis vor Kurzem in Sachsenthal bei Wiesenau zur Schule gegangen war, hatte sie keine anderen Kinder oder Jugendlichen gekannt. Einmal saß sie mit einem Jungen, den man Joku nannte und der eigentlich Jakob Zeppelzauer hieß, am Bach. Sie warfen kleine, flache Steine quer auf das fließende Wasser, sodass diese einige Male über die Wellen hüpften. Joku war etwa fünfzehn Jahre alt. Plötzlich umarmte er sie stürmisch und gab ihr einen Kuss auf die Wange.

»Bist' verrückt?«, fragte Maria, die bis dahin noch nie von einem Jungen einen Kuss bekommen hatte.

»Ich hab dich so lieb«, sagte er und schluckte vor Aufregung.

»Wenn du das noch mal machst, hau ich dich.« Sie hatte bemerkt, wie aufgeregt er war, und das gab ihr eine gewisse Selbstsicherheit.

Doch er ließ nicht locker: »Åber i håb ti aßo lieb«, versuchte er es noch einmal, nun auf Zipserisch, und legte dabei seine schwitzende Hand auf ihr nacktes Knie.

»Ich sag's meiner Mama«, drohte Marie anscheinend böse, schob die feuchte Hand beiseite, und das wirkte.

»I håb ti nur pussen wollen, nit pucken, wie tie grußen Leit«, meinte er ein wenig verunsichert. Und es sollte eine Entschuldigung sein.

Als Maria am nächsten Tag nach der Bedeutung dieses Wortes fragte, sagte Beila, dass es etwas »ganz Schieches« bedeuten würde, etwas Hässliches, worüber man nicht spricht. Sie dachte, das würde genügen, um ein junges Mädchen vor frühreifen Erkenntnissen zu bewahren.

Mit zwölf Jahren hatte Maria zum ersten Mal ihre Regel bekommen. Sie war zu Katharina gelaufen und hatte gemeint, es müsse etwas Schlimmes geschehen sein, denn sie würde »da unten« bluten. Katharina erklärte ihr alles, was ein Mädchen wissen muss, wenn sich sein Körper langsam verändert. Doch vielleicht aus Scham oder aus einem anderen Grund vergaß Katharina, der nicht mehr so kleinen Maria noch einiges zu sagen, was sie nun ebenfalls wissen sollte. Dass nämlich ab jetzt ein Mädchen, auch wenn es vielleicht noch »ein halbes Kind« ist, selbst Kinder bekommen kann. Denn davon wusste Maria noch nichts.

Maria traf sich meist abends mit Heinz, der tagsüber »im Einsatz« war, »an der Heimatfront«, wie er sagte. Es gab hinter der Bühne des Gemeinschaftsraums eine Art Besenkammer, und da war es schön warm, und niemand kam hin. Dort saßen sie eng beisammen auf einer leeren Kiste, und er erzählte lange Geschichten vom heldenhaften Kampf der deutschen Truppen, die er im Lazarett gehört hatte. Maria hörte ihm gern zu, denn es war so beeindruckend und spannend, was er da sagte.

Zwischendurch küssten sie sich immer wieder, und Maria gefielen diese kleinen Erzählpausen, in denen man Zärtlichkeiten austauschte. Und es kam vor, dass sie ihn, bevor er weitererzählen wollte, mit einem anschmiegsamen Kuss daran hinderte. Und er begriff langsam, dass es vielleicht auch etwas anderes geben könnte als die heroischen Geschichten vom Krieg.

So kam es eines Abends, wie es kommen sollte. Nachdem sie sich inständig geküsst hatten, knöpfelte er zögernd und mit zitternden Händen ihre Bluse auf, und da schimmerten ihre beinahe schon vollendeten Brüste, die er nun aufgeregt liebkoste, was Maria geschehen ließ. Denn es war ein Gefühl da, das sie noch nicht kannte, und es schien ihr, als würde alles unter ihr wegschmelzen. »Bitte nicht«, hauchte sie ein paar Mal, denn sie fühlte, dass nun etwas geschehen könnte, was vielleicht gut war – oder auch nicht. Etwas, das sie wollte und das ihr aber auch Angst machte. Doch gleichzeitig hoffte sie auch, das zu erleben, was sie noch nicht kannte und was sie ungeduldig machte.

Wie von selbst glitt sie nach hinten auf die Kiste, und Heinz zog ihr aufgeregt das Höschen aus. Dann öffnete er rasch seinen Hosenschlitz und versuchte, sein erregtes Glied hinzuführen, wo es anscheinend erwartet wurde. Behutsam drang er in sie ein. Dabei gab es einen kleinen Ruck, und Heinz bemühte sich, ihr nicht wehzutun.

Maria aber lag unbeweglich da, sie schien überrascht und verwundert, denn auch dieses Gefühl kannte sie noch nicht. Es waren Schmerz und Lust in gleicher Weise, die sie willensschwach machten. Er stöhnte und seufzte plötzlich so herzerweichend, dass sie froh war, als er gleich danach erleichtert aufatmete und sich wieder erhob. Ein wenig verwundert über den sachlichen Ausgang der Dinge, fragte sie: »Sind wir jetzt wie Mann und Frau?«

»So ist es«, entgegnete Heinz forsch, nachdem er die Hosen hochgezogen und den Schlitz zugeknöpft hatte, »das kann man so sagen! Wir sind ein Paar!«

Er stand da, stolz und zufrieden, ein kleiner Held, der soeben einen raschen Sieg errungen hatte. Ohne langes Vorspiel, ohne einleitendes Manöver vor dem aufregenden Nahkampf, dazu war Heinz noch viel zu unerfahren.

Maria, die Besiegte, spürte, dass da etwas nicht ganz zu Ende ausgefochten wurde. Sie war ein wenig enttäuscht, dachte aber, das muss wohl so sein. Denn Heinz, der immer so klug sprach, wird sicher wissen, wie man das richtig macht.

Dann saßen sie noch ein bisschen schweigend beisammen, und Heinz erzählte jetzt keine Kriegsgeschichten mehr. Maria überlegte, ob das wirklich alles ist, was die Erwachsenen vermutlich auch manchmal tun.

»Genau so machen sie es, Mariechen«, sagte Heinz, und es schien, als würde ihn diese Frage erheitern: »Sie machen das immer wieder, denn so schnell kommt ein Kind nicht. Und bestimmt nicht beim ersten Mal.«

Doch schon bald danach ging Katharina mit Maria zum Arzt, der die Flüchtlinge betreute. Es war ein älterer Herr, und er kam auch aus dem deutschen Osten. Nachdem er Maria untersucht hatte, sagte er: »Ich glaube, Ihre Enkelin ist schwanger, Frau Hotzinger.«

»Mein Gott, wie ist das möglich?«, fragte Katharina.

»Ich weiß es nicht«, sagte Maria leise. »Es ist halt so gekommen.«

»Freuen Sie sich, Frau Hotzinger«, versuchte nun der Arzt sie auf seine Weise zu trösten, »Mariechen wird dem Führer ein Kind schenken. Denn das werden wir brauchen nach dem Endsieg: viele deutsche Kinder, die dann die eroberten Gebiete besiedeln.«

»Aber wer wird dies Kind großziehen, die Mutter ist ja selbst noch ein Kind«, sagte Katharina leise und sah dabei nachdenklich Maria an, die verschämt zu Boden blickte.

Schon am nächsten Tag nahm Katharina ihre »Enkelin« Maria an der Hand, und beide gingen zur Mutter des zukünftigen Vaters. Denn sein Vater war bei Stalingrad gefallen, und das war auch der Grund, weswegen der Sohn die Russen so hasste und gegen sie kämpfen wollte. »Wir werden unser schönes Sudetenland niemals aufgeben«, hatte er einmal zu Maria gesagt. Seine Mutter, Frau Netolitschka, arbeitete in einer »Volksküche«, und als sie kam, trocknete sie noch rasch die Hände an ihrer Schürze ab.

Dann sagte sie: »Heil Hitler!«

Doch Katharina und Maria antworteten: »Guten Tag.«

Jetzt schilderte Katharina in wenigen Worten, was sie gestern vom Arzt erfahren hatten. Frau Netolitschka war zuerst sichtlich schockiert, und als sie sich wieder gefangen hatte, wurde sie eisig und abweisend: »Mein Sohn? Das kann nicht wahr sein. Der macht so etwas nicht!«

Maria wollte das gleich richtigstellen: »Aber wir sind ein Paar, hat er nach dem ersten Mal gesagt, als es passiert ist.«

»Ja, Kindchen, vielleicht hat er das gesagt, vielleicht auch nicht. Junge Leute sagen oft dies und das. Nachher wissen sie meist nicht, was sie gesagt haben. Doch vielleicht war es ein ganz anderer, der dir das gesagt hat?«, meinte sie.

Da aber wurde Katharina böse, und es folgte ein heftiger Wortwechsel zwischen den beiden Frauen, wobei auf der einen Seite Ausdrücke fielen wie »Ostzigeuner«, »Beutegermanen«, »Hergelaufene« und noch einige mehr. Der Streit endete damit, dass Katharina und Maria wortlos wieder gingen, wobei auch Frau Netolitschka auf ihren Hitlergruß verzichtete.

Heinz ließ sich nun nicht mehr blicken, und eines Tages hörte Katharina, dass man ihn als Flakhelfer an die Front geschickt hatte. Wo diese Front nun tatsächlich war, konnte niemand mehr genau sagen. So weit weg aber, wie vor einem Jahr, war sie nicht mehr. Denn bald überstürzten sich auch hier die Ereignisse, und danach folgte die Vertreibung der Deutschen aus dem Sudetenland.

So waren Katharina und Maria Anfang Oktober wieder auf der Flucht, diesmal vor den Tschechen. Ein Militärwagen nahm sie mit, und sie erreichten bald die Grenze zu Bayern. Sie hatten Glück gehabt und konnten Liebenau rechtzeitig verlassen, bevor auch dort die Vergeltungsaktionen der Partisanen begannen.

In einem abgelegenen Dorf im Böhmerwald, wo die meisten Einwohner schon fort waren, in einem leerstehenden Haus, wurde Andreas geboren, wie Maria ihren Sohn nannte. Es war ein Flüchtlingskind ohne Vater, und die Mutter war erst knapp vierzehn. Katharina aber, die sich bei den Behörden als Marias Großmutter ausgegeben hatte, war schon einundsiebzig. Doch das sah man ihr nicht an, denn sie wirkte viel jünger. Franz lebte nicht mehr. Er war noch in Liebenau zum »Volkssturm« eingezogen worden und starb in den letzten Kriegstagen, zusammen mit anderen Zwangsrekrutierten – kriegsmüden Rentnern und fanatischen Pimpfen.

Die beiden Frauen wohnten nun mit dem kleinen Andreas auf einem bayerischen Bauernhof, nahe zu Böhmen, doch schon diesseits der Grenze, die jetzt neu festgelegt wurde. Denn das Sudetenland sollte wieder tschechisch werden, doch diesmal ohne seine deutschen

Einwohner. Und auch ohne seine Juden, denn die gab es nicht mehr.

Der Bauer hatte beide Söhne im Krieg verloren, und seither war er nachdenklich und schweigsam geworden. Manchmal sprach er tagelang kein Wort. Oft saß er abends vor dem Haus und sah ständig zum nahen Wald, durch den ein schmaler Fahrweg führte. Auf der anderen Seite gab es eine kleine Stadt. Es war der Weg, auf dem seine beiden Söhne einst in schwarzen deutschen Uniformen fortmarschiert waren, um dann nie wieder zurückzukommen. Und weil es jetzt keine Kriegsgefangenen und Fremdarbeiter mehr gab, wurde man rasch einig, was er einer Magd und Helferin bieten kann. Viel mehr als Kost und Quartier war es aber nicht, und dafür musste man täglich, außer Sonntag, manchmal sogar zehn bis zwölf Stunden schwer arbeiten.

Katharina, Maria und der kleine Andreas wohnten im Winter zu dritt in einem Raum, um Holz und Heizung zu sparen. Hier standen zwei schmale Betten und eine Wiege, in der früher auch die Söhne von Friedl und Sepp Rosendorfer gelegen hatten. Es war eng und bescheiden, doch man litt keinen Hunger, auch wenn es manchmal nur Pellkartoffeln und Milch gab, und man fühlte sich geborgen. »Eines Tages werden wir zurückkehren in die Heimat«, sagte Katharina immer wieder, und manchmal schluchzte sie still vor sich hin und fragte: »Warum musste mein guter Franzl sterben, wo alles schon längst verloren war?« Und dann, wenn niemand in der Nähe war, etwas lauter: »Verflucht soll er sein, dieser Hitler mit seinem Krieg, verflucht bis zum Jüngsten Tag.«

Rosendorfer, der das zufällig einmal hörte, weil Katharina ihn nicht bemerkt hatte, sagte, obwohl er sonst kaum redete: »Des hab ich auch schon gsagt, Katharina, hundertmal, tausendmal, aber es bringt nichts. Meine Söhne kriag ich net mehr zruck! Und manchmal denk ich, ich hab umsonst glebt.«

Jeden Sonntag ging Katharina mit Friedl und Sepp Rosendorfer in die Kirche, wo sich die meisten Einwohner aus der Umgebung trafen. Nach dem Gottesdienst stand man noch beisammen und erzählte, was sich während der Woche so zugetragen hatte. Die Männer, die den Krieg überlebt hatten, marschierten gleich »Zum Dorfwirt« und tranken dort noch eine Maß Bier und einen Schnaps. Oft kamen dann auch die Frauen in die Kneipe, um ihre Männer abzuholen.

Mit Maria gab es jedes Mal ein langes Palaver, wenn sie sich weigerte, in die Kirche mitzugehen. Sie wollte, sagte sie, bei Andreas bleiben. Auf den passte aber, wie auch sonst, die Oma Rosendorfer auf. Außerdem fand Maria den Gottesdienst fad und langweilig, den Pfarrer nannte sie »eine komische Figur«, und die Menschen, die sie neugierig ansahen, waren in ihren Augen »unerträglich«. »Was glotzen die immer so blöd, wenn ich komm?«, fragte sie.

»Du bist hübsch, Maria, und du schaust anders aus als die Mädchen von hier. Deshalb starren sie dich so an. Vielleicht findest du hier einen Mann, der dich heiraten möchte«, sagte Katharina eigentlich mehr im Spaß.

Und Maria streckte die Zunge heraus, verzog das Gesicht und meinte: »Da gibt es keinen Mann, und einen Bauernlümmel von hier werd ich bestimmt nicht heiraten.«

»Meinst du, dass der Heinz etwas Besseres war? Hast du vergessen, wie seine Mutter uns beschimpft hat?«, sagte Katharina.

»Nein, hab ich nicht«, erwiderte Maria. »Und ich bin froh, dass die nicht wissen, wohin wir gezogen sind. Denn so werden sie auch niemals Andreas sehen können.«

»Vielleicht ist Heinz gar nicht mehr am Leben«, sagte Katharina. »Vielleicht haben die Partisanen ihn und seine Mutter erschossen. Als Vergeltung für das, was man ihren Familien oder Freunden vorher angetan hat. Also nicht der Heinz selbst, sondern die Soldaten. Ich hab eine Zeitung gelesen, die Sepp mitgebracht hat. Furchtbar, was dort alles in der Hitler-Zeit passiert ist!«

21

Als der Frühling kam, sprach es sich herum, dass die amerikanischen Soldaten in der nahen Stadt einen Tanzklub eingerichtet haben. Dorthin gingen nun sonntags immer mehr deutsche Frauen, die ohne Mann geblieben waren, und Mädchen, die keinen Mann finden konnten, weil es kaum noch junge Männer gab. Sie amüsierten sich bei beschwingter Jazzmusik und lauter Fröhlichkeit, und es schien so, als wollte man alles nachholen, was man in den letzten Kriegsjahren versäumt hatte. Da gab es Getränke, Schokolade und Zigaretten, und manche Soldaten oder Offiziere verteilten großzügig kleine Geschenke. Und die Frauen und Mädchen, die hinkamen, waren dann auch großzügig und freigiebig, doch auf eine andere Art.

Maria hatte sich von Rosendorfer ein Fahrrad geliehen und radelte nun jeden Sonntagnachmittag durch den Wald in die Stadt, wo sie schon von verschiedenen Bekanntschaften erwartet wurde, die Johnny, Jimmy und Charly hießen. Es waren Namen, die sie bis dahin noch nicht gehört hatte, ein wenig fremd, aber auch irgendwie lustig. So wie auch die jungen Männer in Uniform, die wundervoll tanzen konnten und deren paar deutsche Worte oft ebenso seltsam klangen wie ihre Namen.

Katharina war ein wenig besorgt, denn sie ahnte, was bei diesen Tanzabenden nachher noch so geschah, und eines Tages sprach sie mit Maria ein ernstes Wort und machte ihr eindringlich klar, dass jetzt kein zweites uneheliches Kind mehr kommen darf: »Ich hoff, dass du inzwischen was gelernt hast, Maria. Ein Kindl ohne Vater reicht. Jetzt musst du erst einen Mann finden, der dich heiratet.«

Maria aber sagte: »Ich möchte nicht heiraten. Ich möchte nur mit meinem Freund, dem Johnny, tanzen. Das ist alles. Die Musik ist so toll, die sie machen. Nicht so wie damals zu Weihnachten, als die deutschen Soldaten spielten. Damals in Liebenau. Die Musikanten hier sind Neger, und sie spielen einfach toll. Ja, das ist richtig toll, wie die spielen. Und Johnny und die anderen nennen mich Mary. Dort bin ich die Mary. Klingt doch auch toll?«

»Toll« oder »einfach toll« gehörten zu den neuen Wörtern, die Maria von den Tanzabenden mitbrachte und die Katharina misstrauisch zur Kenntnis nahm. Einmal sagte Maria auch »okay« anstatt »gut«, und da meinte Katharina: »Gib obacht, vielleicht redest du bald nur noch amerikanisch.«

Da musste Maria lachen: »Alle Mädchen, die hingehen, reden so. Weißt du, was ›clever‹ heißt? Ich erklär's dir: ›Clever‹ heißt ›gescheit‹ oder ›spitzig‹, wie die Zipser gesagt haben. Ich red so, wie es jetzt modern ist, wie alle reden.«

Darauf wusste Katharina nichts mehr zu sagen. Und sie dachte: »Ich red weiterhin so, wie mir der Schnabel gewachsen ist und wie der Rosendorfer redet und die anderen Leute hier. Eines Tages fahren wir nach Hause zurück, und dort gibt es dann keine amerikanischen Soldaten mit ihren Tanzklubs.«

Das Heimweh war wie ein ständiger Schmerz da, und obwohl es ihr auf diesem bayerischen Bauernhof gut ging, sehnte sie sich zurück nach dem Tal mit der schwankenden Puntje, die über den Bach führte, nach ihrem kleinen Holzhaus und nach Benno, dem Hund. Ob der noch lebte? Und ob alles noch so war, wie sie es damals im Oktober in großer Eile verlassen mussten? Sie dachte beinahe jeden Tag an vergangene Zeiten, und in der Erinnerung zogen immer wieder die schönsten Stunden ihres Lebens vorbei, als sie noch mit Franz zusammen war und die Welt in Ordnung zu sein schien.

Maria sehnte sich nicht zurück nach Wiesenau. Sie betrachtete das Kapitel als abgeschlossen. Sie wollte hierbleiben in Bayern, freilich nicht bei Rosendorfers auf dem Hof, aber vielleicht in der Stadt. Sie dachte daran, nach der Schule weiterzulernen und zu studieren, obwohl sie nicht genau wusste, was man damit meint. Sie würde gern Lehrerin werden, Geschichte unterrichten oder Erdkunde, Fächer, die ihr besonders gut gefielen. Jedenfalls wollte sie ein ganz anderes Leben führen als bisher. Sie träumte auch von einem richtigen Mann, so einem wie dem Johnny. Und einmal, es war an einem Sonntag, sagte sie zu Katharina, dass sie mit diesem Johnny gern nach Amerika gehen würde. Dort wäre das Leben schön und lustig und nicht so armselig und eintönig wie hier.

Katharina verschlug es zuerst die Sprache. Dann aber legte sie los: »Bist du von allen guten Geistern verlassen?«, rief sie. »Glaubst du, das Leben besteht nur aus Tanzen und Schokolade? Und was machst du mit dem kleinen Andreas? Denkst du nicht an dein Kind? Was sollst du dort? Du kannst ja nicht einmal die Sprache!«

Darauf erwiderte Maria nichts, sie ging hinaus in den Garten, wo an einem alten Nussbaum eine Schaukel hing. Sie setzte sich drauf, gab sich Schwung und schwang die Beine. Und jedes Mal, wenn sie nach vorn schaukelte, hob sie die Beine und spreizte sie ein wenig. Das Kleid flog hoch, und man konnte ihre nackten Schenkel sehen. Im Garten nebenan jätete gerade der Sohn des Nachbarn ein Gemüsebeet. Er hatte nur noch einen Arm, der andere war ihm im Krieg von einer Granate weggerissen worden. Er unterbrach seine Arbeit und starrte auf Maria. Sie schien das zu bemerken und spreizte beim Schaukeln die Beine noch ein bisschen mehr.

Katharina stand am Fenster, und auch sie beobachtete Maria bei diesem kokettierenden Spielchen. »Die ist erst fünfzehn«, dachte sie, »doch bald wird sie sechzehn sein. Als ich so alt war, hatte ich von nichts eine Ahnung, bis ich den Franzl kennenlernte. Und auch dann dauerte es lange, bis wir es zum ersten Mal getan haben. Wie sich diese Welt verändert hat …«

An einem Sonntag im Juli kehrte Maria von ihrem Ausflug in die Stadt abends nicht zurück. Es wurde sehr spät, Katharina lag schon längst im Bett und horchte wie immer nach draußen. Doch diesmal konnte sie nicht das

Quietschen der Bremsen hören, wenn Maria vor dem Haus hielt, um danach das Fahrrad an die Wand zu lehnen und sich langsam hereinzuschleichen.

Irgendwann schlief Katharina ein, doch als sie am Morgen erwachte und sah, dass Maria nicht da war, ging sie sofort zu Sepp. Der meinte, dass sie vielleicht eine Panne hatte und deshalb nicht heimfahren konnte. Vielleicht hat sie irgendwo übernachtet, bei einer Freundin oder bei einem Freund. Kann ja möglich sein, dass sie einmal bei einem Mann geblieben ist.

Doch als Maria am Nachmittag immer noch nicht zurück war, ging Katharina kurz entschlossen ins Dorf zur Polizei und erstattete eine Vermisstenanzeige. Der einzige Polizist im Ort, Wachtmeister Moosberger, ein älterer Mann, den man noch im letzten Kriegsjahr eingestellt hatte, obwohl er eigentlich damals schon in Pension gehen sollte, gab sofort die Anzeige weiter zur Polizeizentrale in der Stadt. Und von dort kam auch bald eine telefonische Rückmeldung: Einige amerikanische Soldaten hätten gestern Abschied gefeiert und seien dann nach München gebracht worden, von wo sie vermutlich inzwischen mit einer Militärmaschine abgeflogen sind. Mit den Amerikanern seien auch drei deutsche Mädchen mitgefahren, heißt es. Doch wer diese Mädchen sind, weiß man nicht. Außerdem kann die Polizei nicht darüber wachen, dass junge Mädchen sich nicht mit Soldaten der Besatzungsmacht einlassen. In diesem Fall muss jede Frau selbst überlegen, was sie tut.

Nun wusste Katharina, dass Maria, die »Mary«, sich wahrscheinlich mit ihrem Freund Johnny einfach davongemacht hatte. Doch so leicht sollte die nicht entkommen, wo sie doch ein Kind zurückließ, und Katharina fragte den Polizeibeamten, ob man nicht nach jenem Johnny suchen kann. Schließlich habe er eine junge Mutter überredet, mit ihm zu gehen. Der kleine Sohn, gerade zwei Jahre alt, habe nun keine Mutter mehr.

Der Polizeibeamte sah sie belustigt an und lachte laut auf. Dann entschuldigte er sich und sagte, es sei nicht so gemeint gewesen. Er habe nicht über sie gelacht, sondern darüber, dass man nach einem Amerikaner namens Johnny suchen soll. Johnnys gebe es so viele wie in Bayern Männer, die Sepp heißen: »Fahnden Sie nach einem Mann namens Sepp in Bayern, gute Frau. Sie werden Hunderttausende finden, die so heißen. Und außerdem: Es gibt sehr viele Kinder, die während des Krieges ihre Mutter verloren haben ... Um sie kümmern sich Kirche und Staat, bis sie erwachsen sind. Niemand bleibt in unserem Land auf der Straße. Auch der kleine Sohn von dieser jungen Mutter nicht.«

Katharina bedankte sich und ging nach Hause. Sepp saß wie immer abends um diese Zeit auf der Bank vor dem Haus und blickte hinüber zum Wald. Katharina grüßte. Er nickte nur, weil er gerade an seine Söhne dachte und dabei nicht gestört werden wollte. Trotzdem sagte Katharina: »Maria ist mit einem Ami verschwunden, fortgefahren nach Amerika. Vielleicht kommt sie nie wieder ...«

»Was hast' gsagt?«, fragte Sepp.

»Die Maria ist mit einem Ami verschwunden.«

»Ja, mei, des ist schad. Die hätt ich gern als Schwiegertochter ghabt. Aber ich hab ja keine Buben mehr ...« Mehr sagte er dazu nicht und sah weiterhin in Gedanken zum dunklen Wald, der stumm und gleichgültig dastand und wie immer herüberstarrte auf den einsamen alten Mann.

Auch in dieser Nacht lag Katharina lange wach. Es war sehr still draußen. Der Bauer hatte keinen Hund, weil er nicht noch ein Tier füttern wollte. Die beiden Katzen gingen auf die Jagd und fingen Mäuse. Sie machten sich auf ihre Art nützlich. Ein Hund hingegen, meinte er, würde nichts tun als den ganzen lieben Tag in der Sonne liegen und schlafen.

Aus dem nahen Wald hörte man seltsame Vogelstimmen. Es schien, als würde ein Käuzchen rufen. Katharina dachte an den Huhuretz und den Totenvogel, von dem einst in Schradenthal manchmal die Rede war. Dann musste sie immer wieder auch an die Zukunft denken. Andreas hatte jetzt keine Mutter mehr, und sie war schon über siebzig. Sie war zu alt, um ihm die Mutter zu ersetzen. Daher entschloss sich Katharina, bis spätestens im Herbst zurückzufahren, nach Marmatien. Vielleicht gab es noch ihr Haus, und auch wenn die Russen beim Durchzug alles zerstört hatten, wie man immer wieder von anderen Ortschaften erzählte, dort würde sie eine Bleibe finden. Sie wäre wieder daheim, auch wenn sie kein Haus mehr hätte. Sicher gäbe es Freunde oder Bekannte, die bereits zurückgekehrt waren, und die würden ihr helfen. Vielleicht ließe sich auch jemand finden, dem sie eines Tages den kleinen Andreas anvertrauen könnte.

Am Morgen sagte sie Sepp, dass sie sich für die Rückreise vorbereiten möchte und wahrscheinlich bald abreisen werde. Er schien überrascht und verwundert, und auch Friedl konnte es nicht begreifen, dass man von hier, wo es einem doch gut ging, einfach wegziehen wollte, sozusagen ins Ungewisse, während viele Menschen in der Stadt nichts zu essen hatten. Denn dort im Osten sind ja jetzt die Russen, und wozu die fähig sind, hatte man ja während des Krieges immer wieder gehört. Und Sepp sagte: »A Russ bleibt immer das, was er ist – a Russ! Ich tät nicht hinfahren.«

Trotzdem bereitete sich Katharina auf die Heimreise vor. In ihren Reisepass wurde der kleine Andreas eingetragen, und durch ein Versehen des Beamten erhielt er den Vornamen Ambros, eine Kurzform von Ambrosius. Katharina war das recht, denn sie wollte, dass nichts mehr an die Mutter erinnern soll, die ihr Kind verlassen hatte. Und so wurde auch aus »Altmann«, diesmal aufgrund von Katharinas Angaben, einfach »Alt«, ein Name, den es in Wiesenau vor der Flucht öfter gegeben hatte. Denn Altmann klang ihr »ein wenig jüdisch«, und man konnte nicht wissen, was für Zeiten noch kommen werden. Außerdem war Berta keine Jüdin gewesen, sondern eine Deutsche aus dem Buchenland. Und dazu auch noch katholisch. Warum sollte dann ihr Enkel einen solchen Namen tragen?

Über das Rote Kreuz hatte Katharina Kontakt zu anderen Flüchtlingen aus Wiesenau aufgenommen. Einige lebten nicht weit von ihr, sodass sie eines Sonntags hinfuhr. Das Fahrrad, das sich Maria von Sepp ausgeliehen hatte, gab es nicht mehr. Und so musste Katharina sich von einer Nachbarin ein Fahrrad ausleihen, das deren Mann gehört hatte. Der war aus dem Krieg nicht mehr zurückgekehrt, und seither rostete das Rad in der Scheune vor sich hin. Sepp ölte es ein wenig, und da Reifen und Schläuche noch in Ordnung waren, konnte man damit wieder fahren.

Liesl und Wenzel Langthaler waren beide schon um die vierzig, sie hatten keine Kinder und wollten zurückfahren in die Heimat. Das war aber nur mit der Bahn möglich, und die Reise nach Wiesenau würde vielleicht zwei Tage oder mehr dauern. Katharina hatte etwas Geld gespart, doch es reichte nicht für die Fahrkarte, und Liesl Langthaler half ihr aus. Zu Hause wollte dann Katharina ihre Schuld irgendwie abzahlen.

Es war an einem Montag, als Katharina mit Ambros, wie sie ihn nun nannte, in Passau in den Zug stieg, der sie nach München bringen sollte. Ihr gegenüber saßen Liesl und Wenzel. Sie hatten außer ihren Koffern noch zwei große Körbe mit. Darin waren zwei Brote, gekochte Hühnereier und Speck als Wegzehrung. Den Proviant hatte ihnen der Bauer mitgegeben, bei dem sie »im Dienst« gewesen waren. Auch Katharina hatte von Sepp und Friedl Brot, Speck und etwas Käse mitbekommen, außerdem zwei Flaschen mit frischer Milch. Das sollte für die Reise reichen, und zu Hause würde man ja sicher etwas zu essen finden.

Doch gab es noch ein Zuhause, dort in den fernen Karpaten? Sie waren bald drei Jahre fortgewesen. Und inzwischen hatte sich die Welt in vieler Hinsicht verändert. Auch die »hinter den sieben Bergen«, wie man spöttisch sagte, das heißt hinter den marmatischen Karpaten. Während sie im Zug saßen, dachte Katharina über diese letzten schicksalhaften Jahre nach. Sie war damals mit Franz und Maria, ihrer »Enkelin«, vor den Russen geflüchtet. Und jetzt fuhr sie allein zurück, mit einem kleinen Buben und zwei Landsleuten. Zurück in den Osten, in Richtung Wien, und von dort sollte es dann weitergehen, über Budapest, Szeged, Nadlak, Großwardein, Sathmar nach Neustadt, wie Baia Mare immer noch bei den Zipsern hieß, und dann schließlich mit einem Bus nach Wiesenau.

Sie erinnerte sich an die Fahrt in den überfüllten Güterzügen während der Flucht, an die vielen verzweifelten, lauten Menschen, an die Szene vor dem Schuppen, als eine jüdische Familie in wenigen Minuten ausgelöscht wurde, und an die Zeit in Liebenau, als Franz eines Tages zum »Volkssturm« gehen musste. »Mein Gott«, dachte sie, »was waren das für Jahre! Und wie hatten wir vorher ahnungslos dahingelebt, friedlich und zufrieden, oben in Schradenthal. Die Jahre kamen und gingen, ohne dass etwas Besonderes geschah. Und wir wussten nicht, wie glücklich wir eigentlich waren. Alles schien so selbstverständlich. Wie hätte es auch anders sein können? Es war unsere Welt und unsere Heimat, die wir dann plötzlich verlassen mussten und in die ich jetzt allein zurückkehre mit einem kleinen Buben an der Hand. Denn diese Welt, die ich hier kennenlernte in den letzten zwei Jahren, ist uns fremd, und sie wird uns auch immer fremd bleiben. Auch wenn die Friedl und der Sepp noch so gute Menschen sind ... Wie hieß es doch bei uns: ›Einen alten Baum kann man nicht verpflanzen, denn er schlägt keine Wurzeln mehr.‹ Was aber wird aus diesem kleinen Buben werden, wenn ich eines Tages nicht mehr für ihn sorgen kann?«

Dieser Gedanke ließ ihr keine Ruhe. Und als sie durch Österreich fuhren und Ambros fest in ihren Armen schlief, sagte sie auf Zipserisch zu Liesl: »Varsprich mir, Liesku, tåß tu auf tås Puberl obacht gibst, ßollt ich aanmol nit mehr tå ßein.«

Liesl war sichtlich gerührt: »Ssicher varsprech i tes, Kåthku. Åber tu pist noch a Tichtigi, wårum tenkst an ßowås? Auch mir ßein nit ßo gsund, wie mån meinen mecht. Åber mir tenken nit, an wås uns traurig måcht. Ter Herrgott allaan waaß, wånn unser Leben håt a Eck. Kumm, ßei ruhig, waal ter klaane Ambros praucht a Måmå oder a Omåmå.« Dann umarmten sich die beiden Frauen und küssten sich nach östlicher Art zweimal auf die Wangen. Damit war das Versprechen so gut wie besiegelt. Und Katharina atmete erleichtert auf, denn sie spürte schon seit Wochen manchmal ein seltsames Stechen in der linken Brust und einen lähmenden Druck im Arm.

Doch sie hoffte, dass dieser Schmerz wieder vergehen würde, so wie er gekommen war. Denn Geld für den Arzt in der Stadt hatte sie nicht.

In Budapest mussten sie noch einmal umsteigen. In den Zug, der nach Rumänien und bis Bukarest fuhr. Und dann ging die Fahrt weiter, in der Nacht durch Ungarn, und gegen Morgen, als die ersten Grenzbeamten zustiegen, war man schon vorbei an Békéscsaba und näherte sich langsam der rumänischen Grenze.

Als Liesl erwachte, schien Katharina noch zu schlafen. Sie saß da, ins Eck gelehnt, mit halb offenem Mund, und auf ihrem Schoß schlummerte Ambros. Wenzel stand draußen auf dem Gang und rauchte eine Zigarette. »Mir ßein påld an der Grenz«, flüsterte Liesl und tippte leicht an Katharinas Arm. Als die sich nicht rührte, tippte sie noch ein paar Mal, dann fasste sie ihre Hand und merkte: Sie war kalt. Und auch ihr Gesicht, Stirn und Wangen waren kalt. Liesl erhob sich rasch, riss die Tür auf und sagte zu Wenzel, der jetzt zum Fenster hinausschaute: »Mein Gott, tie Kåthku lebt nit mehr! Ssie is gstorben, ßie is tot!«

Vorsichtig hob Wenzel den kleinen Ambros hoch und legte ihn auf einen freien Sitz. Dann stellte auch er fest, dass Katharina tatsächlich nicht mehr lebte. Gerade kam wieder ein Grenzbeamter vorbei, und Wenzel, der noch von früher her gut Ungarisch sprach, sagte ihm, dass im Abteil eine Frau verstorben sei. Der Beamte meinte, so etwas komme manchmal vor, dass alte Leute wegen Stress und Aufregung im Zug versterben. Er müsse aber jetzt sofort die Polizei verständigen, und inzwischen darf niemand das Abteil verlassen. Dann ging er eilig fort. »Ter Klaane«, flüsterte Liesl, »ten nehmen ßie uns vielleicht weg. Wås måchen mir mit tem Kindl?«

»Schnell, gib obåcht, ob jemand kummt«, sagte Wenzel und suchte in Katharinas Handtasche. Er fand ihren Pass und steckte ihn ein. Dann nahmen sie rasch aus dem Koffer die paar Kleidungsstücke, die Ambros gehörten, und stopften sie in ihre Reisetasche. Und als dann zwei ungarische Polizisten und ein Arzt erschienen, stellten sie fest, dass die Tote ohne Pass gereist war. Man trug Katharina und ihr Gepäck hinaus. Liesl und Wenzel aber erzählten den Polizisten, die Frau sei in Budapest zugestiegen, und selbstverständlich wüssten sie nicht, wie sie heißt, denn sie habe sich ja nicht vorgestellt. Nur schwer konnte Liesl ihre Tränen zurückhalten. Doch Wenzel hatte ihr vorher gesagt, dass sie sich nun sehr beherrschen müsse, »ka Trärn, ka Waanen«, so, als wäre die tote Frau eine Fremde gewesen. An der Grenze, wo der Zug wegen dieses Vorfalls länger hielt als sonst, mussten sie dann noch ein Protokoll und eine Erklärung unterschreiben.

Inzwischen war auch Ambros aufgewacht und fragte nach seiner Mama. »Mama kummt gleich«, sagte Liesl immer wieder und versuchte, den Kleinen zu beruhigen. Er schlief dann noch einmal ein. Und als bald darauf die rumänische Grenzkontrolle kam, erklärte Wenzel, dass ihnen der Akt, wo der Bub eingetragen war, unterwegs gestohlen worden sei. Daraufhin musste er einen

Fragebogen ausfüllen, wo er Ambros als seinen eigenen Sohn ausgab: Ambros Wenzel Langthaler. Das Geburtsdatum stimmte ungefähr, und als Geburtsort trug er einfach München ein. Der rumänische Grenzbeamte stempelte die Erklärung ab und sagte, dass Wenzel und Liesl am Zielort möglichst bald zur Miliz und zum Standesamt gehen müssen, um sich und das Kind als Heimkehrer anzumelden.

Als sie am nächsten Tag endlich in Wiesenau eintrafen, gingen sie zuerst in die Weidengasse, wo sie vor der Flucht gewohnt hatten. Dort sahen sie, dass es ihr Haus von früher nicht mehr gab. Das war nämlich inzwischen völlig ausgeräumt worden. Den Dielenboden hatte man herausgerissen, Fensterrahmen und Türen gab es nicht mehr. Und sogar ein Teil der Dachziegel und die Bretter der Zimmerdecken fehlten, und der alte, kunstvoll geschmiedete Wetterhahn am Giebelfirst war auch nicht mehr da. Nachts schien der Mond durch das offene Dach in die leeren Stuben, und in einigen Ecken wuchsen aus feuchtem Schutt Brennnesseln. Im Hof, wo früher im Sommer Dahlien und Steinrosen blühten, wucherte jetzt wildes Unkraut und hohes Gras.

Liesl stand fassungslos da. Es schien ihr, als würde sie träumen. In der Fremde war sie immer wieder in Gedanken in ihrem Hof gewesen, bei den vielen Blumen und im gepflegten Garten, und an diese Erinnerungen hatte sie sich in einsamen Stunden angelehnt wie an eine vertraute Mauer. So wurde das Heimweh erträglich, denn man blieb ja weiterhin innerlich beheimatet. Nun aber lehnte sie sich an einen schiefen Pfosten, der vom Tor noch übrig geblieben war, und schluchzte still vor sich hin, während Wenzel und Ambros durch die Wildnis stapften, in der sich der ehemalige Kräutergarten verbarg. Als Wenzel wieder zurückkam, sagte er: »Tu ßollst nit klågen, Liesku, waal mir håben jetzet a Ssohn, und a Zimmer mit scheeni Stuben werdn mir aa håben. Mir missen nur årpeiten kinnen und gsund ßein.« Er sagte »ein Zimmer« und meinte damit ein Haus, denn bei den Zipsern hieß es damals noch, ein großes Zimmer hat zwei Stuben und eine Kuchl.

In diesem Haus wuchs nun der kleine Ambros auf. Und er hat später niemals erfahren, wer seine Großmutter war und dass seine Mutter ihn damals verlassen hatte. In Wiesenau wusste man nur, dass Liesl ihn in München auf die Welt gebracht hatte. Er blieb ihr einziges Kind und lebte bis Ende Dezember 1965, als er nach Deutschland aussiedelte, bei jenen beiden Menschen, die ihn wie einen Sohn liebten und deshalb seine Eltern wurden.

So endet hier die Geschichte von Katharina Hotzinger, geborene Schuster, die einst als junges Mädchen aus einem nordsiebenbürgischen Dorf nach Wiesenau gezogen war. Vermutlich ist sie im Krematorium von Békéscsaba eingeäschert worden. Über ihren letzten Weg, wie und wann sie, »eine verstorbene Reisende ohne Ausweispapiere«, diese Welt verlassen hat, ist nichts Genaues bekannt. Denn es war eigentlich niemand da, der das wissen wollte. Und »wo keine Fragen sind, gibt es auch keine Antworten und daher auch kein Wissen«, hatte einmal Mojsche Tscherteser, ein weiser Chassid aus den Karpaten, gesagt, »denn die Antworten sind die Kinder der Fragen«. Doch Katharina hatte sich Jahre hindurch um Kinder gekümmert, die nicht ihre eigenen waren, und weil diese das nicht wussten, stellten sie später auch keine Fragen.

22

Es war ein Sommer mit vielen Gesichtern in jenem Jahr, 1965, als eine junge deutsche Frau in einem roten Auto nach Wiesenau kam. Da es damals hier noch kein Hotel gab, mietete sie sich privat ein bei einer Zipser Witwe. Das war die Helene Schkurka, die man auch »tie schwårzi Lenku« nannte, weil sie so dunkles Haar hatte. Sie wohnte allein in einem kleinen, weißgetünchten Haus, mit roten Geranien am Fenster und einem großen Nussbaum im Hof, und sie bezog nach ihrem Mann, der im Holzschlag verunglückt war, eine bescheidene Witwenrente. Nebenbei verdiente sie noch etwas Geld, indem sie für die zahlreichen Zipser Kinder Socken, Handschuhe und Pullover strickte. Die Miete, die sie nun erhalten würde, war für sie ein besonderer Segen.

Noch am selben Tag ging die Fremde zum Städtischen Milizamt und meldete sich dort für vier Wochen an. Als sie den Fragebogen für die »zeitweilige Aufenthaltsgenehmigung« ausfüllte, gab sie bei der Rubrik »Begründung des Aufenthalts« an, dass sie hier Urlaub machen wolle. Und sie erklärte auch, dass sie noch nie in Rumänien gewesen sei. Touristen waren auch damals schon sehr willkommen. Besonders solche, die aus dem Westen Europas anreisten. Sie brachten Devisen ins Land. Und so wünschte ihr der Milizchef persönlich »einen guten Aufenthalt in unserer schönen Maramuresch«. Man gab ihr dann noch einige Prospekte und Faltbogen mit, wo Sehenswürdigkeiten und Gaststätten aufgeführt waren.

Am nächsten Tag besuchte sie den katholischen Stadtpfarrer, Hochwürden Laurentius Gellert. Sie wollte sich nach der Familie Hotzberger erkundigen. Gellert bedauerte, keine Auskunft geben zu können. Der Name Hotzberger sei in Wiesenau nicht bekannt. Dann blätterte er im Gemeindebuch und stellte schließlich fest, dass zur Zeit seines Amtsvorgängers, Hochwürden Wilhelm Komka, also noch lang vor dem Krieg, eine kirchlich geschlossene Ehe zwischen einem Zipser und einer Sächsin registriert worden war.

Damals hatte ein Zipser namens Ferenc Hoczberger, alias Franz Hotzberger, eine evangelische Siebenbürger Sächsin geheiratet. Eine ungewöhnliche Verbindung. Es wäre beinahe eine Mischehe geworden, doch, wie hier vermerkt, ist die Sächsin kurz vorher zum katholischen Glauben übergetreten. Die beiden sind später, nach der Flucht, im Oktober 1944, nicht mehr zurückgekehrt. Und bisher hat noch niemand nach ihnen gefragt. Vielleicht leben sie jetzt anderswo, oder sie sind in den Kriegswirren umgekommen. Auf jeden Fall hat »unser Herrgott« es so eingerichtet, dass sie nicht mehr sehen mussten, wie es jetzt oben im Tal ausschaut. Die Zipser Häuser, die früher dort am Fluss gestanden hatten, sind sämtlich niedergebrannt worden. Als die Russen längst schon hier waren, gab es nämlich oben in den Bergen immer noch Partisanen, meist Ukrainer, aber auch Deutsche. Es waren ehemalige Faschisten und Soldaten, die sich oben in den Höhlen versteckten, in denen einst Heiducken und edle Räuber gehaust hatten. Und als man herausfand, dass die sich nachts in jenen verlassenen Zipser Häusern trafen und von dort ihre Überfälle durchführten, wurde eines Tages die ganze Siedlung zerstört. Auch die Hängebrücke, die Puntje, die hinüberführte, gibt es nicht mehr.

In den darauffolgenden Tagen fuhr die Deutsche öfter schon am frühen Morgen fort und kam erst abends wieder zurück. Ihre Gastgeberin bereitete dann jedes Mal noch rasch ein Zipser Vesperbrot vor. Das bestand meist aus einem »Eierschmårrn« mit Schafskäse und Schmetten, paniertem Kaschkaval, oder es gab »gfillte Krumpirn«, Kartoffelhälften, gefüllt mit Topfen, Zwiebeln und Kräutern, denn die junge Frau aß keinen Speck und auch keinen Schinken. Dafür aber trank sie immer gern ein oder auch mehrere Gläschen vom selbst gebrannten Zwetschgenschnaps, den man »Zipser Tränen« nennt. Helene stellte keine Fragen, obwohl sie sehr neugierig war und gern gewusst hätte, wo die Fremde den Tag so verbrachte. Doch eines Abends konnte sie sich nicht mehr zurückhalten und fragte: »Wu seids gewesen heint ten gånzen Tåg? Wollt Ihr nit aanmol zum Fluß påden gehn oder Eich scheen ausruhn in ter Sunnen oben åm Perg?«

»Ich war viel unterwegs, Frau Schkurka. Doch morgen fahr ich nicht mehr fort, denn ich hab jetzt genug gesehen«, antwortete sie. »Vielleicht gehe ich baden, oder ich lege mich auf eine dieser schönen stillen Wiesen in die Sonne. Jedenfalls bleibe ich hier und laufe ein wenig durch die Gegend.«

»Åber Ihr mißt nit laufen. Is genug Zeit, Ihr kennt auch gehn«, meinte die Zipserin.

»Natürlich werde ich nicht laufen, sondern wandern«, lachte die Deutsche.

Am nächsten Tag nahm sie ihren Fotoapparat und machte sich auf, »die Gegend zu erkunden«, wie sie sagte. Helene hatte ihr zwei große Jausenbrote geschmiert. Die packte sie in eine Tasche und wanderte aufwärts den Fluss entlang. Dabei blieb sie öfter stehen und fotografierte seltsame alte Bäume und seltene Blumen, die hier am Ufer wuchsen. Weiter oben im Tal gab es an einer Stelle eine kleine Bucht, wo sich das Wasser ein wenig staute. Sie blickte sich um. Weit und breit war kein Mensch zu sehen. So stieg sie hinunter zum Fluss, legte die Kamera am Ufer ins Gras und zog sich rasch aus. Als sie nur noch die Hose anhatte, sah sie noch einmal prüfend in alle Richtungen. Nun streifte sie auch die Hose ab und legte sich langsam ins kühle, klare Wasser, das sanft um ihren nackten Körper schäumte. Es war wohltuend, und sie schloss die Augen und versuchte sich zu erinnern an die ferne Zeit, als sie manchmal in diesem Fluss gebadet hatte.

Oben am Berg mähte ein junger Mann auf dem deutschen Friedhof das Gras. Er machte gerade eine Pause und ruhte sich aus im Schatten, unter einem Baum. Zufällig blickte er hinunter zum Fluss. Da lag eine junge Frau nackt im Wasser und bewegte leicht die ausgestreckten Arme. Dabei hob sich ihr heller, schlanker Körper im Takt der Wellen langsam hoch und tauchte dann wieder unter. So etwas hatte der Mann oben am Berg noch nie gesehen. Es war ein Bild wie aus einem schönen Traum, unglaublich und unfassbar. Doch er träumte nicht, denn man hörte bis her das heftige Rauschen des Flusses, und jene Frau erhob sich jetzt wieder und stieg langsam aus dem Wasser.

Dann stand sie lässig in der Sonne, um sich an der Luft zu trocknen, denn sie hatte kein Badetuch dabei. Sie tanzte und sprang ein paar Mal auf der Stelle und schwang die ausgestreckten Arme, wobei ihre kleinen, festen Brüste mithüpften. Der Mann dachte: »Wie schön kann eine nackte Frau sein! Ich hab noch nie so genau hingeschaut.« Und es schien ihm, als würde dieses seltene Schauspiel eigentlich ihm gelten, dem einzigen Zuschauer weit und breit. Doch das konnte nicht sein, denn die Frau hatte ihn ja nicht bemerkt. Und sie hätte ihn auch nicht bemerken können, denn er saß unter dem Baum, das dichte Laub verdeckte ihn, und er verbarg sich auch ein wenig hinter einem Schlehenstrauch.

Die Frau zog sich dann das Sommerkleid über, schlüpfte in die Unterhose und wanderte weiter das Tal aufwärts. Und der Mann oben am Berg nahm seine Sense und ging zurück zum Friedhof, wo er mit neuem Schwung das Gras zwischen den Gräbern mähte. Dabei musste er immer wieder an die Frau im Fluss denken und dass er noch nie ein Mädchen oder ein anderes weibliches Wesen so »fingernåcket« gesehen hatte. Jene, mit denen er näher zusammengekommen war, hatten sich bloß unten schnell frei gemacht. Dann hob man vorn den Rock hoch, und schon ging es los, wild und begierig, liegend im Gras oder stehend hinter der Scheune. Es geschah jedes Mal in großer Eile, und danach saß man vielleicht noch schweigend da, während das Mädchen sich den Rock wieder zurechtstrich und sich das Haar richtete.

Die Frau aber wanderte nun das Tal hinauf bis zu einer Stelle, wo vor dem Krieg ein kleiner Weiler gestanden hatte. Von den paar Häusern sah man nur noch das Fundament. Es waren große, flache Flusssteine, rechteckig angeordnet, auf denen jetzt wildes Gesträuch wucherte. Sie ging ganz nahe ans Ufer und fotografierte die stummen Narben und Spuren, die der Krieg hier hinterlassen hatte. Dann saß sie noch ein wenig da und blickte hinüber, wo früher die Siedlung war, denn eine Brücke gab es nicht mehr.

Am nächsten Tag, als der junge Mann wieder oben am Friedhof die Sense schwang, kam zufällig die Frau vorbei, die er gestern im Wasser gesehen hatte. Sie trug jetzt ein kurzes, helles Sommerkleid, ärmellos und mit schmalen Trägern. Die nackten Füße steckten in flachen, modischen Sandalen. Sie ging durch die Gräberreihen, als würde sie einen Namen suchen. Als sie in seiner Nähe war, grüßte er auf Deutsch: »Guten Tag.« Und sie sagte ebenfalls »Guten Tag.«

»Suchen Sie das Grab von jemandem?«, fragte er.

»Meine Freunde und Bekannten haben hier leider kein Grab. Eigentlich suche ich nichts. Ich gehe aber oft auf Friedhöfe, weil mich Namen und Schicksale interessieren«, antwortete sie.

»Ein großer Friedhof, der deutsche. Größer als der rumänische. Nur der jüdische Friedhof ist noch größer. Weil früher gab es hier viele Juden. Doch jetzt sind es gerade noch vier«, sagte der Mann.

»Was machen Sie eigentlich da?«, wollte die Frau wissen, wobei sie ihn aufmerksam musterte und sah, dass er gut gebaut war und auch sympathisch aussah. Hoch und kräftig, mit dunkelblondem Haar stand er da in seinen kurzen Hosen, und die braunen Beine waren von einem dichten Flaum bedeckt, der etwas heller war als das krause Haar auf seinem Kopf.

»Was ich da mach? Ich mähe das Gras zwischen den Gräbern. Das tue ich für Hochwürden Gellert, er hat mich darum gebeten. Aber sonst tue ich gerade nichts, denn ich bin erst vor einigen Wochen vom Militärdienst entlassen worden. Und ab September will ich in Baia Mare Bergbau studieren.«

»Und was wird man dann nach so einem Studium?«

»Bergbauingenieur.«

»Und wie alt sind Sie?«

»Zwanzig. Aber Sie können ruhig ›du‹ zu mir sagen. Hier redet man nur alte Leute mit ›Sie‹ oder mit ›Ihr‹ an.«

»Und wie heißt du?«

»Man nennt mich Brosi. Mein Nachname ist Langthaler«, sagte der Mann.

Und nun streckte die Frau die Hand aus und stellte sich auch vor: »Mary Fleming. Ich komme aus Köln. Aber du musst mir jetzt auch ›du‹ sagen, Brosi.«

»Gut, Mary. Und was machst du hier in Wiesenau, wenn man das fragen darf?«

»Urlaub. Ich mache hier Urlaub. Aber jetzt darf ich wieder fragen: Wieso sprichst du ein so gutes Deutsch und nicht Mundart wie die anderen Zipser Einwohner?«

»Ich hab das Deutsche Gymnasium in Bistritz besucht und dort auch Abitur gemacht. Weißt du, wo Bistritz liegt? Das ist eine schöne Stadt in Nordsiebenbürgen.«

»Und danach warst du beim Militär? Bist du nicht zu jung für Abiturabschluss und beendeten Wehrdienst?«

»Nein. Wieso? Nach der zehnten Klasse kann man jetzt schon das Abitur machen. Dann ist man normalerweise siebzehn. Wenn man Pech hat, wie ich, muss man mit achtzehn zum Militär. Mit zwanzig ist man dann aber schon frei und kann studieren, wenn man will und wenn man die Aufnahmeprüfung besteht. Und ich will studieren, ich will nicht mein Leben lang hier in Wiesenau bleiben, ich will fortziehen, die Welt sehen.«

»Welche ›Welt‹ kannst du sehen, Brosi? Doch nur die ›sozialistische Welt‹, wie es so schön in der deutschen Tageszeitung heißt, die ich gestern hier gekauft habe.«

»Mir genügt das. Ich gebe mich erst einmal damit zufrieden.«

»Entschuldige, ich wollte dich nicht kränken.«

»Du hast mich nicht gekränkt. Du hast nur das gesagt, was du denkst.«

Mary gefiel die offene Art des jungen Mannes, und als er sagte, er müsse heute noch zu Hochwürden Gellert gehen, verabschiedeten sie sich. Sie wollten sich aber am nächsten Tag wiedersehen. Hier am Friedhof.

Am Morgen war sie schon vor der verabredeten Stunde da. Sie setzte sich auf eine Bank, die neben einer alten Tanne stand, und blickte auf die Gräber. »Wie viele Lebensgeschichten ruhen hier unter dem Gras, unter den wilden Blumen, die überall dort wachsen, wo die Menschen keine selbst gepflanzt haben. Was bleibt von einem Menschenschicksal zurück?«, dachte sie. »Vielleicht ein Grabstein. Vielleicht ein Wort. Vielleicht nur das Schweigen. Vielleicht auch Erinnerungen. Und die können manchmal ein Halt sein. Doch meist sind es Bürden, die man durchs Leben trägt. Das waren die Erkenntnisse der letzten Tage.« Und genau deshalb hatte sie einst alle ihre frühen Erinnerungen irgendwo abgelegt. So wie man eines Tages jene Kleider weggibt oder entsorgt, die einem nicht mehr passen oder aus denen man herausgewachsen ist.

Nur einmal war sie zufällig für einige Tage in München gewesen, und da fuhr sie eines Morgens mit dem Auto in ein kleines bayerisches Dorf nahe der Grenze zu Böhmen. Doch die Menschen, die früher hier gelebt hatten, gab es längst nicht mehr. Der Bauer und seine Frau seien in ein Altenheim gezogen und wahrscheinlich dort verstorben, hieß es, und den Hof hatten sie vorher an junge Leute verkauft. Und was aus jenen Flüchtlingen und Vertriebenen geworden ist, die vielleicht hier nach dem Krieg kurze Zeit gelebt hatten, wusste auch niemand. »Die sind damals zu Tausenden gekommen und dann bald weitergezogen. In die Städte und wer weiß wohin. Das Land ist groß. Niemand von denen ist hier im Dorf geblieben, hier an der Grenze zum Osten …«

Das sagte ihr eine Frau, die gerade aus dem Haus kam und Wäsche zum Trocknen aufhängte. Mary blickte sich um. Es sah nun hier ganz anders aus als früher. Neben der Scheune stand ein Auto, und in einem Sandkasten spielten Kinder. Sie bauten eine Burg und waren sehr mit sich beschäftigt. Und auch in der nahen Stadt hatte sich vieles verändert. Wo früher der Tanzschuppen war, warb jetzt ein schmuckloser Flachbau einer Großhandelskette mit Sonderangeboten. Als sie dann nach München zurückfuhr, war sie eigentlich froh, dass es nichts mehr gab, was sie an diesen Ort hätte binden können.

So gehörten ihre Erinnerungen nun einer Vergangenheit an, von der sie sich eigentlich unbewusst längst befreit hatte. Denn sie war in den letzten fünfzehn Jahren selbstsicher ihren eigenen Weg gegangen, ohne ein einziges Mal zurückzuschauen. Erst in diesen Tagen hatte sie versucht, auf ihren Fahrten durchs Land, das Fenster zu einer anderen Vergangenheit ein wenig zu öffnen. Doch was sie sah, machte sie nicht froh. Denn diese Vergangenheit war noch nicht vergangen. Und es schien, als würde sie auch niemals ganz vergehen.

Nun aber sah sie ihn kommen. Er hatte sie noch nicht bemerkt, er zog sein Hemd aus, hängte es an den Ast eines Strauches und dengelte die Sense. Es war ein heller, heiterer Klang, der über die Gräber hinwegflog. Dann begann er zu mähen und ging dabei gleichmäßig mit kleinen Schritten vorwärts, wie es die Mäher tun. Sie beobachtete ihn und spürte plötzlich ein seltsames Verlangen, diesen kräftigen braunen Körper, der in der Sonne glänzte, anzufassen. Doch als ihr bewusst wurde, woran sie nun eigentlich dachte, verscheuchte sie alle Gedanken, die ihr wie ein Schwarm wilder Bienen gekommen waren. Und sie beobachtete ihn weiter, wie er mähend in der Sonne vorwärtsschritt.

Als er wieder die Sense dengelte, blickte er zufällig in ihre Richtung und sah sie da warten in ihrem luftigen kurzen Sommerkleid, und ihre langen Beine lächelten ihn an. Nun stellte er die Sense neben einen Grabstein und kam näher. Sie blieb auf der Bank sitzen, lässig und ungezwungen, die ausgestreckten Arme ruhten auf der Lehne, und ihre Knie schimmerten in der Sonne. Und während er sie betrachtete, erinnerte er sich, wie sie ausgesehen hatte, als sie nackt im Wasser lag.

»Servus.«

»Servus.«

»Seit wann bist du hier?«, fragte er und versuchte dabei, nicht auf die hellen Monde ihrer Knie zu sehen.

»Erst seit wenigen Minuten. Komm, setz dich zu mir. Wie hast du geschlafen? Was hast du Schönes geträumt?«, lächelte sie.

»Danke. Ich hab gut geschlafen, und geträumt hab ich nichts.«

»Auch ich hab gut geschlafen. Und meine Träume hab ich meistens am Tag. Am Tag ist es viel schöner zu träumen als in der Nacht. Denn die Tagträume kann man verwirklichen, wenn man will. Sie werden dann wahr und sind keine Träume mehr, sondern nur Wünsche. Jetzt zum Beispiel: Wenn du Zeit hast, würde ich gern mit dir hinaufgehen in die Wälder, wo keine Grabsteine stehen. Zum Beispiel den Bach entlang, bis zu seiner Quelle. Ich würde gern einmal sehen, wo so ein Wildbach seinen Weg beginnt, wo sein Ursprung ist«, sagte sie.

»Ich kenn eine Quelle, aus der ein Bach entspringt. Das ist oben im Wolfstal, in der *Valea Lupilor*. Aber bis dahin muss man weit gehen. Vielleicht zwei Stunden. Ja, möglich auch weniger. Es ist die Quelle, in der manchmal die Waldfee badet, heißt es. So erzählen jedenfalls die Zipser. Ich war einige Male schon dort.«

»Und hast du schon in der Quelle gebadet?«, wollte Mary wissen.

»Nein, ich bin ja keine Fee«, lachte er.

»Ich möchte gern, dass wir beide einmal hingehen.«

»Wann?«

»Heute. Jetzt.«

»Aber ich muss noch den ganzen Streifen bis hinüber zum Weg mähen«, sagte er und fühlte dabei, dass der Wunsch, mit ihr zur Quelle zu gehen, viel stärker war.

»Musst du? Was muss man alles im Leben und tut es dann doch nicht?«, meinte sie. Und diese Frage, auf die er keine Antwort wusste und ihr deshalb recht gab, überzeugte ihn. Er trug die Sense zu einem kleinen Schuppen, und dann gingen sie hinunter zum Fluss. Von dort wanderten sie seitlich ein schmales Seitental hoch. Vorbei an einzeln dastehenden Gehöften, entlang an einem Bach, dessen Wasser glucksend an ihnen vorbeirauschte.

Zuerst schritt er voran, doch dann ließ er sie vorgehen, denn so konnte er besser ihre schlanken, wohlgeformten Beine betrachten. Und sie schien das zu fühlen. Denn sie bewegte sich nun anders als zuvor. Dabei erreichte ihn immer wieder der warme Geruch ihres erhitzten Körpers, eine erregende Mischung aus Parfüm und Schweiß, die er noch nicht kannte.

Einmal blieb sie stehen, um zu verschnaufen, und sagte plötzlich: »Küss mich!« Dann schloss sie die Augen und reckte ein wenig die Brust hervor, und nun sah man deutlich, dass sie unter dem Sommerkleid keinen Büstenhalter trug. Er war so überrascht, dass er darauf nichts erwidern konnte, und so gab er ihr einen flüchtigen Kuss auf ihre heißen, feuchten Wangen, rechts und links, so, wie man es bei einer Begrüßung tut.

»Aber ich will einen richtigen Kuss, Brosi. Hast du noch nie eine Frau oder ein Mädchen geküsst?« Das klang enttäuscht und fast ein wenig gekränkt. Doch bevor er darauf antworten konnte, sagte sie: »Schau, das ist ein Kuss!« Und weil sie bergauf vor ihm stand und deshalb etwa gleich groß war wie er, konnte sie mühelos ihre Arme um ihn legen. Und dann küsste sie ihn, dass ihm der Atem wegblieb. Und er konnte diesen Kuss nicht einmal erwidern, denn er war gefangen in ihrer Umarmung, die ihn hilflos machte. Schließlich ließ sie ihn wieder los und ging langsam weiter, bachaufwärts in die Richtung, wo die Quelle sein sollte.

Er schritt schweigend hinter ihr her und dachte darüber nach, was er soeben erlebt hatte und was so ein Kuss zu bedeuten hat. Denn bei den Mädchen, die er bisher auf die schnelle Weise geliebt hatte, gab es nur das eine. Und wenn das erledigt war, ging man wieder zurück zum Tanz, oder man begleitete das Mädchen vielleicht noch nach Hause und verabschiedete sich höchstens mit einem zärtlichen Kuss vor dem Tor. Doch der Kuss war eigentlich nicht anders als die Küsse, die man vor dem schnellen Liebesakt ausgetauscht hatte.

Nach einer Stunde erreichten sie schließlich die Quelle. Es war ein großes, rundes Wasserbecken, umrahmt von moosbewachsenen Steinen und Farnkräutern, und man konnte bis auf den hellen Grund sehen, denn die Quelle war nicht tief. Daneben standen zwei hohe alte Tannen. In deren Rinde hatte jemand mehrere kleine Kreuze eingeritzt, doch die Wunden waren längst vernarbt und zugewachsen. Die Kreuze aber konnte man immer noch erkennen. Sie sollten die Dämonen des Waldes davon abhalten, das Wasser zu verunreinigen. Es war ein stiller, geheimnisvoller Ort.

»Da sind wir«, sagte Brosi, legte sich ins Gras und betrachtete den tiefblauen Himmel. Man hörte nur das Rufen der Vögel aus dem nahen Wald und die gleichmäßig gluckernde Stimme der Quelle.

»Verstehst du, was die Quelle sagt?«, fragte er.

»Nein, was sagt sie?«

»Sie erzählt die Geschichte von der Waldfee Olga, die manchmal hier badet.«

»Und wie lautet die Geschichte?«

»Ach, das sind so die *mära* und *kaßka* der alten Frauen. Ich glaub nicht an so was. Ich glaub nur an das, was ich auch sehen kann.«

»Und was siehst du jetzt?«, fragte sie.

»Jetzt seh ich nur dich!«, erwiderte er und blickte zu ihr auf, denn er lag immer noch auf dem Boden. Sie stand mit dem Rücken zur Sonne, und die schien durch ihr dünnes, kurzes Sommerkleid, und er konnte die Konturen ihres Körpers erkennen, viel deutlicher als vor zwei Tagen, obwohl sie jetzt angekleidet war.

Dann bückte sie sich, schöpfte mit den Händen Wasser und kühlte ihr Gesicht. Dabei kehrte sie ihm den Rücken zu, ihr Kleid rutschte ein wenig hoch, und er betrachtete ihre Beine. Sie schlüpfte aus den Schuhen, zog dann mit einer heftigen Bewegung ihr Kleid aus und etwas bedachter auch die Unterhose. Kleid und Hose fielen lautlos ins feuchte Gras. Dann drehte sie sich langsam um und sah ihn an, als wäre nichts geschehen: »Ich will jetzt wie eine Fee baden.«

Er war geblendet von der Nähe ihres nackten Körpers und konnte nichts mehr sagen.

Dann stieg sie vorsichtig ins kalte Wasser, und er sah, wie sich dabei ihre Brustwarzen aufrichteten. Sie hockte sich langsam nieder und meinte: »Ein wenig kühl, aber man gewöhnt sich dran.«

Schon nach wenigen Minuten stand sie auf und trat mit einem großen Schritt wieder heraus. Das Wasser war aufgewühlt worden, und es hatte sich getrübt. Wie damals am Fluss musste sie sich wieder an der Sonne trocknen. Diesmal jedoch saß er vor ihr im Gras und sah sie fasziniert an. Sie fasste ihn an der Hand, und er erhob sich, und dann zog sie ihm eilig und gekonnt das Hemd aus, öffnete seinen Hosengürtel, und willenlos und wie im Rausch ließ er es geschehen, und plötzlich stand auch er ganz nackt da.

Es war das erste Mal, dass er eine Frau so liebte wie hier an der Quelle, wo angeblich sonst nur Märchenfeen verkehren. Es war ein heftiger Liebesritt in eine erregende Welt, die er auf diesem Weg noch nie betreten hatte. Und als er dann, verausgabt und erschöpft, neben ihr im Gras saß, wusste er, dass eine Umarmung viel mehr sein kann als das, was er bisher gelegentlich getan hatte. Diese Erkenntnis löste einen Wunsch aus, der ihn von jetzt an begleitete. Es war der ständige Wunsch, diese Frau für immer zu besitzen. Diese und keine andere.

23

Dann kamen Tage wie bunte Glaskugeln, einer schien schöner zu sein als der andere. Erlebnisse und Erfahrungen wie nie zuvor reihten sich aneinander. Und er wünschte sich, dass diese Kette niemals abreißen würde. Sie aber hatte schlaflose Nächte, weil sie hin und her überlegte, wie sie ihn aus dem Land herausbringen könnte. Denn sie war so verliebt, dass sie sich ein Leben ohne diesen jungen Mann nicht mehr vorstellen wollte.

Sie war viel älter als er, beinahe dreizehn Jahre lagen zwischen ihnen. Doch das wusste er nicht, denn sie hatte es ihm nicht gesagt, und er hatte sie auch nicht danach gefragt. Außerdem sah sie sicher zehn Jahre jünger aus. Das wusste sie, weil sie sich oft nackt im Spiegel betrachtete. Sie verbrachte viel Zeit damit, ihren Körper zu pflegen und zu bewundern. Aber sie wusste auch, dass im Alter mit jedem Jahr dieser Unterschied sichtbarer werden kann. Denn je älter man wird, umso mehr zählt jedes Jahr. Doch mit dreiunddreißig denkt man noch nicht ans Altwerden. Und wenn diese Gedanken einem manchmal kommen, schickt man sie wieder weg. Trotzdem war sie sich bewusst, dass sie da eine Beziehung einging, die vielleicht nicht so einfach war, wie es jetzt schien. Sie müsste diesen jungen Mann mit allen Tricks einer erfahrenen und reifen Frau an sich binden.

Einmal sagte er nach einer langen Umarmung, als sie nach dem zärtlichen Nachspiel nackt nebeneinander lagen: »Ich will, dass du hierbleibst, für immer, bei mir. Ich kann ohne dich nicht mehr leben.«

»Und was soll ich hier machen, mein Lieber? In Köln habe ich einen guten Beruf, den ich seit sechs Jahren ausübe. Ich bin Zahnärztin in einer Klinik. Ich verdiene genug Geld. Und vielleicht werde ich eines Tages auch eine eigene Praxis haben. Komm du doch mit mir mit«, erwiderte sie, wobei ihr klar war, dass ein solcher Entschluss mit vielen Formalitäten und bürokratischen Hindernissen verbunden war. Doch irgendwie sollte das schon möglich sein.

»Nur wenn wir heiraten würden, könnte ich weg von hier. Einen Besuchspass nach Westdeutschland bekomm ich bestimmt nicht. Denn es hat immer wieder solche gegeben, die von einem Besuch nicht mehr zurückgekehrt sind. Deshalb ist es jetzt damit für alleinstehende Personen wie mich endgültig aus. Nur noch Rentner oder alte Leute dürfen zu ihren Kindern auf Besuch fahren«, meinte er. »Doch es gab einige junge Männer hier im Ort, und besonders aber Mädchen, die nach Westdeutschland geheiratet haben und dann auch bald weg sind. Das hat viel Geld gekostet. Diese Leute wurden nämlich abgekauft. Ich aber hab kein Geld, und ich hab dort auch keine reichen Verwandten ...«

»Abgekauft, sagst du?«

»Ja, abgekauft. In Baia Mare gibt es jemanden, der so etwas arrangieren kann, hab ich gehört. Ich weiß nicht, wer das ist, aber dass man das so macht, weiß ich bestimmt.«

»Und was würden deine Eltern sagen, wenn du eines Tages für immer das Land verlässt und sie hier allein zurückbleiben?«

»Darüber hab ich mit ihnen noch nicht gesprochen, denn bis jetzt hab ich noch nicht an so etwas gedacht. Aber ich hab ihnen von dir erzählt. Und außerdem wussten sie schon längst, dass ich mich jeden Tag mit einer Deutschen treffe. Wiesenau ist klein, und da spricht sich so etwas schnell herum.«

»Und? Was meinten sie dazu? Zu deiner deutschen Bekanntschaft?«

»Meine Mutter sagte, ich soll dich einmal zu uns zum Essen einladen. Bei uns sind die Menschen sehr gastfreundlich. Die Zipser wie auch die Rumänen und Ruthenen. Sie würde dann etwas ganz Besonderes kochen, etwas typisch Zipserisches. Ich sagte ihr, ich weiß nicht, ob ich dich einladen darf. Ob du überhaupt zu uns kommen würdest, weil es bei uns so anders ist als in Deutschland. Meine Eltern sind nämlich einfache Leute. Doch sie sind sehr gute Menschen, und ich liebe sie. Es würde mir sehr wehtun, wenn jemand sie nicht mag, so wie sie sind.«

»Ich würde mich sehr freuen, deine Eltern kennenzulernen«, sagte sie und umarmte ihn. Er drückte sie fest an sich.

Dann beschlossen sie, zu einer Wahrsagerin zu gehen. Alle Einwohner von Wiesenau waren wenigstens einmal im Leben bei einer Wahrsagerin gewesen. Und manche Prophezeiungen sind tatsächlich eingetroffen. Mary fand die Idee amüsant und aufregend. Sie hatte schon davon gehört, dass es angeblich solche seltsamen Frauen gibt, die meinten, sie könnten wahrsagen. Sie glaubte nicht an den Zauber, doch sie war trotzdem neugierig.

Brosi hatte ihr von einer Wahrsagerin erzählt, einer uralten Frau, einer Ruthenin, die oben im Tal wohnt. Von der sagte man auch, sie sei eine Hexe und habe einen Bund mit dem Teufel geschlossen. Deshalb holt sie der Tod nicht ab. Zu dieser Theresa Faitschuk gingen sie am nächsten Tag gegen Abend, nachdem sie vorher seit in der Früh viel unterwegs gewesen waren. Einmal auch weiter oben in einem Seitental, wo ein verlassenes Forsthaus stand, das noch aus der ungarischen Zeit stammte. Vielleicht war es auch viel älter, denn man erzählte sich, dass es angeblich noch in der wundervollen k.u.k. Ära erbaut wurde. Während des Krieges waren zeitweilig russische Soldaten drin gewesen, und bevor sie weiterzogen, verwüsteten sie das Gebäude. Wind und Wetter rissen dann am Dach und trugen immer mehr morsche Schindeln fort, dafür aber brachten sie Samen aus dem nahen Wald, und so wuchsen jetzt dort oben viele kleine Bäume.

Nun stand es einsam da in der Nähe des Wildbachs, und auch der schmale Weg dahin war kaum noch zu erkennen, weil ihn niemand mehr betreten hatte. Denn inzwischen war weiter oben im Tal, wohin jetzt die Schmalspurbahn fuhr, ein neues großes Forsthaus errichtet worden.

Die beiden guckten durch die offenen Fenster in die leeren Räume, in denen Ameisen umherliefen und Brennnesseln wucherten. Es roch nach altem Holz und Schimmel. Man konnte noch sehen, dass es hier einmal eine Küche gegeben hatte. Da war noch die geschwärzte Ruine eines Kochherds, und gleich daneben blickte man in zwei kleine Stuben. In der einen stand noch das verrostete Skelett eines Eisenbetts, einer Pritsche. Sonst gab es da nichts mehr, was an vergangene Zeiten erinnerte.

Mary lief nun zum Bach, zog sich lachend aus und stieg ins rauschende Wasser. Er kühlte zuerst sein Gesicht und wusch sich unter den Armen. Dann liebten sie sich schwungvoll und hemmungslos im feuchten, warmen Ufergras. Und als sie sich schließlich erhob und ihm kurz den Rücken zukehrte, sah er, dass sich an ihrem hellen Gesäß einige Gräser und Blumen abgedruckt hatten. Er küsste die Stellen und sagte, sie würden nach Wald und Wiese schmecken. Mary lachte und erwiderte: »Du hast Ideen, da kann man staunen. Aber du hast auch Geschmack…« Nun mussten beide über dies Wortspiel lachen. Dann bat sie ihn, von ihrem Hintern einige Fotos zu machen. Nahaufnahmen, damit man die Abdrücke gut erkennen kann: »Das kommt dann auch in unser Liebesalbum.«

Als sie nun gegen Abend zur Wahrsagerin kamen, waren keine anderen Leute mehr da. In der muffigen Stube roch es nach Essen und altem Schweiß. Theresa Faitschuk saß auf einem geschnitzten Lehnstuhl und hielt die Augen geschlossen. Sie war schon vor Jahren erblindet und wurde nun von einer rumänischen Nachbarin betreut. Bei der musste man auch die zehn Lei »für eine Sitzung« im Voraus bezahlen.

Mary und Brosi betraten den niedrigen, dunklen Raum. Sie grüßten und setzten sich auf eine Holzbank, die für Besucher bereit stand, und Brosi bat: »Resku-Näni, ßågst aaf ziperisch, wås Ihr ßågen mechtet, waal tie Dame red ka walochisch nit.« Doch die Wahrsagerin antwortete auf Rumänisch, und ihre Stimme klang seltsam hohl, denn sie hatte keine Zähne mehr im Mund: »Ich kenn die Frau. Sie war schon einmal hier. Und damals hab ich mit ihr Rumänisch gesprochen. Und heut werd ich auch Rumänisch reden. Soll sie verstehen, was sie will.«

»Macht nichts. Ich werd dir nachher berichten, was sie gesagt hat«, flüsterte Brosi. »Sie ist halt ein wenig komisch geworden. Sie meint, du wärst schon einmal hier gewesen. Vielleicht kommt ihr deine Stimme bekannt vor. Sie verwechselt dich sicher mit jemandem anderen. Sie ist schon sehr alt. Es heißt, sie wäre an die neunzig.«

»Ich bin schon neunzig gewesen«, zischelte jetzt Theresa. »Und dir, schöne Frau, will ich etwas sagen, was du schon weißt«, und damit wandte sie sich in die Richtung, wo Mary saß: »Du bist jetzt wieder die, die du einst warst. Doch das weiß noch niemand hier. Und versuch nie wieder, eine andere zu sein. Denn dann holt dich der Tod. Wenn du diesen jungen Mann mitnimmst, kommt nie wieder hierher zurück, denn dann holt euch beide der Tod. Geht niemals auf dem Weg der Wölfe. Denn die sind immer noch da und warten. Und wenn ihr ihnen begegnet, dann kommt der Tod. Mehr kann ich jetzt nicht sagen ...« Dann schwieg sie und atmete tief auf, als wäre sie sehr erschöpft, und damit war »die Sitzung« schon beendet.

Als die beiden das Tal hinuntergingen, zurück nach Wiesenau, erzählte Brosi, was die Ruthenin gesagt hatte. Sie habe dreimal vom Tod gesprochen, aber das ist doch alles Unsinn, meinte er. Was hätten sie mit dem Tod zu tun, wo sie doch beide jung und glücklich seien. »Alles nur Kaßkaner, dumme Geschichten, wie sie eben die alten Frauen erzählen«, sagte er. Dann setzten sie sich auf eine Bank, die am Weg stand. Dahinter sah man ein altes Haus, und es schien niemand mehr drin zu wohnen. Sie schwiegen und dachten nach über die seltsamen Worte der Wahrsagerin. Und nun wollte er doch wissen, was das bedeuten soll, dass sie jetzt wieder die sei, die sie einst war. »Kannst du dir denken, was die Alte damit sagen wollte?«

»Hast du schon einmal eine Jüdin geliebt?«, fragte Mary, denn nun war der Moment gekommen, wo sie mit ihm über sich sprechen musste. Er sollte wissen, wer sie ist, und seine Antworten würden ihr zeigen, ob sie mit ihm ihr weiteres Leben teilen konnte.

»Eine Jüdin? Ich kenn keine Jüdin.« Brosi war überrascht. »Na ja, außer der alten Rebecca Rosenberg, der Frau vom Mendel. Ich weiß gar nicht, wie ein jüdisches Mädchen aussieht. In der deutschen Schule gab es keine Jüdinnen. Rumäninnen und Ungarinnen ja, einige. Und natürlich viele Sächsinnen. Doch Jüdinnen nicht.«

»Was meinst du, wie sind so die Jüdinnen oder die Juden?«, wollte Mary wissen.

»Keine Ahnung. Ich kenne ja nur die Rebecca und den Mendel Friedmann, den Schafhirten. Früher gab es hier mehr als fünftausend Juden. Aber jetzt sind es gerade noch zwei. Und das sind arme alte Leute, sicher sehr einsam, doch immer freundlich zu jedermann. Vielleicht auch, weil sie Angst haben, dass ihnen sonst was passieren könnte.«

»Was könnte ihnen passieren?«

»Ach, Verrückte gibt es immer noch. Das heißt solche, die ihren Kindern sagen: ›Wånn tu nit pråv pist, kummt ter schwårzi Jud und nemmt tich mit!‹ Oder dann heißt es manchmal, dass früher die Juden angeblich mit Christenblut ihr Osterbrot gebacken haben. Sie hätten kleine Judenkinder getötet, um ihr Blut zu bekommen, oder so ähnlichen Blödsinn hat man damals erzählt und auch geglaubt. Und es gibt hier einige Leute, die glauben das auch heute noch. Und unser Pfarrer äußert sich dazu nicht. Als ich ihn einmal darauf angesprochen habe – das war nach meinem Abitur in Bistritz, als ich aus der ›sächsischen Welt‹ wieder heimkam –, da hat er gesagt: ›Ja, die Leute reden viel.‹ Und ich hab ihn gefragt: ›Aber Hochwürden, das ist doch alles nicht wahr!‹ Und er hat darauf geantwortet: ›Wahr ist nur der richtige Glaube, mein Sohn.‹ Und da merkte ich: Mit dem kann man kein ernstes Gespräch führen ... Ich mähe zwar das Gras auf dem Friedhof, doch das tue ich nicht für die Kirche, sondern für die Menschen, die dort oben in der Erde liegen. Der Weg zu ihren Gräbern soll frei sein. In die Kirche gehe ich nur noch, wenn meine Eltern es wollen. Dann sitze ich da und warte, dass die Vorstellung aus ist. Ich bin ein schlechter Katholik, obwohl ich an Gott glaube. Doch mein Gott wohnt nicht in der Kirche von Hochwürden Gellert ...« Dann schwieg er und blickte vor sich hin, als müsse er noch einmal überdenken, was er soeben von sich gegeben hatte.

»Weißt du, mein Lieber, ich bin Jüdin«, sagte jetzt Mary, wobei sie jedes Wort betonte, doch ohne ihn dabei anzusehen. Und es schien, als wäre sie nach diesem Bekenntnis wie erleichtert. »Ich heiße mit den Vornamen Maria Esther. Eigentlich sollte ich Mirjam heißen, doch dann taufte man mich einfach Maria. Meine Mutter hieß Beila, und mein Vater Jacob Altmann ...«

»Was? Du bist eine Jüdin?«, rief er. »Aber das merkt man ja gar nicht. Bist du wirklich eine richtige Jüdin?«

»Ja, ›eine richtige Jüdin‹. Was merkt man nicht?«

»Du schaust eben aus wie eine Deutsche.«

»Und wie, meinst du, sollte eine Jüdin aussehen?«

»Ich weiß es nicht – anders ... Oder auch nicht. Eigentlich weiß ich es nicht. Ich dachte nur immer, jüdische Mädchen würden anders aussehen als deutsche.«

»Und? Warum sollte eine Jüdin ›anders‹ aussehen als eine Deutsche? Vielleicht wie eine Hexe, mit krummen Beinen und einer großen Nase?«

»Nein, natürlich nicht. Aber unser Geschichtslehrer in Bistritz hatte einmal gesagt: ›Den Juden erkennt man an seiner Nase, und die ist immer krumm.‹ Dabei sah er selbst wie ein Mongole aus, und seine Frau hatte zufällig ein krumme Nase, obwohl sie eine Sächsin war. Doch das schien er nicht zu bemerken. Er war ein großer Kommunist und zugleich auf seine Art auch ein Nazi und Judenhasser. Doch das liegt schon eine Weile zurück.«

»Willst du jetzt immer noch, dass wir beide heiraten? Willst du, ein junger, blonder deutscher Mann, eine Jüdin heiraten?«, fragte sie.

»Was soll die Frage? Für mich zählt nur, dass ich dich liebe!«, erwiderte er bestimmt.

»Bei mir ist es ein wenig anders, denn für mich ist es sehr wichtig, dass ich das bleibe, was ich bin – nämlich Jüdin. Mein Glaube und meine Liebe lassen sich nicht trennen«, sagte Mary.

»Dann sollst du eine Jüdin bleiben. Meine Liebe zu dir ist stärker als jeder Glaube. Und wenn wir Kinder haben, dann können wir ja noch sehen, was sie sein werden.«

»Sie werden jüdisch sein, lieber Brosi, denn Kinder einer jüdischen Mutter sind immer jüdisch. Der Vater zählt in diesem Falle nicht.«

»Das hab ich einmal gehört, dass bei euch nur die Mutter zählt. Dann werden unsere Kinder eben jüdisch sein. Hoffentlich ähneln sie dir und sind auch so schön und klug wie du, meine Liebste, meine jüdische Braut«, sagte Brosi und legte den Arm um sie.

Er küsste ihr Haar, ihre Augen, die sie geschlossen hielt, ihre Stirn und ihren Hals. Sie erwiderte seine Küsse, zärtlich und dankbar, als hätten sie soeben miteinander geschlafen. Doch es war mehr als eine Umarmung, die sie gerade erlebte. Es war ein tiefes Geständnis, das sie glücklich machte. Er hatte sie seine »jüdische Braut« genannt, zwei Worte, die sie bisher noch nie gehört hatte. Und sie musste sich erst an ihren Klang gewöhnen wie auch an die Rolle, die ihr vom Schicksal jetzt zugeteilt wurde. Sie umarmte ihn und flüsterte: »Ich werde bald deine Braut sein, hoffentlich …«

Eine alte rumänische Bäuerin, die zufällig aus dem Wald kam und vorbeiging, schüttelte den Kopf und sprach mehr zu sich: »Großer Gott, die können nicht warten, bis sie zu Hause sind. Ja ja, ›im Alter lasten die Kleider schwer, die Jugend aber trägt noch ein leichtes Gewand‹.« Doch die beiden hatten das nicht gehört, und so flog die rumänische Volksweisheit an ihnen vorbei, unbeachtet wie ein lautloser Vogel.

Dann kam der Tag, an dem Mary bei Familie Langthaler eingeladen war. Mutter Liesl wollte »Wiener Schnitzel« machen, denn die Freundin sei ja eine Deutsche, und da sollte auch das Essen »taitsch« sein, meinte sie. Doch Brosi sagte, dass Mary kein Fleisch vom Schwein mag, am besten wäre eine typisch zipserische Speise wie »prådeni Hehnerlfießl« oder »kfillti Krauthålupzi«. Und so machte Liesl »gefüllte Krautwickel« mit Rindfleisch und Reis und saurem Schmetten. Als Beilage aber gab es Petura, eine Art Maisbrei, den sie nach Zipser Art in verdünntem Kartoffelpüree anrührte.

Als man ausführlich gegessen und die Gastgeberin gelobt hatte, kam das Gespräch auf die Zukunft. Denn es stand nun fest, dass die beiden jungen Leute heiraten wollten. Das aber hieß, dass Brosi eines Tages Wiesenau und Rumänien für immer verlassen würde. Und weil man einander gleich nach der Begrüßung das Du angetragen hatte, sagte jetzt Liesl zu Mary: »Gib obåcht aaf unsern Pub. Is er aßo a Guter. Mir werden allaan ßo einsåm ßein. Farsprech mir, tåß ihr in Summer immer aanmol auf Wiesenau kummt. Farsprechst mir tås?«

»Ich verspreche dir, dass wir, wenn es geht, auch zu Weihnachten zu euch kommen werden. Und vielleicht werdet ihr uns dann auch einmal besuchen können«, erwiderte Mary.

Und Brosi meinte: »Aber Mama, ich bin doch kein kleiner Bub mehr. Ich bin zwanzig Jahre alt! Hier gibt es doch auch Leute, die mit zwanzig längst geheiratet haben.«

»Tes is hier, und turten, aaf Teitschland is wås ånderscht. Turten ßein gånz ånderi Leit wie hier...«, sagte Liesl bestimmt.

Und Wenzel, der bisher ziemlich schweigsam war, fügte noch hinzu: »I waaß nit, ob mir aanmol fåhren werden aaf Teitschlånd. Tes is a gruße Frågen, waal mir ßein Teitsche, aber uns leben mir ßich hier. Teitschlånd is fir uns a fremdes Lånd, und tie Teitschen vun turten ßein gånz ånders wie mir. Tes håt aa tie Liesku ßågt. Tes is a ånderi Welt, und es is nit unseri Welt. Unseri Welt is hier …«

»Ja, Vater, du hast recht«, versuchte Brosi ihn zu beschwichtigen, denn er befürchtete, dass Wenzel nun nach dem dritten Gläschen Pflaumenschnaps die gute Stimmung verderben könnte. »Deutschland ist nicht eure Welt. Aber ich möchte halt dort leben, und zusammen mit Mary. Wir werden dort glücklich und zufrieden sein. Davon bin ich fest überzeugt. Und wir werden euch auch immer wieder besuchen. Das versprech ich dir.«

»Sso Gott es will, mein Pub«, fügte Liesl noch leise hinzu, faltete die Hände und blickte kurz zum Herrgottswinkel, wo ein Bild der Heiligen Jungfrau Maria hing. Dann aber sprach man über andere Dinge, und die Stimmung wurde heiter, besonders nachdem man noch mehr Gläschen von jenen berühmten »Zipser Tränen« getrunken hatte. Wenzel erzählte lustige Kaßkaner und andere Geschichten von sogenannten Wåldweibln und Hexen, die angeblich schon manch einem Mann den Kopf verdreht haben. In Wirklichkeit aber hätten jene Männer nur zu viel getrunken und wären dann allein im Wald umhergeirrt, meinte er.

Als Brosi die Mary zum Haus ihrer Wirtin begleitete, waren beide ausgelassen und glücklich, denn der Abend mit den Eltern war besser verlaufen, als sie vorher gehofft hatten. Sie gingen eng umschlungen durch die menschenleeren Gassen und blieben immer wieder stehen, um sich voller Verlangen zu küssen. Und als sie schließlich beim Häuschen der Schkurka-Näni ankamen, wo alles schon verdunkelt war, flüsterte sie: »Ich möchte dich jetzt lieben. Ich bin verrückt nach dir. Komm herein. Ich glaub, die Alte schläft schon.«

»Nein«, sagte Brosi, »wir tun es hier im Hof, dort auf der Bank unter dem alten Nussbaum. Dort kann uns niemand sehen.«

Langsam öffnete er die *litzntir*, das Gassentürchen, und sie schlichen hinein in den kleinen Hof. Im Haus regte sich nichts mehr, Lenku schien zu schlafen. Nun aber trat plötzlich der Mond hinter den Bergen hervor und beleuchtete das Tal. Mary hatte sich schon halb ausgezogen, und auch Brosi war rasch aus der Hose gestiegen, nun standen sie beide halb nackt da. Sie traten ins Halbdunkel unter dem Nussbaum und streiften die letzten Kleidungsstücke ab. Er setzte sich auf die Bank und nahm sie in die Arme. Sie rutschte auf seinen Schenkeln hoch und kam ihm rasch entgegen, bis sie sich vereint hatten.

Ihr Liebesspiel begann ungeduldig, unbeherrscht und zügellos, und ihr Atem ging mit heftigen Schritten durch die nächtliche Stille. Und sie vergaßen wie immer alles, was um sie war, und wähnten sich plötzlich allein auf der Welt. Denn nur der Mond sah aus großer Ferne sanft und stumm zu ihnen herunter. Doch in der Küche, hinter dem Vorhang des kleinen Fensters, das zum Hof blickte, stand Lenku, die Witwe, trübsinnig im Schlafhemd. Sie schaute ihnen aufmerksam zu und spielte dabei das Spiel der einsamen Frauen – bis die beiden sich schließlich erschöpft erhoben und draußen vor dem Tor langsam verabschiedeten. Da war der Mond schon weitergezogen und hinter den hohen Bergen verschwunden, und im Hof wurde es wieder still und dunkel.

Als Mary Anfang September zurückfuhr nach Köln, begleitete sie Brosi bis nach Baia Mare. Dort waren sie mit einem Mann verabredet, der wiederum einen anderen Mann kannte, zu dem aber nur er Kontakt hatte. Auf den ersten Blick war alles ziemlich kompliziert und manchmal auch undurchschaubar. Was jedoch einfach zu sein schien und möglichst bald stattfinden sollte, war die Übergabe einer bestimmten Geldsumme an eine Person, die man noch kennenlernen sollte, das heißt nicht unmittelbar, sondern wieder durch einen anderen Bekannten des Mannes, mit dem sie sich nun in einer leer stehenden Blockwohnung getroffen hatten.

Nach dem Gespräch, das etwa eine halbe Stunde dauerte, verabschiedete man sich, und auf der Straße ging man, wie verabredet, in verschiedene Richtungen. Der Mann hatte Brosi einen Briefumschlag mit mehreren wichtigen Fragebogen mitgegeben. Es waren die sogenannten »Ausreiseformulare«. Die sollte er zu Hause sorgfältig handschriftlich ausfüllen und dann möglichst bald wieder herkommen, um sie mit vier Fotos und anderen Anlagen beim Passamt abzugeben. Er bekam auch eine Telefonnummer. Dort sollte er vorher anrufen und nur seinen Namen nennen. Das Weitere würde er dann erfahren, von einer Person, die sich bei der Nummer melden wird. Als Brosi drei Tage später erneut da war, klappte alles bestens. Denn er wurde beim Tor der

Miliz von jenem Mann abgeholt, mit dem sie sich in der Blockwohnung getroffen hatten, und musste nicht stundenlang anstehen wie die anderen Antragsteller.

Doch jetzt war man noch zusammen in Baia Mare und hatte sich gerade von dem Verbindungsmann verabschiedet. Und weil es für eine Weiterfahrt schon etwas spät war, beschloss Mary, diese Nacht im Hotel zu verbringen, und Brosi blieb selbstverständlich bei ihr. So saßen sie bis spät bei einer Flasche Rotwein und sprachen nur wenig, denn die Ausreise, sollte sie bald stattfinden, würde viel Geld kosten. Es war weit mehr, als die beiden vorher vermutet hatten. Mary überlegte, ein Darlehen aufzunehmen. Zusammen würden sie dann die Schuld schon abzahlen, doch vorher sollte er unbedingt studieren. Vielleicht aber ein anderes Fach als Bergbau.

»Du musst jetzt Schulden machen wegen mir«, sagte er nachdenklich.

»Ich würde alles weggeben, was ich besitze«, erwiderte sie, »nur um dich bei mir zu haben. Es gibt keine Schuld, die ich nicht abzahlen kann, wenn du bei mir bist. Ich habe noch niemanden so geliebt wie dich, obwohl wir uns erst vor drei Wochen begegnet sind. Doch wenn wir zusammen sind, scheint es mir immer, als würde ich dich seit einer Ewigkeit kennen. Oder vielleicht auch aus einem anderen Leben, wenn es so etwas gibt …«

»Mir geht es auch so«, sagte er, »und manchmal denk ich, uns hat das Schicksal oder Gott selbst zusammengeführt. Ich glaube nämlich daran, dass es eine höhere

Macht gibt, die uns leitet. Und vielleicht hat diese Macht deine Schritte auch auf den Friedhof gelenkt, als ich zufällig dort war und Gras mähte. Eigentlich bin ich überzeugt, dass es so gewesen sein muss. Wir sollten uns eines Tages hier begegnen ...« Dass er sie vorher einmal beim Baden beobachtet hatte, verschwieg er auch diesmal. Es blieb sein besonderes Geheimnis.

Nach einer unruhigen Nacht mit wirren Träumen nahmen sie Abschied am Morgen, nachdem sie im Hotel mehrere Tassen türkischen Kaffee getrunken hatten, der hier im Ibrik, dem Stieltöpfchen, zubereitet wurde. »Jetzt erst bin ich richtig wach«, sagte sie. »Ein wunderbarer Kaffee und ein trauriger Anlass, weil ich jetzt wegfahren muss. Doch Silvester feiern wir hoffentlich schon in Köln. Und dann gehen wir hin, wo man Raketen zum Himmel schießt, so hoch hinauf, dass man sie vielleicht auch in Wiesenau sehen kann.«

Er lachte und sagte: »Ich liebe dich, Mary, weil du solche Ideen hast. Ich liebe dich, weil es keine andere gibt, die so ungewöhnlich ist wie du ...« Und das ging so weiter, er steigerte ständig seine Vergleiche und ließ sich immer noch etwas einfallen. Es war mehr als eine Liebeserklärung, es war ein langes Gebet an eine Frau. Denn er sprach nicht nur zu ihr, sondern auch zu den verschiedenen Landschaften und Orten ihres Körpers, die er jeden Tag und immer wieder besucht hatte, bis sie ihn schließlich sanft unterbrach und in die Wirklichkeit zurückholte: »Ich muss jetzt losfahren, Liebster, sonst komme ich heute nicht mehr bis Wien. Merk dir, was du mir noch sagen wolltest, und sag es mir beim nächsten Mal ...«

Das nächste Mal war dann schon fünf Wochen später, als Mary wieder mit dem Auto nach Baia Mare kam und sie sich hier standesamtlich trauen ließen. Nach dieser nüchternen Formalität in einem Zimmer des Städtischen Volksrats verbrachten sie die Nacht im selben Hotel, wo sie bereits einmal geschlafen hatten. Auf ihren Wunsch hin waren sie auch wieder im selben Zimmer untergebracht worden. »Wir haben wieder Zimmer 22 bekommen, 22 wird unsere Glückszahl sein«, sagte sie. »Denn zwei und zwei heißt vielleicht, dass wir beide, also wir zwei, einmal zwei Kinder haben werden. Und am 22. August haben wir uns zum ersten Mal geliebt. Erinnerst du dich noch? ...« Diesmal hatten sie mehrere Flaschen Rotwein besorgt, um sich ein bisschen zu betrinken. »›Aanmol scheen rauschig ßein‹, wie die Zipser sagen«, meinte er. »Doch nicht ›schiker wie Lot‹, das heißt auf Jiddisch richtig betrunken«, lachte sie.

Dann musste er zuerst Rotwein in kleinen Schlucken aus der Mulde ihre Nabels schlürfen, wobei sie vorher den Bauch immer einzog, was ihm unglaublichen Spaß machte. Sie hatte einen Kassettenrekorder mitgebracht mit alten Schlagern und Liebesschnulzen. Der dudelte bei sanftem Kerzenlicht herzbewegend vor sich hin. Zwischendurch tanzten sie oder saßen auch einmal in der Badewanne, wo sie sich gegenseitig mit Rotwein begossen und »tauften«.

»Aber bitte nur nicht katholisch«, lachte sie.

»Nein, Brosi tauft jetzt seine Frau brosianisch! Das ist eine ganz neue Religion. Und du taufst mich dann märysch«, sagte er.

»Warum märysch? Dann schon besser närrisch! Denn wir sind heute beide närrisch!«, rief sie.

So zögerten sie, verrückt und ausgelassen, das Liebesspiel noch lang hinaus, und der eigentliche Rausch kam dann wie eine große Welle, als sie sich zum ersten Mal umarmten – als angetraute Eheleute. Denn es war ihre Hochzeitsnacht.

Am Tag vorher hatten sie wieder eine Reihe von »Gebühren« beglichen, ohne dass man ihnen dafür eine Quittung gab. Die Hauptsumme aber war kurz vorher in Deutschland an einen Anwalt bar ausgezahlt worden. Der stammte übrigens aus Siebenbürgen und zog bei diesem modernen Menschenhandel aus der Ferne geschickt die Fäden. Auch von der Zahlung an ihn erhielt sie keinen Beleg. Und dann traf man sich hier auch wieder mit jenem Mann, »dem alten Bekannten«, der noch eine kleine »taxă de urgentare« nachforderte, eine notwendige »Beschleunigungsgebühr«, wie er sagte, damit auch alles rasch und richtig laufen wird. Mary zahlte stillschweigend, es waren ihre letzten Hundertmarkscheine. Nun blieb ihr nur noch das Geld für Benzin. In einem Vorort von Wien würde sie dann bei einer Bekannten übernachten, denn für eine Pension reichte das Geld nun nicht mehr. Doch das alles war letztendlich nicht mehr wichtig, sie wollte nur, dass seine Ausreise möglichst bald zustande kommt. Inzwischen hatte sie sich informieren können und erfahren, dass solche halb offiziellen Aktionen entweder sehr rasch oder gar nicht gelingen. Und ein Leben ohne Brosi konnte sie sich jetzt nicht mehr vorstellen.

24

Kurz vor Weihnachten traf bei Ambros Langthaler die sehnlich erwartete Postkarte ein mit der Nachricht, er solle sich bei der Regionsmilizstelle melden, um seinen Ausreisepass abzuholen. Der Briefträger, Anton Himmelbauer, der »Poschtasch-Toni«, hatte sie selbstverständlich schon gelesen und gratulierte ihm: »Ssollent ålles gut gehn! Und wånn fåhrst aaf Teitschlånd?«

»Påld, ßehr påld«, sagte Brosi. Er ging ins Haus und umarmte stürmisch seine Mutter, die gerade am Kochherd stand und Chremsln ausbackte: »Mama, i håb tie Kårten kriegt vun ter Miliz. Tie Aprobare is kummen!«

»Gott schitz tich, mei Pub!«, flüsterte Liesl, und über die Fältchen um ihre dunklen Augen strich ein leichtes Beben. Doch das bemerkte er nicht, denn nun eilte er zum Telefonamt, um dort ein Ferngespräch nach Köln anzumelden. Nach einigen Stunden Wartezeit kam endlich die Verbindung zustande. Brosi war zuerst so aufgeregt, dass er stotterte. Besonders bei dem einen langen Wort stellte ihm die deutsche Sprache ein Bein, und so stolperte er darüber. »Ich hab die Ausreisegenehmigung!«

Und Mary am anderen Ende erwiderte etwas in einer Sprache, die er nicht verstand. Es waren die Worte: »Baruch Ha-Schem.« Und dann: »Ich bin so glücklich, ich werde die Tage und Stunden zählen, bis du da bist. Vielleicht können wir Silvester zusammen feiern …«

Schon am nächsten Morgen fuhr Brosi mit dem Zug nach Baia Mare, und nachdem er den Pass erhalten hatte, löste er auch gleich die Fahrkarte nach Köln. Die kostete zwar eine Menge Geld, doch er hatte ein Sparbüchlein angelegt, und das wurde nun aufgelöst. Dann fuhr er wieder zurück nach Wiesenau. Denn diesen Heiligabend wollte er noch mit seinen Eltern verbringen. Am Nachmittag gingen sie, wie immer, zu dritt in Hof und Garten und schlugen mit langen Stöcken auf die Stämme der beiden großen Nussbäume, die hier standen. Das sollte, nach altem Volksglauben, im kommenden Jahr eine gute Ernte sichern. Dann schmückten sie gemeinsam einen kleinen »Christpaam«, der in der »guten Stuba« aufgestellt wurde, mit Äpfeln und Nüssen. Wenzel hatte ihn am frühen Morgen aus dem Wald geholt. Das war zwar offiziell verboten, doch das Forstamt drückte ein Auge zu, wenn man sich beim Baumfällen nicht erwischen ließ. Und Wenzel wusste, dass der Förster erst um sieben Uhr losging, um seinen Rundgang im Revier zu machen.

Nach dem Gottesdienst in der Kirche gingen sie gleich nach Haus, und Liesl trug, wie immer, die zwölf traditionellen Weihnachtsgerichte auf: »Gerschtlßuppn«, »Kwåsteni Hålupzi«, Krautwickel mit Pilzfüllung, »kochtr Waaz«, gekochter Weizen, der mit Zucker, Honig und gemahlenem Mohn übergossen wird, dann »Bugansln«, Hefeteigkügelchen mit Vanillemilch, »Pifflfisoln«, weiße Riesenbohnen, die mit Pfeffer bestreut werden, »Kenigspålåtschintn«, gefüllte Königspalatschinken, und so fort bis zu den »Håluschkn mit Nussn«, den Nussnudeln, die mit Ei, Zimt, geriebenen Äpfeln, Rahm und Zucker angerichtet wurden. Liesl hatte sich große Mühe gegeben, dieses Festessen so zu bereiten, wie es der alte Brauch verlangt. Brosi aß von allem ein wenig, langsam und beinahe andächtig, und dachte dabei: »Wann werd ich wieder mit meinen Eltern so Weihnachten feiern? Hoffentlich im nächsten Jahr, wenn das Schicksal es will. Und dann muss aber unbedingt auch Mary dabeisein. Auch wenn sie jüdisch ist, denn es ist ihr nicht verboten, an diesem Fest teilzunehmen.«

Liesl schien seine Gedanken zu erraten, denn sie sagte: »Ssiest, mei Pub, so hålten mir Weihnåcht. Mir ßein aach Teitsche, aber mir ßein ånders wie tie Teitschen aaf Teitschlånd, wuhin tu fåhren wirst. Vergiß nit, von wu tu kummen pist. Håb in tein Harzen a klaanen Plåtz frei fir uns und fir Wiesenau ...« Dann schluchzte sie plötzlich kurz auf, umarmte ihn und drückte ihn fest an sich. Brosi war so gerührt, dass er nichts sagen konnte.

Wenzel aber wollte nicht, dass dieses Fest der Freude nun traurig endet, und so rief er: »Waan nit, Liesku, Trärn ßein nit gsund. Mir missen uns frein, waal unser Pub håt a guti Frau gfunden!« Dann tranken sie mehrere Gläschen von jenem berühmten alten Schnaps, den man »Zipser Tränen« nennt, obwohl er die Leute lustig macht, und die feierliche Stimmung wich immer mehr einem fröhlichen Erinnern. Denn jetzt erzählte Liesl Geschichten aus Brosis Kindheit, als er hier zur Schule ging und allerlei komische Stückchen angestellt hatte.

Um Mitternacht gingen sie dann zur Weihnachtsmette, die eine Stunde lang dauerte. Als sie wieder zu Hause waren, kamen die Sternsinger und sangen draußen vor der Tür ein altes Zipser »Weihnåchtsßangl«. Dann sangen sie noch einmal im Haus, in der guten Stube, und wurden nun mit Backwerk beschenkt. Brosi bestand darauf, dass auch diesmal alles so verlaufen soll wie all die Jahre zuvor. Nur gegessen hatten sie vor der Mitternachtsmette, was sonst nicht üblich ist. Zum ersten Mal erlebte er dieses Fest sehr bewusst, denn er ahnte, dass sich bald sein Leben sehr verändern wird. Der innerliche Aufbruch aus seiner bisherigen Welt rückte immer näher. Es war eine stille und freundliche Welt gewesen, die ihn bisher geprägt hatte und die er nun für immer verließ. Und ein seltsames, zwiespältiges Gefühl beschäftigte ihn schon seit Tagen: Einerseits freute er sich auf den Ausbruch aus der Enge seiner Heimat, andererseits beängstigte ihn die unbekannte, ferne Fremde, wo er bald ein neues Leben beginnen sollte.

Zwei Tage später nahm er Abschied von seinen Eltern, und als der Zug aus Wiesenau losfuhr, stand er noch am offenen Fenster und winkte ihnen, bis er sie nicht mehr sehen konnte. Dann setzte er sich auf seinen Platz und schloss die Augen. Er wollte in seiner Erinnerung an Wiesenau dieses letzte Bild und danach kein anderes mehr speichern. Die traurigen Augen der Mutter und das ernste Gesicht des Vaters, der sich Mühe gab, locker und fröhlich auszuschauen. Jetzt erst wurde ihm bewusst, wie sehr er sie liebte. Und er erkannte, wie selbstverständlich er immer ihre Liebe erhalten, aber auch angenommen hatte, ohne sich darüber weiter Gedanken zu machen.

Er musste dann noch zweimal umsteigen und reiste schließlich über Arad und Curtici mit dem Orientexpress aus. Die Fahrt war lang und umständlich, sie führte durch Ungarn und Österreich und schien kein Ende mehr zu nehmen. Doch in Köln erwarteten ihn Mary und ein neues, unbekanntes Leben.

Es begann sein erstes Jahr in Deutschland, und er konnte das Versprechen, im Sommer die Eltern zu besuchen, nicht einhalten. Denn als Aussiedler musste er zuerst eine endlos scheinende Reihe von Formalitäten erledigen, und dieser Gang durch die Ämter dauerte viele Wochen. Dann musste er auch Differenzprüfungen ablegen, um die Anerkennungsurkunde seines Abiturs zu erhalten. Als schließlich alles geklappt hatte, erhielt er einen Studienplatz an der Universität. Im großen Theater des Lebens war ihm bisher eine schicksalsbedingte Nebenrolle zugedacht worden. Doch das würde sich jetzt bald ändern.

Von der schönen deutschen »Stiefmutter« hatte er nun einen neuen Personalausweis bekommen und dadurch auch eine westliche Identität. Er war jetzt Inhaber eines Reisepasses, der ihm seine deutsche Staatsbürgerschaft bescheinigte, und er war somit ein Deutscher in Westdeutschland und nicht mehr Angehöriger einer deutschen Minderheit im Osten Marmatiens. Genauer gesagt: Der »Rumäne« namens Langthaler war, dank verschiedener wichtiger Beamter und Ämter, die darüber schicksalhaft zu entscheiden hatten, zu einem Deutschen namens Langthaler geworden.

Äußerlich schien er zwar immer noch derselbe zu sein. Der neue Deutsche sah nämlich genauso aus wie vorher der Rumäne, der Mann mit dem rumänischen Reisepass. An seinem Gang, seiner Sprechweise und seinem Lachen hatte sich offensichtlich nichts geändert. Doch amtlich gesehen hatte er sich grundlegend gewandelt. Und entscheidend war nur das, was ihm von Amts wegen bestätigt wurde. Damit aber trennte er sich nun endgültig von jener ärmlichen leiblichen Mutter am Rande der Karpaten, die seine Heimat gewesen war. Sie blickte ihn zwar manchmal noch in seinen Träumen zärtlich an, doch nach dem Erwachen war sie schon wieder aus seinem Denken verschwunden.

Jetzt öffnete sich ihm ganz das Tor, vor dem er monatelang gestanden und gewartet hatte, und die Zukunft hieß Mary, die sich nun ein Kind von ihm wünschte. »Unser erstes Kind machen wir in Wiesenau«, sagte sie eines Morgens, »und weißt du wo? Dort, wo wir uns zum ersten Mal geliebt haben, am 22. August bei der Feenquelle, oben im Wolfstal. Zu Ostern fahren wir hin. Und wenn es bei mir sicher klappen wird, lieben wir uns wieder dort wie damals. Vielleicht bekommen wir dann eine Tochter, eine kleine Fee ...«

Brosi lächelte, überlegte ein wenig, ob Mitte April im Wald nicht vielleicht noch Schnee liegen würde, doch dann sagte er: »Ich hab ja schon eine Fee! Das bist nämlich du. Unsere Tochter wird ein Feenkind sein.«

Nun musste sie lachen, und sie dachte: »Du bist ja selbst noch ein Kind, wenn auch ein erwachsenes Kind. Dieser Mann ist ein erwachsenes Kind, und von ihm werde ich bald ein Kind haben. Manche Männer werden eben nie ganz erwachsen, und das macht sie erst richtig liebenswert...« Denn sie hatte ihn langsam, klug und vorsichtig zu ihrem Mann und Liebhaber erzogen. Er kannte nun ihre geheimen Wünsche und erfüllte sie, wenn sie sich umarmten. Dadurch aber erweckte sie auch in ihm neue, unbekannte Wünsche anderer Art, von denen er früher nie geträumt hatte.

In diesem Jahr war ihm die Zeit einfach davongelaufen, und erst jetzt, als sich der Dezember ankündigte, wurde ihm das bewusst. Denn eines Morgens sagte sie: »Sonntag in drei Wochen ist Weihnachten.« Und so beschlossen sie nun, möglichst bald hinunterzufahren, nach Wiesenau, zu den Eltern. Sie wollten dort gemeinsam »wie früher« Weihnachten und Silvester feiern. Es gab da zwar keine Leuchtkörper, die mit viel Krachen und Rauch abgeschossen wurden, dafür aber alte Winterbräuche und ein Straßentheater, das zu Neujahr mit dem »Herodesspiel« durch den Ort zog. Doch eigentlich war es die stille Sehnsucht nach den Karpaten und jenen Orten, wo sie sich einst kennengelernt hatten.

Die Feiertage rückten immer näher, und mit ihrem eigenen Auto wagte sie es nicht, jetzt im Dezember den weiten Weg zu fahren. In den Nachrichten hieß es immer wieder, dass es in diesem Jahr im Osten besonders viel Schnee gibt. Deshalb mietete Mary eine Art Geländewagen. Freunde hatten ihr ein günstiges Angebot vermittelt.

Dann fuhren sie eines Morgens los, vollgepackt mit Geschenken für die Eltern, doch auch für Freunde und Bekannte. Selbst Lenku Schkurka hatte Mary mit einem Paket Lebensmitteln bedacht. Und auch für die rumänischen Zöllner und Grenzbeamten war in kleineren Tüten einiges vorbereitet, um »die Formalitäten« zu beschleunigen. Sie wollten unterwegs nur einmal in Österreich übernachten und nachher, wenn möglich, ohne Unterbrechung bis Wiesenau fahren.

In Mattersburg, etwa zwölf Kilometer vor der ungarischen Grenze, verbrachten sie die Nacht in einer kleinen Pension. Am Abend tranken sie eine Flasche ungarischen Rotwein und legten sich dann bald schlafen. Am frühen Morgen verzichteten sie auf das Frühstück, um Zeit zu sparen, und so ging die Fahrt zügig weiter über Klingenbach hinüber nach Ungarn. Dort hielten sie kurz in Ödenburg an, um einen richtigen Kaffee zu trinken. Danach fuhren sie weiter, meist auf verschneiten und vereisten Straßen. Es stürmte ein wenig, und sie kamen nur langsam vorwärts. Auf dem Rücksitz lag der Kassettenrekorder, den Mary auch bei ihrem letzten Besuch in Rumänien dabeigehabt hatte, und der spielte dieselben anschmiegsamen Melodien wie damals in der Hochzeitsnacht. Dazu sangen sie mit, froh und unbekümmert, und er klatschte manchmal ausgelassen in die Hände: »Wenn uns jetzt ein Polizist sieht, könnte er meinen, wir wären ›scheen rauschig‹.«

»Aber nicht ›schiker wie Lot‹!«, lachte sie.

Gegen Abend wollten sie die rumänische Grenze erreichen und, wenn alles gut ging, nach einer Kaffeepause weiterfahren bis Wiesenau.

Drei Tage vor Weihnachten, am 22. Dezember, meldete sich telefonisch bei Hochwürden Gellert die ungarische Verkehrspolizei. Der Anruf kam aus Debrecen. Man habe vorher versucht, mit der Wiesenauer Ortsmiliz Kontakt aufzunehmen, hieß es. Doch da wollte niemand ungarisch sprechen, und so wurde das Gespräch an das katholische Pfarramt weitergeleitet. Der Polizeibeamte am Telefon bat den Pfarrer, er solle eine wichtige Information weitergeben an die zuständigen rumänischen Behörden und an eventuelle Verwandte oder Freunde.

Es habe, sagte er, in der letzten Nacht im Wald, durch den die Nationalstraße von Debrecen nach Vámospércs und weiter zur rumänischen Grenze führt, einen tragischen Unfall gegeben. Bei starkem Schneetreiben sei ein deutsches Auto von der eisglatten Straße abgekommen und in einen Baum gerast. Die beiden Insassen, zwei Deutsche, eine Frau und ein Mann, seien vermutlich noch an der Unfallstelle gestorben, vielleicht auch erfroren. Das wird man alles noch untersuchen müssen.

Es ist anzunehmen, dass der Wagen wegen eines Rudels Wölfe, das die Fahrbahn kreuzte, ins Schleudern geraten sei und so bei erhöhter Geschwindigkeit von der Straße schlidderte. An der Unfallstelle fand man nämlich viele Wolfsspuren, und unter dem Auto lag ein toter

Wolf, den man vermutlich vorher überfahren hatte. Im Reisepass des Mannes ist als Geburtsort »Wiesenau« angegeben, und da dieses der deutsche Name von Visóhalom ist, wollte man nun die Angehörigen verständigen, falls es solche gibt. Herr Pfarrer Gellert solle das bitte tun. Der Polizeibeamte buchstabierte Vor- und Nachnamen sowie Geburtsdatum des Toten. Er bedankte sich und gab eine Telefonnummer an, unter der man ihn für weitere Auskünfte erreichen kann. Dann stellte sich ein leises Summen ein. Er hatte aufgelegt, und das Gespräch war beendet.

Warschau
POLEN
Krakau
Galizien
Karpaten
SLOWAKEI
Košiće
(Kaschau)
Užgorod
(Ungersmarkt)
Karpatenukraine
Buc
Satu
Mare
(Sathmar)
Marmatien
Sathmarland
Debrecen
Budapest
UNGARN
Donau
Bistriţa
(Bistritz)
Transsylvan
(Siebenbürg
RUMÄ
Timişoara
(Temeschburg)
Banat
Karpaten
Belgrad
SERBIEN
Olteni
Craiova

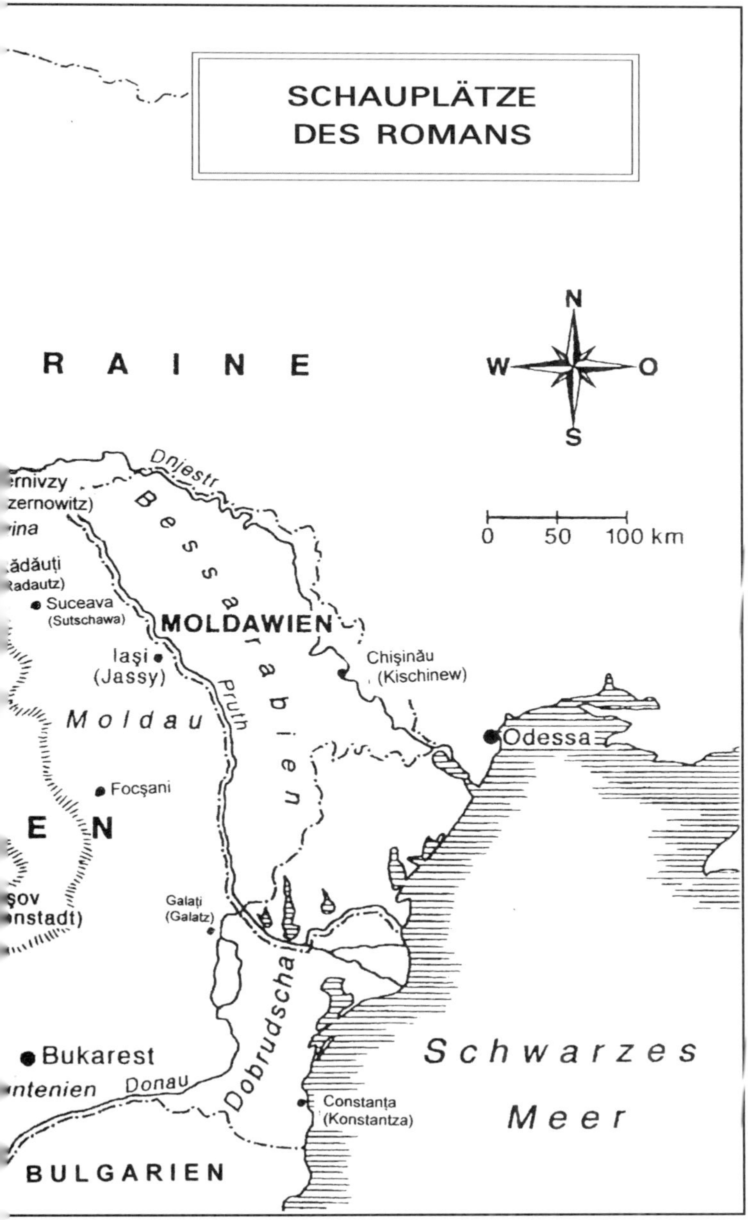
SCHAUPLÄTZE
DES ROMANS
N
W
O
S
0
50
100 km
Dnjestr
Bessarabien
MOLDAWIEN
Suceava
(Sutschawa)
Iaşi
(Jassy)
Pruth
Moldau
Chişinău
(Kischinew)
Odessa
Focşani
Galaţi
(Galatz)
Dobrudscha
Bukarest
Donau
Constanţa
(Konstantza)
Schwarzes
Meer
BULGARIEN